Åttonde boken

"I slutänden är det inte dina år i livet som räknas utan ditt liv i åren."
(Abraham Lincoln)

P-C Wike

Zipper
[zip:er]

Spår av draghjälp i Köttrymden

FSC
www.fsc.org
MIX
Papper från
ansvarsfulla källor
Paper from
responsible sources
FSC® C105338

© 2019 P-C Wike
Förlag: BoD – Books on Demand, Stockholm, Sverige
Tryck: BoD - Books on Demand, Norderstedt, Tyskland
ISBN: 978-91-7851-029-0

Till mina filurer

Inledning
Om latoxen under Bodhiträdet och andra tillbakablickar
samt taxöron på fel plats vid fel tid

"Du är var du har varit. Du blir vad du gör nu",
formulerades av Buddha en gång i tiden.

Bengt var på väg till tågstationen för att hämta sin
morgontidning och hade sällskap av tankar som mer eller
mindre oplanerat avlöste varandra. Hur vet man egentligen
att Buddha sa så, tänkte han. Man citerar gärna storheter
och legender från förr utan att tänka på att den som hörde
det första gången kan ha hört helt fel. Med tiden kan ett
annat tonfall lagts till det sagda, orden kan ha bytt plats och
till slut kanske en total feltolkning gjorts av vad Buddha
egentligen sagt och menat.

Det här var en av alla tankar som drev på Bengt denna
morgon, exempelvis omöjligheten att föreställa sig Buddha
som hin håle eller ett rackarns råskinn. Nej, i stället tänker
man sig Buddha som godheten själv. Trots att han varit död
i nästan tretusen år, är han mer aktuell än någonsin och
långt ifrån bortglömd. Kanske var han från början inget mer
än en överskattad medelmåtta. En grabb som fått för
mycket uppmärksamhet och som hissats och creddats till
bristningsgränsen. Först av sina föräldrar, sedan av släkten,
av folket och så hela landet. Därpå av grannländerna och
slutligen i stora delar av världen ända in i modern tid. Och
kanske hade han blivit from med tiden, men tänk om
Buddha egentligen bara var en soffliggare, en riktig
drömmare, totalt oambitiös och lat? Eller förresten... han
kanske hade sån där ADD? Det verkar ju populärt att skylla

på nuförtiden, fast inget man visste då eftersom det inte fanns några diagnoskoder.

Buddha, fast beslutsam att hålla sig undan alla former av besvär, hittade en fikonbuske. Långt där borta i Orienten några hundra år före Kristi födelse blev ett litet Bodhiträd hans räddning. Det blev hans datorskärm vid vilken han kunde tillbringa sina dagar med att chilla och planera. När han blev hungrig tog han sig hem och mötte alla utpumpade människor som slitigt och jobbat för brödfödan. Människor som inte haft en tanke på att hinna med annat än arbete, än mindre sitta och filura under ett träd. I jämförelse med dem, var utvilade Buddha givetvis klokheten själv; full av insikter, självreflektion och tankar. Klart som sjutton att han orkade formulera det som för de allra flesta var självklart men som ingen annan än han hade ork att säga: "Du är var du har varit. Du blir vad du gör nu." Troligtvis var det här efter som uttrycket "låt maten tysta mun" myntades av de styvt irriterade föräldrarna.

Så fort Buddha slickat ur det sista ur den soppskål som föräldrarna skänk honom, reste han sig upp, borstade av dammet från kläderna och återvände till Bodhiträdet. Där återgick han till lättjan, lugnet och tystnaden. Samtidigt kämpade föräldrarna vidare i sina tunga sysslor och förpliktande uppgifter. För dem var det många timmar kvar innan någon enda slags vila fanns att skymta.

Det kan till och med varit så illa att Buddha inte ens höll sig sittande i sin meditation efter lunchen. Han kan eventuellt ha blivit så pass däst efter målet mitt på dagen att han omförhandlat gällande sina beslut att vara from. Utan att invänta Guds tillåtelse tänkte han; om jag lägger hakan och kinden fint i handen kanske det inte märks att jag slumrar lite. Slummern blev till djup sömn och strax senare säckade hela han ihop under trädet. Som den snarkande påse lök han var, lyckades han lura skjortan av alla. Ingen genomskådade hans lättja och folket i byn bara fortsatte att beundra hans fromhet och meditativa idoghet ända in i våra dagar.

Bengt tillät sig tvivla, såväl på Buddha som på religioner över huvud taget. Han trodde helt enkelt inte på skiten. Var och en var sig själv närmast. Man fightas för sitt eget anseende, sin önskade livskvalité och sin absoluta toppform. Det räcker inte med att stå som toppkonsument högst upp i näringskedjan, man vill gärna högre än så, tänkte han. Liksom befinna sig över den som står över. Varje människa besitter såväl ett våldskapital som ett överlevnadskapital och dessa driver hela tiden individen framåt. Så även Buddha. Religiösa skrifterna av olika sorter; budord och heliga läror, regler och ritualer handlar bara om att formulera mänsklighetens intentioner. Egentligen var det inget annat än pamfletter, vilka man lugnt kunnat operera i skydd av, rentav hänvisa till, medan man tillskansat sig makt för egen del och förtryck för andra. Att ha en ärlig image är utmanande men väl värt att jobba för och det var något som Buddha uppenbarligen hade lyckats med.

Bengt kände alltför väl till sina egna beslutsvägar då han i skydd av sin generositet egentligen mest bara tänkt på sig själv men låtit andra tro att det varit för deras skull. Ibland slängde Bengt ur sig sina tankar högt. En idé som han nyligen intresserat sig för var den om att alla människor egentligen bara var luffare och vagabonder i tillvarons provisorium. Med det tänkte han att det egentligen var tillfälligheter som delade i mänskligheten. För ärligt, hur många hade egentligen planerat sin födelse och sin plats här på jorden? Den tanken blev en av de mest givande diskussioner härom sistens när laduviksgänget hade en träff på pizzerian. I de lägena var han mest tyst själv och njöt av att lyssna på vad andra hade att säga om saken. Särskilt Ruts mamma Maja kunde gå igång när det fanns uppslag för diskussioner. Blev hon riktigt upprörd kom någon slags rotvälska ur henne och då var hon som allra finast.

Bengt var svårt förtjust i Maja. Hon var både spännande och rolig, därtill fantastiskt charmig och smart. Hon lagade palt som en gudinna och låg inte på latsidan socialt. Hon välkomnade nya saker som var värda att ta in för att kunna hänga med i utvecklingen, och i debatten. Bortsett från den sociala biten och det heliga paltkoket var de ganska lika tyckte han. Maja var en värdig kvinna i hans egen ålder. Sedan Bengt blivit medräknad i gemenskapen i Laduvik insåg han hur mycket det fanns att lära. Hela hans liv hade gått ut på att hålla sig undan. Han hade tränat redan som barn på att vara mycket ensam och som ung arbetade han på egen hand, ja hela sitt liv under egen regi. För att kunna göra det riktigt bra och ostört knoppade han av sig från sin familj. Han gjorde sig i det stora hela kvitt kontakten med sina barn och kanske var det redan där han började bli medveten om att de livsval han gjort inte var helt genomtänkta. Ändå kunde han inget annat göra.

Hans oövertänkta livsstil blev klarare för honom sedan han beslutat sig för att lämna landet. Att han flyttade utomlands, hade två skäl. Dels var syftet att hålla sitt växande pengaflöde undan det svenska skattesystemet, och dels bli kvitt den känsla som grodde i honom; att vara uttråkad till dödslängtans gräns. Det tog sin tid att reda ut om detta med familjeliv var ett straff eller en ynnest men till slut hade han ändå rett ut det hela. Bengt ville inte vara någons man och om han nu hade hamnat i rollen som pappa, ville han åtminstone inte vara förälder. Verkligen inte. Därför flyttade han till Nottingham där han omgående kom i kontakt med en ekonomisk rådgivare, en diabolisk skönhet med stor yrkesskicklighet. Sådana kvinnor växer inte på träd, tänkte Bengt först. Hon var en spännande kvinna med huvudet på skaft och skinn på näsan, hade han tänkt sedan men deras arbetsrelation urartade snabbt och utvecklades till en kärleksrelation. Hon blev hans så kallade helgkvinna. Med det menades att förpliktelserna från hans sida var få, medan åtnjutandet och servicen från hennes sida var desto mer omfattande. Bengt rös vid blotta tanken på tiden i England. Vistelsen i Nottingham som till en början utvecklades till ett explosivt fyrverkeri kunde snart sammanfattas i ett enda ord; vedervärdigt.

Äh, tidningen fick vänta, tänkte Bengt. En längre promenad skulle inte skada nu när benen ändå trummade på så bra, och tankarna var med. Han bytte riktning och svängde av åt höger i stället och styrde stegen ner mot vattnet.

En annan person, fast mera okänd än Buddha, menade att de flesta människor är andra människor. Deras tankar är någon annans tankar, deras liv en efterapning, deras passioner ett citat. Det var väl så nära sanningen man kunde komma, menade Rut när de debatterat ämnet på pizzerian. Att cementera en stil som inte riktigt verkar ärlig måste undvikas. Rut var nog lite lik Buddha tänkte Bengt. Liksom i drömmarnas värld, med den skillnaden att hon samtidigt fick saker gjorda. Hon levererade *nya* tankar, inte enbart självklara tankar. Rut skrotade runt, och precis som Buddha, vilade sig i form och spred sen sina idéer. Skillnaden dem emellan var kanske Ruts förmåga att driva på. Det verkade nästan som att i samma stund som en idé hade dykt upp, behövde den sjösättas. Inget skulle avvakta särskilt länge, inget fick bida sin tid eller mogna fram. Lite av Pernillas raka motsats. Medan Rut var den som vilade sig i form, var Pernilla den som stressade sig till yrselnivå.

Bengt råkade veta att Pernilla led av både arachnofobi och emetofobi, dock inte fullt utvecklade kanske men en bra bit på väg. Fobier av dessa slag drabbade i första hand människor som drevs av att ha järnkoll på saker och ting. Vare sig spindlar eller spyor gick att kontrollera vidare bra, därav fobier för att utsättas för dem. Den sorgliga biten i det hela var att så mycket mer kände han inte till om Pernilla. Jo, att hon arbetade som lärare på ortens skola, det visste han. Men med de livsval han gjort, hade han missat både hennes och systerns uppväxt, samt deras barn och hela storfamiljens liv.

Ett minne som fick nackhåret att resa sig där bak, var när hela personalen på ICA fick kännedom om hans familjära kapacitet. När han inte hade känt igen sitt barnbarn Fia, utan tog henne för att vara enbart en av de anställda. Otroligt pinsamt men sant. Tor däremot var lättare att känna igen. De hade till och med hjälpts åt på pizzerian när den ordinarie pizzabagaren plötsligt behövt skynda till Grekland för att ta hand om sin döende far. Pernillas tredje barn var fotbollsspelaren Emil som Bengt nog anade att inte ens Pernilla skulle känna igen, så lite som han setts till de senaste åren.

Medan Bengt gick, föll hans tankar återigen på Rut, och väldigt snabbt tillbaka på Maja för att sedan fokuseras på Rut igen. Han lämnade vattnet bakom sig, tog gångstigen mot den branta backen vars ände delade på sig precis vid skogen. Han skulle gå mot skogen.

Rut var fantastiskt positiv. I viket elände som helst hittade hon alltid en ljusglimt. De flesta av hennes resonemang hade en slags "det-var-i-alla-fall-tur-att-inte" karaktär. Bengt insåg hur lyckosamt det var att just hon hade så stor familj. Vid sidan av Twist och de tre barnen Siri, Sixten och Sigge, fanns det också djur av olika sorter. I en stor familj, där drabbande saker statistiskt sett oftare händer, finns en del att hantera. För Rut som verkade vara lite av en kaospilot och ofta hamnade i något drabbande, blev kanske jakten på det positiva det de överlevde på. Att med facit i hand lära sig att hitta det lyckliga ögonblicket att titta tillbaka på, var stort. Äh, vad visste Bengt? Det var mest bara en tanke han hade.

Bra ungar hade hon i alla fall. Driftiga och intressanta. Siri hade precis som Fia jobbat under en period på ICA men numera arbetade hon för människor i nöd. Med ensamkommande flyktingungdomar. Det handlade tydligen om att backa upp på transit- och asylboende. Lustigt egentligen att båda dessa tjejer arbetade för de ensamma och smutsiga. För dem som hamnat utanför och var rotlösa. Det märkliga var, när Bengt funderade på tjejerna, att han faktiskt hade lite bättre kontakt med Siri än med Fia.

Minstingen Sigge gick sista året på gymnasiet och hade den där roliga podderian med Mini. Sixten däremot var det länge sedan han sett. Var han måhända hos sin pappa i Kanada? Slutligen Twist då, tänkte Bengt. Det var en bra karl. På tal om spännande. Getbonde sex dagar i veckan, mejladministratör all övrig tid, typ en dag i veckan, annars lite då och då. Vetskapen att han hade insyn i varenda politikers mejltrafik fick honom att stiga i graderna. Han var en person att böja sig vördnadsfullt inför.

Twist var fredligt sinnad i lika hög grad som Pernillas man Tobbe var irriterande. En person som lämnade allt övrigt att önska. Konsult i IT-branschen, någon slags manager eller vänta... var det inte tal om något arkitektyrke när de träffades senast? Hur som helst incidentledare, katamaranseglare, BMW-åkare slash idiot och världsbäst. Det var Bengt säker på. Världsmästare på teknik, men allvarligt... fanns det så mycket mer att utveckla nuförtiden och vad hade egentligen tekniken medfört annat än tidsbrist? Tvättmaskinen som skulle erbjuda kvinnan eoner av fri tid sedan handtvätten blivit ett minne blott, visade sig i stället vara starten på det totala tidshaveriet. Följt av datorer.

"Shopping på distans, även om det är högst tänkbart, kommer att floppa". Så stod det i Time Magazine, 1966. Tio år senare sa Ken Olsen, VD för datorföretaget Digital Equipment: "Det finns inga skäl att någon skulle vilja ha en dator hemma". Det är smått dråpligt att moderna mäns uttalanden och tekniska profetior inte ägt samma slagkraft och träffsäkerhet för mänskligheten som Buddhas ord. Bengt log lite för sig själv.

Ändå är det precis där vi är nu, tänkte Bengt vidare medan han sneddade över åkern som för fjärde året i rad legat i träda. Hade bonden trillat av pinn tro, eller hade han blivit dataspelsutvecklare, drifttekniker eller Cross Media Producer? Datorer, mejl, bredband och liknande teknik stjäl precis all vår tid. Folk jäktar som aldrig förr. Springer runt som idioter. Precis detta personifierar Tobbe, och kanske var det därför det var så lätt att störa sig på honom? Sanningen att säga hade Bengt ändå fått backa på sin första tanke om Tobbe, den att han bara var hård i fejan men lös i magen. På den stora ö-festen, eller pusselfesten som Bengt och Tobbe skojat om senare, hade han visat vad en karl verkligen går för. Han hade tagit den totalt icke digitaliserade aktiviteten, nämligen att lägga ett pussel, på största allvar. Och på tid dessutom. Evig tid därtill.

Någon annan som anser att teknisk innovation sannerligen inte är kvalitetssäkrad med särskilt långsiktigt tänk, är båtmotormekaniker Mac. Han avskyr alla former av moderna prylar, åtminstone så länge det som tidigare och väldigt nyss betraktades som modernt, fortfarande fungerar. Hela hans källare var, till för ett par år sedan, ett fantastiskt museum med allehanda antikviteter. Och många värdefulla sådana. De hade både upptäckts, packats ihop och förflyttats till Ruts och Twists gårdsbutik. Inte för att säljas gubevars, utan för att smycka ut lokalen och finnas till allmän beskådan. Gömt i Macs och Pia-Carins källarförråd hade detta var otänkbart.

Annat värdefullt som förpassats från det äldre parets ägor för att landa hos Rut och Twist, var deras vuxne son Mini. Dock inte på annat sätt än som arbetskraft. Det var i samband med ett stort gethägnsprojekt som några extra armar behövdes och när det bygget var klart kom de på ytterligare sysslor åt honom. Bengt hade sett från första början att det var något vajkalle på den nya arbetskraften men undrade varför ingen annan gjorde detsamma. Alla, inte minst Rut och Twist, verkade enbart ha hög tilltro till Minis förmåga.

Idiotens moder blir alltid gravid, hade Bengt antytt i förbifarten till Rut eftersom hon inte verkade se att något var fel på grabben. Till och med nu när han tänkte på det, och flera år efteråt, rös han vid minnet av den blicken han fått till svar. Och namnet sen... Mini. Alltså, hur sjutton kunde en vuxen man kallas det? Nu när Bengt kände honom, skämdes han över sina första intryck. Namnet Mini sen, var inget annat än kortnamnet för Mac Mini. Det var inget unikt att ge sitt barn samma namn som pappan i familjen men Mini hade valt bort den första delen av namnet. Inte konstigare än så.

Plötsligt hajade Bengt till när han såg två personer på väg in i skogen några hundra meter bort. Att han alls såg dem på det avståndet var för att de hade varselfärgade detaljer på jackor och huvudbonader. De såg ut att vara jägare och de bar på något. Vid närmare betraktande såg han att det inte var vilka jägare som helst. Det var inga mindre än Tobbe och Twist. Värt att lägga på minnet, tänkte Bengt sedan. Så vitt han visste hade ingen av dem lov att jaga i markerna, och hur som helst inte utanför den stadgade jaktperioden.

Mini var Rut och Twist behjälpliga med lite av varje. Med start i gethägnsbygget men med lite av varje därefter. Vid sidan av att hjälpa till med djurhantering och byggnation, hade han stöttat upp på alla möjliga sammankomster som anordnats på gården. Ett stort arbete hade lagts på Mini när det gällde att bistå i projekt som gynnade gårdens utveckling. Han hade varit involverad i alltifrån äppelmusteri, osttillverkning och biodling till julmarknader och läxläsning. Någonstans där började Bengt fatta att det nog inte var så stort fel på Mini annat än att han var lite udda. Han hade visat sig vara en riktig arbetsmyra. Därtill hade han förlöst killingar och haft totalt gårdsansvar vid tillfällen då Rut och Twist varit bortresta. Och numera driver han den där podderian ihop med Sigge.

Bengt var nu framme vid vägen som skulle leda honom till tågstationen där morgontidningen fanns att hämta. Borta i korsningen stod en bil och blinkade vänster. Det var Mac. Bengt höjde handen och vinkade och Mac vinkade tillbaka. På passagerarsidan såg han ett mycket litet huvud sticka upp. Yahoo, tänkte Bengt. Det måste vara hunden som stod med frambenen på fönsterlisten för att kunna se ut genom fönstret. Pia-Carins lilla älskling, hennes kanintax. Det var inte ofta hunden lämnade huset, trodde Bengt. Yahoo höll sig mest kring Pia-Carin som i sin tur, och framför allt i vissa perioder, inte heller lämnade huset annat än för att rasta sin hund. Just en sådan period var hon inne i nu, när hon precis påbörjat ett arbete med ytterligare en bok. Hon hade skrivit... ja hur var det nu... fem eller sex böcker, kanske sju stycken och det verkade kunna bli hur många som helst. Det var säkert med anledning av stundande skrivflow som hon bett Mac ta med sig hunden på en biltur.

Bengt kom fram till perrongen och tog sikte på lådan för gratistidningar. Det fanns inte många exemplar kvar och han fick dyka ner med armen ganska långt ner för att lyckas fiska upp en tidning. Han fick tag i den allra sista och insåg hur dåraktig hans promenad hade framstått om det inte blivit någon tidning. Den sedvanliga morgonrutinen var alltför god för att störas eller dirigeras fel.

Tydligen hade han hållit andan medan han fiskade upp sin tidning för nu kände han sig nästan yr när han släppte ut all luft. Han kramade tag om tidningen som för att hålla tag i något medan han återfann balansen. Han andades ett par djupa andetag och kom snart att tänka på Twist och Tobbe igen. Lite lustigt att se dem båda, eller faktiskt alla tre karlarna nästan samtidigt. Och hunden. Det kunde väl inte vara en arrangerad jakt på gång? Med hund? Om det var något Bengt visste med säkerhet, så var det att Yahoo absolut inte tilläts delta i någon som helst jakt. På den punkten hade Pia-Carin varit alldeles klar och tydlig. Och om han kände Rut och Pernilla någotsånär, var jakt inget som stod på deras högsta-önskan-lista heller. Bengt som inte ägde Buddhas talanger med att bara vara, och genom det åtnjuta gemenskapen i gänget, hade nu tillräckligt med stoff för att i stället muta sig fram ett tag till. Med skvaller kunde han bygga vänskapsband, om än tillfälliga.

Vis av erfarenhet och av egen förskyllan hamnade han lätt på vännernas minuskonto. Genom att köra en snabb rewind över de närmaste åren påmindes han. Jo, han hade skjutit den älskade gårdsbocken och ja, han hade snattat en katt och visst, han höll på att förstöra festen som han själv anordnat. Men om han med viss tveksamhet råkade vara en känsloamputerad klantskalle kunde han allt ställa tillrätta, det visste han. Han var en chanstagare men beredd att riskera något för att lyckas. Han visste att vägen till framgång ofta gick genom modet att förlora. Att man också måste välkomna det eventuellt efterföljande fiaskot. För hans del var framgång inget mindre än en chansning som gått hem, och framgångsrik var han.

17

Med det tänkt var han äntligen hemma, fast bara tillfälligtvis. Han skulle dra till skogs om en liten stund och titta efter eventuella spår av vad Twist och Tobbe haft för sig. Bengt tog av sin jacka och ställde skorna prydligt i hallen. Därefter bad han högtidligen sin katt om ursäkt eftersom hon hade fått vänta på maten. Han öppnade tidningen och konstaterade att den här morgonen sannerligen hade hamnat i oordning på alla vis. Långt utanför de ordinarie rutinerna. Katten var utom sig, tevattnet hade svalnat alldeles för mycket och tidningen var skrynklig.

Han öppnade den och ögonen landade direkt på en annons där en privatperson sålde 26 kilo gröna ärtor. Vad kan rimligtvis ha hänt när man har sådana mängder ärtor att sälja? På tal om oordning alltså, och chanstagning.

Kapitel 1
Om gårdslivet förr och nu
samt tigerhuvudet på grillen och det frätande spottet

Twist och några arbetskamrater var på fest i en röd liten sommarstuga i Laduvik. Någon gång efter middagen och efterrätten, mitt i ett högljutt pratande, stod plötsligt några barn där som komna ur ingenstans. De berättade upprört att de sett ett vildsvinshuvud på utegrillen utanför ett stort vitt hus i närheten. Någon behövde ta deras uppgift på allvar och gå dit för att kontrollera det hela. *Någon* blev Twist. Han kände paret som bodde där och var därför den som fick ta emot uppdraget. Ingen var hemma i huset, det visste alla, så en kontroll var det enda som behövde göras. Bara en koll om det ens var sant att det grillades svinhuvuden där.

Klockan var mycket, den hade passerat midnatt med en halvtimme, och de andra på festen tyckte därför att Twist skulle ta med en av gästernas hund. Som skydd alltså. Twist var inte särskilt sugen på det men de andra insisterade och tänkte att det kunde vara tryggt för honom. Hur då tryggt, tänkte Twist som inte ens kände hunden. Han förstod inte hur skyddet skulle tänkas gå till och heller inte vad hos hunden som rimligtvis skulle väcka en vilja att skydda en okänd person. Det slutade ändå med att den fick hänga med på promenaden. Twist hade minst sagt bestyr med att ens få hunden att gå som brukligt i kopplet. Det var ett kortbent muskelknippe, en Bulldog med ganska så vassa tänder vilka Twist ideligen fick känna av.

Väl framme vid huset syntes grillröken tjock från dess baksida och när Twist kom fram hälsade en grovhuggen man med smutsiga och sotiga händer på honom. Det var grillmästaren. Vid grillplatsen stod tre finklädda tjejer. De pratade, skrattade och umgicks högljutt och på grillen framför dem låg mycket riktigt ett huvud. Men det var inget vildsvinshuvud utan ett tigerhuvud. Ett helt huvud, med päls och allt. Inte nog med det, flera decimeter av halsen fanns där också. Twist undrade hur det var möjligt. Han funderade också på hur barnen kunde undgå att se skillnad på en tiger och ett vildsvin. Han tittade sig omkring. Då såg han det. I närheten låg mycket riktigt vildsvinshuvudet, grillat och klart. Mest troligt det som barnen pratat om. I samma stund upptäckte de finklädda tjejerna honom och hälsade artigt innan de återgick till sitt snattrande. De agerade så avspänt normalt att Twist inte kom sig för att fråga vad de gjorde i huset eller varför de använde en grill som inte var deras. Han ifrågasatte inte ens vad de grillade. Istället tog han ett stadigt grepp om hundkopplet och drog hunden till sig, orolig att även den skulle hamna på grillen. Han bestämde sig för att helt enkelt bara smyga sig därifrån.

Det han grubblade över sedan han lämnat huset var konstigt nog inte de intryck han fått med sig, alltså funderingar som rörde sig runt vilka människorna var eller vad de hade grillat, i stället funderade han över tiden. Vem grillar halv 1 på natten? Då brukar det väl vara läge att tänka på refrängen, tacka för sig och eventuellt börja plocka ihop efter en sen sittning. Inte att vara halvvägs in i en grillning? Hunden och Twist, som vid det laget började bli riktigt goda vänner, fick problem med att ta sig upp samma väg som de tidigare gått ner mot huset. Framför allt hunden med sina korta ben hade stora svårigheter med att ta sig upp. De fick därför gå omvägar innan de kunde återvända till stugan, vännerna och middagen. De gick och gick och verkade aldrig komma fram. De hamnade i stan där de hemlösa hade börjat rada upp sig i en soppkökskö.

Twist räknade ut att om han bar hunden långa sträckor skulle det gå fort. Ett alternativ som inte behövde övervägas eftersom de snart stod vid en brant trappa som hunden omöjligt skulle klara av. Inte ens det första trappsteget var värt ett försök, det var helt enkelt för högt. Twist tvingades till slut bära på den tunga hundkroppen hela vägen och hunden njöt i fulla drag av att slippa gå själv. Twist kände sig helt slut men snart skulle de nog vara tillbaka. Plötsligt fick han ett mycket hårt slag i huvudet, i tinningen på höger sida och han skrek kraftfullt rakt ut. Det gjorde så ont att han började gråta och oja sig. En kvinnas röst hördes som liksom väckte honom från något som kändes som det döda. Han hörde att det var Rut.

Rut och Twist levde på Laduviks Gård i fullkomlig lugn och harmoni, eller nåja, åtminstone i harmoni. Själva lugnet hade genom året fått förhinder av Ruts framfart och ständiga skördar av nya idéer. Så fort inget hände eller stimulerade henne, började hon genast skissa på nya projekt. Hon hade det liksom i sig, ett slags oförklarligt driv. En höst för länge sedan födde hennes ko med nummer 583 tre kalvar. Det märkvärdiga var inte bara att alla kalvar kom ur samma kossa. De kom också ut vid nästan samma tillfälle vilket minsann var att betrakta som en stor händelse. Även om det var ett tag sedan nu blev det ändå ett alldeles speciellt minne för både Rut och Twist.

Kalvningen utspelade sig strax efter att Twist dykt upp i hennes liv. Efter att ensamt ansvarat för alla bestyr på gården hade hon bara en enda önskan ihop med sin nye man, och det var att de skulle leva ett lugnt och kvalitativt liv utan tidspress och oförklarlig oreda. Gården skulle vara den plats där man fick skrota runt och vara den man var. Aldrig skulle de behöva känna att något behövde försvaras eller dokumenteras. Ingen skulle kunna tvinga igång några argumentationer och inget skulle behöva bevisas eller kontrolleras. Så ville de ha det, men så enkelt var det visst inte. Trillingkalvningen blev nämligen uppstarten för en ny sorts etablering av djur på Laduviks Gård. Strax senare införskaffades nämligen en hel drös Lappgetter och höns fanns där också sedan tidigare. Getterna killade och producerade mjölk i sådana mängder att de beslutade sig för att starta getosttillverkning. Så med det ena kom det andra.

I takt med tiden hade Rut och Twist plötsligt inte enbart en ko och tre små kalvar, utan någonting så ståtligt som två kvigor och en tjur. Dessvärre blev det alltmer ohållbart med den typen av djurhållning eftersom gården fått en helt annan inriktning. Ett nödvändigt, men oerhört svårt beslut att ta, var att låta djuren gå. Kossa 583, kvigorna Filofax och Vassle-Liki samt tjuren Bengt II fick lämna gården. Lyckligtvis gavs de ett bättre liv på annan plats.

Twist hade drömt och slängt sig av och an i sängen tills han slagit i huvudet i sängbordet. Det var då han vaknade av att Rut försökte prata honom vaken och lugn. Hon hade vant sig vid den sortens morgnar och visste att det bara var att stå ut medan demonerna red Twists kropp. Det skulle komma lugnare dagar. Genom prat och bearbetning skulle det bli bra.

Han var fortfarande påverkad av händelsen efter en kväll på pizzerian för ett antal veckor sedan då de kommit hem till ett riktigt elände. Rävdjävulen, som Twist utryckte saken, hade kommit in i hägnet och utfört storverk. Det var andra gången den hade försökt. Förra gången skrämde Bengt skiten ur den med en Blunderbuss. Det goda med det var att räven tvingades ta till flykten. Det sorgliga var att bocken Ulvar fick ta emot det gamla skrotet i loppet på vapnet. Den arga men ofantligt coola flockledaren dog omedelbart. Nu hade räven gjort ett nytt försök, och lyckats. Den här gången kom den in i hägnet på okänt vis och fick fatt i Myotonicgeten Faint. Att få fatt i Faint var inte det minsta avancerat. Hon la sig nämligen snällt på sidan så fort något

22

skrämde henne. Om nu räven tyckte sig vara en duktig eller smart jägare kunde Twist meddela att det inte var svårare att plocka Faint än att sno en russinkartong från en tvååring.

Det Rut och Twist anade sedan de studerat tillställningen i hägnet, var att deras lilla svimningsget svårt ansatt och snudd på styckad, antagligen räddat de andra getterna. Den resterande flocken hade undkommit sin bödel genom att fly längst in i killingbåset där staketen var extra höga. Faint däremot hade i vanlig ordning svimmat och kört sitt jag-är-död-som-en-grävling-trick. Detta hade mest troligt stoppat vidare förödelse.

Händelsen hade tagit Twist mycket hårt och han drömde mardrömmar varje natt. Drömmar som stressade honom och förstörde alla möjligheter till välbehövlig vila. Han hade blivit sugen på hämnd. Rävuslingen skulle dö. Tobbe hade lovat att de skulle ladda bössorna endera dagen men Twist hade större planer än så.

Nu berättade han om nattens dröm som hade väckt honom. Rut lyssnade och försökte prata Twist tillrätta och faktiskt gick det ovanligt bra denna morgon. Han hade nämligen fokus på något helt annat och det fick honom att samla sina krafter. Så fort de ätit upp frukosten skulle han gå ut i den före detta koladan, där kon och kvigorna stått. Där på plats fanns en liten hemlighet att pyssla om. En ny kärlek. Ingen utom han själv visste vilket tillskott gården fått, inte ens Rut. Twist ville etablera gårdens nya medlem på egen hand och i lugn och ro. Han ville lära känna djuret utan att få onda ögat från Rut eller förlora det till Mini som genom sitt särdeles fina sätt med djur skulle överglänsa Twists möjlighet att stifta bekantskap med nykomlingen. Det var en ren slump faktiskt, att han såg annonsen. Han hade googlat runt på datorn, verkligen ansträngt sig att på alla vis tänka på annat. Han var så less på att vara arg och ledsen. Det var då han såg annonsen.

Getvakt till salu. Zipper är 3 år gammal, kastrerad, kan gå i band och åka transportbil. Hans far var getvakt på en gård i norra Sverige. På bilden är Zipper knappt ett år men har nu växt och blivit större. Pris 12500 kronor. Telefon 060 19 13 90 Sofie

Twist googlade vidare för att lära sig mer om djuret, förvissad som han var om att lamapojken Zipper skulle bli gårdens nya medlem. Han hittade information som sa att lamadjur utvecklats i Nordamerika för mer än 30 miljoner år sedan. De har också använts i Anderna som lastdjur. Djuren är pigga, synnerligen alerta, väldigt nyfikna och orädda. De är lättskötta och behöver inte klippas.

När det kommer till vinterklimatet, hade Twist läst att laman klarar svenska förhållanden utmärkt och kan hållas ute året runt med bra regn- och vindskydd. Så länge djuren har chans att skydda sig från kall och fuktig luft, klarar de kallare klimat väl. Lamor är härdiga, och klarar kyla samt magert bete bra. De är mycket vänliga mot människor och hålls därför ibland som sällskapsdjur. Deras mjuka trampdynor är mycket skonsamma mot marken. Laman är cirka 110 till 120 centimeter höga och väger mellan 120 och 180 kg. Wow, här har vi nåt, tänkte Twist. Han tyckte det hela lät alldeles för bra för att vara sant. I deras gethägn fanns både utrymme och rätt faciliteter för en vaktlama.

När han tyckte att han läst in sig en del, tog han kontakt med Sofie som berättade mer. Exempelvis att lamor har bra syn och hörsel och observerar omgivningen bättre än getter. Så fort de märker en annalkande fara avlossar de ett effektivt varningsläte, en blandning mellan kluckande och gnäggande. Hon berättade vidare att om någon kommer för nära går lamadjuren fram och blänger. De håller koll på allt, till och med när grannen startar gräsklipparen. Ett fullgott alternativ till en vakthund. Twist hade läst att lamor var ena riktiga tuffingar. De används som vaktdjur mot pumor och prärievargar och har en inbyggd aversion mot hunddjur. En lama skulle aldrig fly om det kom en varg eller hund mot den, utan hellre överraska inkräktaren genom att jaga den. "Eller räv?", undrade Twist som frågade Sofie om allt han kunde komma på. "Exakt! Räv eller varg spelar ingen roll. Kommer vargen ställer sig laman mellan inkräktaren och flocken, sänker huvudet och stampar med frambenen. Med en lama behöver man inte oroa sig för ovälkomna gäster och de kan sparka riktigt hårt."

"Men tamdjuren då", undrade Twist, "får de vara ifred eller blir laman herren på täppan? Vi har en sån välfungerande flocksammanhållning bland våra Lappgetter. En fin ledare och en stabil flock."

"Ja alltså, laman tar över och blir en ledare för flocken. Väl inne i flocken tror han sig snart vara en get. Och dessutom störst, bäst och vackrast. Men det brukar bara vara positivt. De behöver inte tränas eller växa upp i en flock med getter för att bli effektiva getvaktare. De hittar sin ordning."

"Det låter toppen! Berätta mer", bad Twist.

"Om en varg eller räv kommer och märker att det krävs ett jobb för att ta sig förbi ett hinder, sjunker dess självförtroende och den avviker. Rovdjur undviker att utsätta sig för risker att bli skadade. Jag har hört dem som har berättat att deras lamor vågat gå på även björn och lo".

Sofie beskrev hur laman i allvarliga situationer kan kasta upp halvsmält föda genom matstrupen och att den sura magsaften kan irritera ögon och hud kraftigt.

"Tänk dig in i att du tillfälligt förblindas av syraspott samtidigt som du träffas av sparkar. De känns, eftersom klövarna har två vassa klor en bit in i köttet."

Den enda reservationen inför köpet var just detta med lamans spottande. Om mindre än tre månader skulle det vara julmarknad och med det följde massor av besökare. Att riskera att besudlas av starkt illaluktande, grönfärgat, segt och halvslemmigt maginnehåll skulle inte vara någon höjdare. Rut skulle bli galen om hon fick veta... Lamor är enormt pricksäkra och spottet frätande. "Våra besökare på gården då? Vi har många gäster. Hur kan man få laman att låta bli att spotta?" Sofie skrattade till när hon hörde Twists oro. "Djuren är sällskapliga och gillar att bli ompysslade. Ju mer man klappar dem, desto mer sällskapliga blir de. Det är när man går för nära deras ungar som de kan spotta, eller för att markera rang. Ni får väl avgränsa djuren den dagen", föreslog hon.

Twist läste också att en del har alpackor i stället som get- och fårvaktare men det var ingenting som Sofie rekommenderade. Visst har alpackan också en utpräglad vaktinstinkt men storleken har betydelse, plus att alpackorna har ett större behov av sin flock. Med lamor är det så att endast en lama ska användas per flock. Är de flera tyr de sig gärna till varandra.

Tiotusen kronor måste man betala för ett lamasto. Det är billigare än kostnaden för en herdehund plus att laman äter samma mat som getterna. Hanarna kostar ungefär hälften av honorna, men de kräver lite mer jobb och måste oftast kastreras. Ston, hingstar eller vallacker visar visserligen ingen skillnad i vakteffektivitet men en unghingst passar inte alls med får eller getter. Man bör ha en äldre valack som getvaktare. Sofie lät meddela att med tanke på att Zipper är kastrerad och redan har god vaktvana, är priset prutat och klart. Vid fyra års ålder utrustas dessutom lamadjuren med riktiga mördartänder, vassa som rakblad, med dem kan de knäppa de flesta angripare. Men man ska aldrig köpa en lama som är för ung och aldrig låta en ung lama gå ensam. Zipper är i perfekt ålder.

Twist fick svårare att styra upp sig än en nyexaminerad forskare bland provrör och pipetter, alldeles eld och lågor. Det förekom inte särskilt ofta men när han fick ha helt egna projekt hände det. Efter samtalet med Sofie stegade han genast iväg till den före detta kreatursladan. Där ställde han snabbt iordning hoar på ny höjd, ordnade med vatten och strödde spån och halm på golvet. Lösdrift fick det bli. Inga djur i boxar, det var lika bra att laman fick vänja sig vid att gå fritt. Sofie hade sagt att Zipper med fördel kunde vara alldeles ensam under de första veckorna så att han på egen hand fick lära känna miljön med alla nya ljud och dofter. Så länge Twist höll sig i närheten några gånger per dag skulle det inte gå någon nöd på djuret. Efter en tid kunde Twist försiktigt fösa ihop getterna med laman enligt ett givet koncept som Sofie hade beskrivit.

Första dagens kontakt för etablering med flocken skulle ske genom att laman och getterna gick i fållor bredvid varandra. Inte förrän därefter kunde laman släppas in till getterna. De skulle mest troligt gilla sin storväxta kompis ganska omgående. Lamor brukar snabbt ta kommandot i flocken och accepteras som ledare. Åttio procent av alla lamadjur som introduceras i en get- eller fårflock är etablerade inom en vecka eller två, hade Sofie berättat.

Alldeles snart skulle etableringen ske, både med getterna, Rut och Mini. Twist undrade vad som kunde tänkas bli det svåraste men kände sig plötsligt alldeles säker på svaret. I samma stund vred det sig i magen på honom.

Kapitel 2
Om feta fläcken och gumman som kunde gno
samt hampan, blocket och taljan

Två saker bekymrade Pia-Carin. Dels flottfläcken som besudlade hennes nya tröja och dels Yahoo som inte kom när hon ropade. Hon fick helt enkelt ta en sak i taget och eftersom hon redan var i gång med fläcken beslöt hon sig för att fortsätta där. Någonstans hade Pia-Carin läst att om man hade börjat med fläckborttagning var det bäst att fullfölja, och gärna med samma preparat. Inte börja och avsluta eller byta metod och verktyg, eftersom alltsammans kunde ta ut varandra tills man plötsligt stod där med nya sorters fläckar. Det var också viktigt att få bort fläcken innan självaste maskintvätten så att den inte torkade in i plagget. Då skulle den bli näst intill omöjliga att få bort.

Flott, visste Pia-Carin var det avgjort svåraste att få bort. Blåbär kunde elimineras med ättika, och choklad med kallt vatten. Rödvin med salt eller varm mjölk. Flottfläckar däremot, var bland det värsta hon visste att försöka sig på. Fläcken som gjorde allt för att överlista henne var inte bara svår, den var gammal också. Hon hade fått den med sig hem från pizzerian för ett antal veckor sedan. Där hade de alla samlats och bjudits på en oslagbar afton av Dimitri och Bengt. Ja, även Sigge och Mini, som hade hållit podderian öppen. De alternerade innehållet i denna genom att spela poddar och musik om vartannat.

Pia-Carin funderade över kvällen och deras olika relationer. De var verkligen varandras motsatser och likheter, men passade ändå för varandra. Eftersom de var många och i olika åldersgrupper, fanns det alltid någon att dra till sig eller starta ett samtal med. Pia-Carin tänkte sig dem som en sammanhållen kedja med plus och minus men där någon alltid fanns till hands om det spårade ur. Lite som en dragkedja kanske, där de motsatta sidorna fick bett om varandra och slöt systemet samman. Ja faktiskt, som en lång och stark dragkedja. Taggarna, eller tänderna, behövde passa ihop i de båda sidorna innan de kunde länkas ihop till ett absolut perfekt bett. Ibland kunde det visserligen vara svårstartat, ibland försökte man dra igen för fort och då löpte det inte alls. Ibland kanske en tand litegrann snedställde sig eller en bit av tyget tuggades in så att det fastnade helt.

För att relationer ska fungera så felfritt som möjligt krävs ett genuint intresse för andra, en vilja att försöka förstå varandra. Hos den som mest bara lyssnar på värderingar som bekräftar den egna världsbilden sker ingen utveckling. Just det hade begränsat Bengt genom åren. Men om de såg honom som något snedställd eller förstod att de alltför hetsigt matat in honom i gemenskapen, gick det lättare att förstå sig på honom. Med lite lirkande och genom att backa och undersöka det hela kunde han matas in igen. Försiktigt. Han skulle nog aldrig bli särskilt sammansvetsad med någon, inte på samma sätt som de andra. När det kom till Bengt behövde de skynda sig att älska honom mellan katastroferna.

Pia-Carin minns hennes och Ruts samtal om människors starka behov av att tillhöra en grupp. Hur den driften leder till behovet att definiera sin grupp i jämförelse med andra. Alla problem och tillkortakommanden skylls på dem utanför den egna gruppen. Allt hat projiceras mot det där andra. Så har människor alltid fungerat och i kölvattnet av det tänket har människor mobbat, krigat och försökt att förgöra varandra. Tanken föll på Nord- och Sydkorea, på palestinier och israeler, på AIK och Djurgården, på rökare och ickerökare. På Bengt och omgivningen. Ja, tanken föll på Bengt som trots att han varit så ensam, ändå varit den som krigat och mobbat andra. Gjort allt för att *inte* tillhöra. Förhoppningsvis är det nu historia... förhoppningsvis, för man kunde inte så noga veta med honom. Hon svävade iväg i sina funderingar medan hon skrubbade och gnodde med det ljumma tvålvattnet på fläcken. Det här duger inte. Bäst att låta det hela vila en stund. Vid det laget var det omöjligt att veta om det var flottfläcken hon såg eller en fläck förorsakad av vattnet. Hon beslutade sig för att fortsätta med sin pod och var fläcken inte borta efter att tröjan torkat skulle hon gå till Macs verkstad och hämta starkare grejer.

Efter mötet med laduviksgänget sist hade hon fått en läxa med sig hem, och det var att stå som värd för nästa pod. Något som hela gänget hade deklarerat. De betraktade henne som en utmärkt berättare och hade låtit höra att de såg fram emot hennes bidrag. Och hon hade börjat. Hon hade till och med fått grepp om uppgiften. Inte bara med en text utan också med låtar, speciellt utvalda utifrån hennes musiksmak. Men helt ärligt hade hon inte alls tid med uppgiften. Hon var precis i uppstarten med att skriva sin nästa bok, det riktigt kliade i fingrarna. I den senaste boken hade hon tryckt in många händelser. Hon hade beskrivit den stora festen, som startade redan på dagen och höll på halva natten. Eller egentligen hade allting startat flera månader tidigare med att lagmedlemmarna tog kontakt med varandra och gjort en plan inför festen. Pia-Carin mindes hur alla lagen slöts samman hos dem i de mest häpnadsväckande kostymeringar och gav allt för laget i lekar och tävlingar.

I den senaste boken fanns också ett avsnitt om incidenten på ICA då Bengt hade förvandlats till, som Pernilla uttryckte det, en hydra med många huvuden. Hon hade tyst för sig själv också muttrat hur synd det var att han inte använde en enda av alla skallar förutom dumskallen. Själv hade Bengt ursäktat sig, som så många gånger förr, med att han visst hade agerat först och tänkt sen. Tobbes och Pernillas båtäventyr, både med katamaranerna och motorbåten, var återgivna i boken. Motorbåten som äntligen hade blivit en vara på Blocket. Berättelsen om Dimitri och hela hans bakgrund kände hon sig kanske mest nöjd med. Det var en spännande historia att få dela med sig av. Likaså Ruts och Twists intermezzo under sitt stadsbesök, med SPA inkluderat. Då de äntligen hade fått chansen att lämna gården för en dag och hur intensivt Rut hade önskat att få komma hem igen fortast möjligt. Om det och mycket mer hade hon skrivit, men ännu fanns det mycket att pränta ner, så en ny bok var ett måste. Pia-Carin tyckte att hon hade många bra sidor, fast tålamod var kanske inte hennes mest framträdande egenskap. Hon ville börja skriva på boken omgående och förbannade därför att podden kommit emellan. Konstigt, tänkte hon sedan. Vart hade hunden tagit vägen? Hon ropade på henne igen men hunden var som uppslukad.

Pia-Carins plan var att enbart köra en låt i början och en i slutet av podden. Den artist hon hade valt som skulle inleda avsnittet var Laura Pergolizzi. En amerikansk popsångerska som inte bara var oerhört ball utan som också begåvats med en helt unik sångröst. Hon drillar som en kvinna men rör sig som en man och i låten *Suspicion* kommer hennes röst fram särskilt väl. Låten matchar inte innehållet i podden på något speciellt sätt utan är vald mest för att den är bra. Snarare kommer låten att upplevas som en bjärt kontrast till poddinnehållet men det gjorde ingenting. Gammalt och nytt ska kunna samsas, olikheter och kontraster kan gifta sig bra, det var Pia-Carins åsikt. Hon plockade upp Youtube i websökaren, letade upp låten och startade den. Plötsligt kände hon sig sugen på att läsa igenom det hon hade skrivit.

Världsarv, var det Pia-Carin hade valt att prata om och det handlar inte bara om byggnader och platser, utan för henne också om skrifter. Ett världsarv är ett kultur- eller naturminne som är så värdefullt att det är en angelägenhet för hela mänskligheten. Det kan vara en plats, en ort eller en viss miljö. Något slags objekt som på ett alldeles unikt sätt vittnar om jordens och människans historia. Efter att objektet upptagits på Unescos världsarvslista ska det garanteras vård och skydd för all framtid. Hittills har bara två objekt strukits från världsarvslistan. Det ena är Dresden och det andra är Omans arabiska antilopreservat. Nåväl, 191 medlemsländer har undertecknat Unescos konvention om skydd för världens kultur- och naturarv. Det är sedan ländernas skyldighet att skapa lagstiftning och en organisation runt bevarandet av arvet i sitt respektive land.

En fantastisk tanke och återigen ett exempel på någonting som mänskligheten har konstruerat tillsammans. Pia-Carin tänkte att det var extra viktigt i tider som dessa, när det konsumeras och slängs prylar som om de var närmast bakteriella efter ett år eller två. Inte mycket av det som nyligen var alldeles nytt, anses innovativt eller i tekniskt avancerad framkant längre. I stället har den ena generationen efter den andra uppgraderat produkten och dussintals uppdateringar redan gjorts. Förr hördes ofta resonemang som sa att det vore klokt att vänta med inköp, att det snart skulle komma en uppdaterad och bättre version. Nuförtiden kommer det hela tiden bättre och mer uppdaterade varianter och versioner av det som knappt ens svalnat efter produktion.

Någonting som inte uppdateras, förbrukas eller konsumeras är de 1110 världsarv som finns på Unescos lista. Femton av dem finns i Sverige och först ut på listan 1991 var Drottningholms slott med omgivande miljö. Drottningholmsteatern är världens bäst bevarade 1700-

talsteater, utrustad för att bjuda på häftiga specialeffekter. Det finns en handdriven vindmaskin som kan göra vinande stormbyar, mullrande åska och upprörda vågor. Det finns färdiga scener för alla fyra elementen, exempelvis dekorer med klippor och eld. I källaren, tre våningar under scenen kan kulisser dras fram med hjälp av ett gångspel. Det krävs många starka personer för att ett scenbyte ska kunna drivas fram. Förutom att scenbytena sköts med muskelkraft under scenen, ser det likadant ut över scenen, därifrån skådespelare kan hissas ner med hjälp av en molnvagn. Vagnen firas ned i hamparep som är slagna på genuint vis. Repen glider med hjälp av block och taljor och hela maskineriet består av en vindlande repkonstruktion. Bakom scenen likväl som i utrymmen under och över scenen, är det mörkt. Förr utfördes arbetet bakom scenen i lågornas sken men på senare tid har el dragits in. Det är också trångt, anpassat efter nätta 1700-talsmänniskor.

Pia-Carin hade läst att det på Gustav III´s tid fanns en liknande funktion i matsalen på Stockholms slott. Kökspersonalen höll till under golvet till den kungliga matsalen och på en given knapptryckning delade sig golvet och det färdigdukade matbordet kunde hissas upp en våning till de hungriga kungligheterna och deras gäster. När maten var uppäten, trycktes bordet ner i källaren igen för avdukning. Med den finessen behövde kungligheterna vare sig beblandas med tjänstefolket eller äta under deras beskådande.

Det är just tanken att bevara och vårda gamla tiders miljöer som gör att de upptas på arvslistan. Övriga världsarv som utsetts under 90-talet är Birka/Hovgården, platsen som en gång i tiden varit nätverket för vikingarnas handel. Järnbruket Engelsbergs bruk och Sveriges största kyrkogård Skogskyrkogården är ytterligare exempel. Laponia med sin orörda natur och Gammelstads kyrkstad som är landets största kyrkstad, var även de fantastiska ställen att bevara. Visby är listad för bevarandet av arvet efter medeltiden och Karlskrona för att den var örlogsstad och bas för Sveriges hela örlogsflotta.

Här tyckte Pia-Carin att det kunde vara lagom med ett stycke 1700-talsmusik och skulle be Sigge och Mini att tona in den cellosonat av Luigi Boccherini som hon hade valt. Medan den spelade kunde hon förbereda sig på resten.

Precis då kom Yahoo springande in i arbetsrummet. Pia-Carin hade hört ljudet av tassarna i trappan och förstått att hunden kom nerifrån källaren.

"Men hej lilla vän, var har du varit, du som aldrig springer i trappan annars?", sa hon till hunden.

"Och svettig är du också, det var märkligt. Vad har du gjort och var har du hållit hus? Men gud vad du luktar!?"

Hon tog tag om hunden och bar upp henne och fick genast en lukt i näsan som hon aldrig tidigare känt. Yahoo's päls var nästan lite kletig. Det var märkligt. Vad sjutton var det som stod på?

"Mac!" ropade hon rakt ner i källarhålet så högt som hennes röst bar, i hopp om att få ett svar. Hon behövde verkligen få en sorts förklaring på hundens hälsostatus.

Pia-Carin släppte ner hunden som snabbt rusade iväg. Hon hörde hur hon började dricka vatten, något som pågick ett bra tag innan det blev tyst igen. Därefter gick hon raka vägen till sin bädd och somnade nästan omedelbart efter att hon lagt sig ner.

"Vad har du gjort?", frågade Pia-Carin sin hund som för att ännu en gång pröva möjligheten att få ett svar. Hunden gav inte ett pip ifrån sig men tittade upp på sin matte med ögon lika mandelformade som rullande. Huvudet låg tungt där det låg och ögonen slöts igen nästan omedelbart.

Pia-Carin drog av en bit av hushållspapperet och började torka av hunden. Hon studerade det hon hade fångat upp på papperet. Det såg ut som gräs, eller möjligtvis grön halm. Vad sjutton är det? Hon luktade på det. Surt men samtidigt kvalmigt och med en konsistens av puré. Äckligt. "Mac!" ropade Pia-Carin igen samtidigt som hon slängde papperet i sophinken. Inget svar. Efter lite mer läsning skulle hon reda ut den saken. Hunden var ju på plats gudskelov och hade somnat så det var ingen brådska.

Det är Riksantikvarieämbetet och Naturvårdsverket som tar fram förslag till världsarvslistan och bereder ärenden rörande världsarvskonventionen åt regeringen. En gång om året sammanträder de utsedda representanterna i UNESCO:s världsarvskommitté för att bland annat diskutera och ta ställning till nya objekt. Alla svenskar känner säkert inte till de platser som utsetts till världsarv. Bland de femton som finns, hittar man Höga kusten och Kvarkens skärgård på grund av att de klippor som finns där är formade av inlandsisen. Och på södra Ölands odlingslandskap finns en väl bevarad stenåldersbosättning medan Falun och Kopparbergslagen bildar ett arv med sitt industrilandskap. De dekorativa hälsingegårdarna är bevarade på grund av att de är timrade enligt svensk byggnadstradition. Pia-Carin visste att Mac vid sidan av att kunna snickra, också var en person som behärskade timring. Därmed var den härliga mixen av Sveriges femton kultur- och miljöminnen presenterade. Ytterligare ett par udda platser, exempelvis radiostationen i Grimeton och Varberg med sina 127 meter höga master finns med. Slutligen nämnde hon Struves meridianbåge som mäter jordklotets rundning.

Nej förresten, det finns ett arv till. Tanums hällristningsområde från bronsåldern där cirka 300 figurer huggits ut på flera berghällar. De antas beskriva människornas sociala och religiösa liv på den tiden. Runt om i världen finns det flera tecken och skrifter som beskriver livet som det var då. Fragment från försvunna folk och kulturer, men som fortsatt är en del av oss som lever nu. Pia-Carin log åt en blixtsnabb parallell. Det var ju lite av vad hennes böcker representerade. En slags runa över Laduviksgänget.

Runor och hieroglyfer har låtit sig tolkas men det finns flera tecken och skrifter som förblivit odechiffrerade trots idoga försök av kryptologer och språkvetare. På Påskön finns skrivna tecken på träpaneler som man inte vet ursprunget till. Det kan vara ett utvecklat skriftspråk eller så är det bara dekorationer. Man har hittat lerskivor, lertavlor, manuskript och lerkärl med tecken och bilder som är både fem- och sextusen år gamla. Från Kreta, Indusdalen, Norditalien, Kina och Mongoliet. Språk som inte kunnat dechiffreras utan i stället förvandlats till en enda stor lingvistisk tankenöt. En rimlig förklaring antas vara att texterna bara spelar eftervärlden komplicerade spratt. Lite typiskt den moderna människan som tror sig kunna allt. Det som inte går att begripa sig på avfärdas och utdöms vara ett skämt.

Avslutningsvis: vilket världsarv kan tänkas bli Sveriges sextonde? Ett bruk, en gruva, en ö eller kanske en kraftstation? Hmmm... någon av alla fantastiska fyrar eller ett tågstationshus kanske? En del förslag finns listade och det ska bli intressant att se vilka av dem som tillförs Unescos lista över världsarv. Wira Bruk, Stockholm Gamla stan, Zorngården, Göta Kanal, Ales stenar, Salu silvergruva, eller Stora och Lilla Karlsö? Spännande fortsättning följer.

Vem vet med Lisa Ekdahl var den låt Pia-Carin hade valt till avslutningsmusik på sin podcast.
"Vi vet inget nu, vi vet inget idag", nynnade hon medan hon styrde stegen mot tröjan för att se hur det var fatt med fläcken.

Ingen skillnad! Det var exakt samma storlek på den, bara aningen blekare sedan vattnet torkat. Husmorstips ut, verkstadsvätskor in, beslutade hon och gick mot den del av huset som ledde ner till Mac's verkstad. Där var det rörigare än någonsin, alldeles fullt med prylar. Mac hade en egenhet som gick ut på att plocka på sig lite av varje. Just det ledde dem för ett par år sedan till en rejäl upprensning bland grejerna. Kartong efter kartong med gamla prylar bars över till Ruts och Twists lilla gårdsbutik Taffel. Butiken hade vid sidan av att vara gårdsbutik också inretts till en palzeria och sen förvandlats till ett traktens museum med Mac's alla attiraljer. Pia-Carin suckade. Det verkade som om det var dags att rensa lite igen. I somras hade han kommit hem med en farfarspipa och en panflöjt som han fyndat på en loppis. Pia-Carin påminde honom om att han varken rökte eller spelade flöjt men han menade att han inte kunnat motstå frestelsen att äga dem. Besvikelsen blev dock stor när det visade sig att flöjten inte fungerade. Pia-Carin bad att få titta på den och konstaterade då att det inte var en panflöjt. Det var ingen flöjt över huvud taget, utan ett vindspel. Något att hänga i ett träd för att höra det spelar i vinden. Nu log hon åt minnet när hon stod i verkstadsröran med ögon som letade.

Hon noterade att något mekaniskt arbete var i görningen, men hon brydde sig inte om att utforska det närmare. I stället fokuserade hon på hyllorna längs med ena kortsidan. Det var som en skattkista fylld med flaskor och burkar för olika ändamål, eller en smärre miljöförstörare, beroende på hur man valde att se på det.
Hela verkstaden hade för övrigt varit en miljöangelägenhet alldeles nyligen. Sedan evigheter tillbaka hade en lukt legat i källaren, i verkstaden och snart sagt utspridd i hela huset. Pia-Carin förde lukten på tal gång på gång under årens lopp och varje gång avfärdade Mac hennes oro. Pia-Carin tyckte att det påminde om mögel medan Mac kallade det för

37

källarlukt, sådant som känns i ett gammalt hus med källare under markplan. Det är jorden som luktar. Till slut hade Pia-Carin börjat lyfta upp en bit av mattan och känt att golvet under var alldeles fuktigt. Marken hade sugit upp vatten från undergrunden, allting liksom svävade och uppe på detta hade en matta legat och täppt till. Hon kunde inte låta bli att undra om det fanns några andar med i det hela också. När hon nämnde upptäckten för Mac och förde frågan vidare om andarna, rev han bort hela mattan i ett endaste huj och sedan dess hade det inte luktat någonting där hemma.

Pia-Carin greppade tag i en flaska i taget på hyllan, läste på etiketten och funderade. Det fick inte vara något medel med alkohol i, inte heller innehålla något slags blekmedel och självklart inget fett. Vattenlösligt, svagt men inte för mesigt, luktfritt och färgfritt. Nej, hon gav upp, det var nog bara att se tiden an med den där förbenade fläcken och hoppas att den skulle nötas bort efter kommande användande och ytterligare tvättar. Hon ställde tillbaka flaskorna som hon plockat från hyllan och ansåg ärendet vara utrett och klart. Eller åtminstone outrett men klart.

Plötsligt var det något som började surra bakom henne och hon påmindes om var hon var; i Mac's *mekaniska* verkstad. Ljudet var lika hackigt som när två osmorda kugghjul bit för bit hakade tag i varandra. Pia-Carin vände sig om och noterade att den gamla uppstoppade räven som Mac haft längst in i förrådet nu fått en mera upphöjd position i verksamheten. Den stod uppe på arbetsbordet och, inte nog med det, den rörde på sig. Visserligen långsamt och hackigt, och med ett ljud som inte kunde lura ens den mest kärlekskranka räven att närma sig sin släkting. Något slags liv var det i den gamla rackaren i alla fall. Mekaniken svarade ojämnt och ljudet kom och gick, varje gång utdraget till det yttersta innan det tystnade. För att snart börja hacka igen. Vad var nu detta?

Vid rävens fötter låg ett slags mjukisdjur, eller i vart fall ett *före detta* slags mjukisdjur. Det såg ut som en hare med en dragkedja i ryggen och det lilla livet var uppsatt på en pinne. När det gällde Mac och hans intresse för mekanik visste hon att saker och ting kunde börja tveksamt men urarta fort. Hon anade att det gällde även det här projektet. Pia-Carin kom ihåg för ett par år sedan när Mac tog sig an soluret utanför kommunalhuset. Han demonterade soluret som ett första steg i en operation vilken bar namnet: "Knäck solursmonopolet". Bakgrunden till aktionen var den uppkomna insikten att uret, som är beroende av solljus, inte gick att läsa av särskilt trovärdigt. Sommartid, när solen sken som bäst, gick det inte att läsa av den korrekta tiden eftersom sommartiden ställt fram tiden en timme. Och på vintern, saknades det bärande elementet solen, eftersom den då lyste som bäst på det södra halvklotet. Med andra ord gick klockan alltid fel. En dag i mars tog Mac med sig de verktyg han behövde, demonterade soluret, vred det 15 grader och monterade tillbaka det igen. Den insatsen ledde till en ringa summa i böter som mest avsåg att statuera exempel, meddelat att låta andras grejer vara ifred. Mac tyckte det var värt det och Pia-Carin skämdes som en hund.

Nu lyfte hon upp haren och började studera den närmare. Hon undrade om även den skulle få henne att skämmas. Pinnen som haren var fäst på satt fast i en platta och som det verkade hade Mac berövat haren sin själ, all mekanik var urplockad. På bottenplattan stod texten Flextone och Pia-Carin kände till att det hade med jakt att göra. Visserligen var Mac ingen jägare med det fanns andra som tyckte sig vara det, exempelvis Tobbe och Twist. Mac kunde så klart inte motstå deras önskemål om stöd och hjälp i den verksamheten tänkte hon. Hon anade att mekaniken som nu fick den gamla uppstoppade räven att röra sig orytmiskt tidigare suttit i haren. Hon trodde sig ha sett en viltlockare i ett tidigare sammanhang. Ett hjälpmedel som både rörde sig och utstötte ljud för att jägaren skulle kunna styra viltet.

Medan Pia-Carins blick gick från haren som berövats hela sitt innanmäte, och över till den väldigt döda och hjälplöst hackande räven, kände hon att det fanns starka skäl att oroa sig. Mac var kapabel att göra lite av varje för att tillfredsställa sina lustar. Vad var egentligen en fläck på en tröja och grön puré i hundens päls när frågan istället handlade om varför räven blivit viltlockare och haren sprättats upp. Räven och haren överglänste de tidigare två bekymren med hästlängder. Frågor gjorde också sällskap med en tredje; den om var Mac höll hus.

Kapitel 3
Om ge-upp-brallor och kistlock i källaren
samt tomtens försvinnande (igen)

Du befinner dig på en plats där gräset är högt och doftande. Gräset övergår i en äng med blommor och alla dess dofter omfamnar dig. Den varma vinden för dofterna med sig. Du ser ett skogsbryn en bit bort och beslutar dig för att gå ditåt. Du rör dig sakta och känner gräset kittla dig på benen. En fjäril flyger förbi och kommer så nära att du känner den nudda din arm. Den flyger i cirklar och du följer den...

Rut hade sovit dåligt så in i vassen och låg därför en stund på sin yogamatta på golvet och lyssnade på en meditation. Hon bannade sig själv för att hon lät sig styras av irrelevanta tankar hellre än att sova. Vad var det egentligen hon tänkte på som störde hennes slummer? Ja, exempelvis hur Twist skulle kunna komma över att geten Faint inte längre fanns hos dem och vad konsekvenserna av det skulle bli. Att det var dags att göra rent mustmaskinen från kilovis med äppelskal och kärnhus som satt sig fast som kakor i maskineriet. Hur det skulle gå med leverpastejen och andra frukosttillbehör som lämnats kvar i palzerian efter mellanmålet där. Det som hon hörde droppa, var det i duschen eller var det regn... viss skillnad. Om det var duschen behövde hon irritera sig, om det var regn var det ganska mysigt. Vad berodde sånt på, ljudet var ju detsamma? Och på tal om det; var hon inte lite kissnödig? Behövdes läxundervisningen längre? Tariq och Waheed, de afghanska bröderna var helt igång i skolan och självgående numera... värre var det med henne själv. Hur kom det sig att hon aldrig kunde hålla reda på händelser, årtal, årstider och så vidare? Hon skulle vara värdelös om frågan om alibi skulle dyka upp någon gång. Hon skulle helt snurra till det,

med ett låååångt fängelsestraff som följd. Å andra sidan
kunde det kanske vara vilsamt. Undrar hur mycket klockan
är. Åh, hon skulle behöva koppla av nu, andas 4-7-8... Hur
fasen ska det gå?

*...när du närmar dig skogsbrynet hör du att det porlar av vatten. Du
ser en liten sjö och vattnet kommer från berget bakom. Vattenfallet
har bara ett kort fall ner till sjön och när det landar bildas en liten
virvel där luftbubblor och vågor cirklar runt. Lätta droppar stänker
på dina ben och fötter. Det svalkar skönt, känns mest bara som en
stilla dusch. Från vattnet ser du en stig som leder dig in i skogen. Du
beslutar dig för att ge dig in på den.*

"Rut?", är du vaken?
"Hallå Rut?" Det var Twist som avbröt hennes meditation.
"Var har vi termosarna? Jag ska ut en sväng i skogen med
Tobbe och behöver ha lite kaffe med mig."
"Hallå?" försökte Twist igen.
Rut lät sig återbördas till verkligheten och såg Twist framför
sig. Återhållet stressad. Det hördes på hans andhämtning
och det syntes på hans röda kinder och i hans flackande
blick. Rut stängde sina ögon igen och Twist visste att han
gjorde väldigt mycket fel i att störa henne nu men kunde
inget annat. Termosen var borta, eller åtminstone inte synlig
i hans omedelbara synfält. Antagligen hade den hamnat
precis bakom något, det var väl bara att leta lite? Rut
räknade till tio först framlänges, sedan baklänges och sedan
framlänges igen. Hon tänkte att förmågan att behärska sig
var en konst. Kanske lite av en överklassdygd, väl värd att
träna på. Ingen mer eller mindre bemedlad människa bar sig
åt eller rusade ut som en vilde för att saker gick dem emot.
Nej. Man skärpte sig helt enkelt. Rut som nyss stått vid ett
strilande vattenfall i harmoni med såväl naturen som sig
själv kände att hon sakta höll på att tappa greppet.
"Rut?" försökte Twist igen. "Jag hittar inte termosen. Vet
du var den är, har du sett den?" Hon räknade baklänges en

sista gång, och för säkerhets skull startade hon på tjugo.
Samtidigt slog det henne att Twist hade en doft i kläderna
som hon inte kunde placera. Det luktade inte nytvättat, inte
heller get och definitivt inte höna... vad var det för lukt? När
hon hade kommit till tolv avbröts hon igen.
"Ruuuut?"

Irriterad var en underdrift. Bindgalen likaså. Rut höll på att
tappa greppet fullkomligt. Från skogsstigen, djupt inne i
skogsgläntan slet sig ett rytande odjur med ett stort språng
och kastade sig över henne.
"Jaaaaaa!" vrålade Rut, slog upp ögonen och såg hur Twist
hoppade till. Hon fick genast dåligt samvete.
"Sorry men jag var helt inne i min meditation. Du kom lite
oläggligt. Termos sa du. Vad ska ni göra du och Tobbe?"
"Äh vi ska bara till skogen och plocka svamp. Jag skulle nog
behöva en korg också. Och en svampkniv."
Rut tillät sig att tvivla men när hon såg hur Twist var klädd
tänkte hon att det kanske stämde ändå, hur underligt det än
tycktes vara. Twist hade mjukisbyxor på sig. Det som av
somliga kallades ge-upp-brallor och som av Rut benämndes
Asmodeusbrallor. Namnet hade hon lånat från den persiska
vredesguden Asmodeus, den sanna äktenskapsförstöraren.
Ett plagg som män, eller i vart fall Twist gjorde klokt i att
undvika.

"Förlåt", sa han när han kände hennes granskande ögon.
"Bara idag. Bara en stund, sen tar jag av mig dem."
"Termosen är i det smala högskåpet till höger om kylen. En
korg kan du säkert hitta i underskåpet bredvid. Om vi har
en svampkniv är osäkert. Du kanske får hoppas på Tobbe
där. Låt mig fortsätta min meditation så kommer jag snart."
Rut hörde hur Twist öppnade och stängde skåpsluckor, hur
kaffemaskinen startades upp och strax senare ett mummel i
köket som avslöjade ett hinder i kaffefixandet. De hade
sedan en tid tillbaka en kaffemaskin som levererade kaffe

efter bara en enkel knapptryckning. Fast inte alltid. Precis som alla traditionella kaffemaskiner behövs kaffe och vatten plus lite filtertömning mellan varven. I deras maskin blev det lika besvärande varje gång trots att "mellan varven" var betydligt mer sällan än för vanliga kaffebryggare. De kräver filter, kaffe och vatten varje gång. Kaffemaskinen säger ifrån ytterst sällan när sumplådan behöver tömmas eller kaffet är slut. Något av det hade tydligen hänt nu, tänkte Rut.

...stigen är smal. Du måste sätta den ena foten framför den andra för att ta dig fram. Du tappar nästan balansen för varje kliv du tar. En doft av mossa och jord känns i näsan. Du kliver på en pinne och ett svagt ljud hörs när den knäcks under dina fötter. Ena foten glider till på en bit bark precis där stigen kröker sig runt en sten. På andra sidan står en mossbeklädd stubbe som du måste runda. Efter några steg till på stigen skymtas lite solljus som letar sig ner genom grenverket. Du ser en grind som står öppen...

En flåsande andhämtning strök förbi hennes öra. Rut ryckte till och ett tjut undslapp henne när hon kände en varm andedräkt och fuktig puss på kinden.
"Hej då, vi ses till middagen".

... skogsstigen leder dig in på en grusgång och du står framför ett hus. Du studerar huset och dess fasad, fönster och tak. Du går mot ytterdörren och sträcker dig efter dörrhandtaget, öppnar och går in. Där blir du stående ett slag och ser dig om innan du går in. En trappa leder ner i källaren och du tar den. Där trappan tar slut finns ett litet utrymme och därifrån leder en korridor. Du går korridoren fram och längst bort i den finns en dörr. Du öppnar dörren och kommer in i ett nytt rum som är nästan helt tomt. Det enda som finns där inne är en kista vars lock går att öppna. Du bestämmer dig för att göra det. Du lyfter försiktigt på kistlocket och känner hur tungt det är. Du tar i för att häva det upp och snart har du fått upp hela. Du studerar det som ligger i kistan, och det som ligger där är ... Ja, vad?

Rut funderade. Hon var väl medveten om att det omedelbara var det som betydde något. Det hon sett i kistan var en boll. Rösten i meditationen fortsatte sina frågor: *Hur såg huset ut?* Ruts bild av huset var ett trähus med ganska dov fasad. Två våningar och en förstukvist. Trädgård, hus och omgivning var ruffa, inget var prydligt eller sterilt iordningställt men heller inte ruckligt och mörkt. *Trappan då, hur var den?* Rak, smal och ganska brant. Den ledde ner till källaren direkt från hallen, på dess vänstra sida. Korridoren var inte alltför lång. På höger sida fanns dörren till det tomma rummet.

Rösten förklarade: *Huset, det är så du ser på dig själv. Trappan är så du välkomnar ditt undermedvetna och föremålet i kistan symboliserar något som är viktigt för dig just nu.* Rut sträckte på sig och lämnade meditationen. Hon hade gjort den förut så hon analyserade den inte djupare än så men konstaterade ändå att hon hade fått sig en stunds vila.

Ibland när hon kopplade av riktigt ordentligt kunde hon bli lite låg. Men inte först. Den första känslan som träffade henne var ett lugn sprunget ur något som kanske liknade lycka men därefter blev hon nästan lite ledsen. Varje gång det hände, påmindes hon om hur nära det faktiskt var mellan glädje och sorg. Egentligen mycket närmare än mellan glättighet och glädje. Hon hade svårt att förklara hur hon menade, men känslan var sådan. Helt ologisk. Hon tänkte på Twist som nog kommit fram till skogen och alla svamparna nu. Vad skönt för honom att han äntligen blivit på lite gladare humör efter den sorg som rumlat runt i hans kropp sedan pizzakvällen hos Bengt och Dimitri. Då de hade kommit hem, glada i hågen och till bredden mätta, och möttes av synen i gethägnet. Till något som liknade ren och skär slakt. Och den slaktade var ingen mindre än deras lilla älskling Faint. Mitt i allt elände var Twist ändå mycket tacksam över att Mini valt att stanna kvar på pizzerian så han slapp se den rivna och svårt tilltygade Faint. Själv hade han först blivit alldeles bestört, sedan utom sig av ilska och därefter slutit sig i sorg. Att han skulle hämnas i någon form, det var Rut säker på.

Med hjälp av inspirationen hon fångat genom besöket i källaren till sitt undermedvetna, bestämde hon sig för att gå upp på sin vinds medvetenhet. Hon rullade ihop sin yogamatta och passerade köket som Twist lämnat i ett huj. Det var konstigt tyckte hon, att det alltid såg ut som om någon hoppat in i köket och kidnappat honom. Allt var bara lämnat. Svampkorgen stod kvar där hon sist sett den, tre köksluckor stod öppna och en skvätt kaffe bredde ut sig på bänkskivan där den långsamt sögs upp i träet. Rut torkade upp den innan hon banade sin väg mot vinden.

Efter att ha vecklat ut trappan som ruvat dubbelvikt på andra sidan vindsluckan, stegade hon upp. Så fort hon hittat upp i vindshålet sträckte hon sig efter lampknappen och tände. För ungefär 100 år sen när Rut bodde i sin första lägenhet fanns inte fler prylar i hennes ägo än dem hon såg framför sig. Eller jo, det fanns en nätt uppsättning tallrikar och lite bestick i skåp och lådor. Linne och några handdukar, på sin höjd en rörig allt-till-allo-låda men inget mer. Hon mindes att hon lite grann hade önskat att det såg rörigare ut med fler saker här och där så att det skulle kännas som ett livfullt hem. Det var svårt att få en handfull prylar att inta en lagom spännande och stökig look. Upplevelsen när skåp, lådor och förrådsdörrar öppnades var den att ingen bodde där på riktigt. Likt känslan av att kliva in i ett vandrarhem eller museum. Det tycktes helt enkelt fattigt att mötas av ordnade travar och prydliga högar.

Till hennes första lägenheten hörde ett källarförråd som var ungefär två gånger tre meter. Vad som fanns där var knappt värt att nämna. Möjligen fyra däck och ett fåtal övriga tillbehör till bilen, några blomkrukor och kanske en säck jord. Inget mer. Nu såg hon sig om på vinden. Var allt kommit ifrån som fanns där var en gåta. Vinden var lika lång som huset, det vill säga cirka femton meter. På varje kvadratmeter av denna längd var något travat, staplat, arkiverat eller avställt. Kartonger med kasserade kläder och korgar med garnnystan och stickor. Avlagda möbler och en oändlig mängd urväxta fotbollsskor. Diabilder, påskägg, gamla dagböcker och pärmar med papper. Det fanns jackor och skor för alla säsonger och ändamål. Barnkläder, sovsäckar, flytvästar och julprylar. Även väskor för olika slags resmål, madrasser, campingattiraljer, leksaker och utklädningsgrejer. Tavlor, lampor, skridskor, ett el- och sladdförråd och gud vet vad mer som samlats där under alla år. Hemma hos Rut och Twist bodde för övrigt två knipsluga filurer. Den ena heter Man och den andra Nån.

Man säger: "Man borde göra iordning det här" eller: "man hoppas liksom att det ska lösa sig". Nån säger i stället: "Kan inte nån hugga tag i det" eller "Nån annan kan väl börja?" Och ibland jobbade de i par: "Nån har bara lagt det här så att Man måste hålla på att plocka." Det finns också en yngre upplaga av Nån och det är Nåns värstingkusin Nån Roll. "Om bara Nån kunde hjälpa till lite, fick Man det här gjort". Meh, spelar det Nån Roll då?"

Rut gav ifrån sig en suck och förbannade sig själv för att ha blivit den hamster hon var. Egentligen borde de beställa en container och lasta den full. Låtsas att de skulle flytta och göra en så kallad flyttstädning. Tänka; vad av detta vill jag ha med mig i mitt nästa bo. Hon skulle kolla med Twist om han tyckte att det var ett projekt värt namnet idag. Ett kort avbrott i svampplockandet skulle säkert välkomnas.

Den kartong som avgjort innehöll mest strunt drog hon med sig genom vindsluckan, innan hon släckte och stängde igen. Kartongen bar hon sedan ut på gården som ett första steg inför att senare ställa in den i gårdsbutiken. Den var inte tungt att bära men ganska otymplig och innehållet minst sagt varierat; häxhattar, lösnäsor, spöklakan, fjäderdräkter och två gigantiska Musse Pigg-händer var lite av de utklädningsprylar som låg packade där i. Hon tänkte att Tariq och eventuellt också Waheed kunde ha kul med dessa kläder och tillbehör.

På väg tillbaka sneglade hon bortåt gethägnet och fick minnet på näthinnan av den mess som uppstått efter rävens besök senast. Hur deras lille favoritget och Bengts gåva till gården, den stora attraktionen för besökarna och getflockens besynnerliga tillskott rivits av rävuslingen. Det var andra gången getflocken råkat ur för dramatik. Sist var det ingen räv, då var det Bengt som dödat. Som tur var, har de en beskyddare på gården. All seasons around-tomten som stått i position i staketnischen sedan några år tillbaka. Ibland hade den lånats ut men alltid hittat tillbaka. Hon kikade på tomten i sin röda dräkt där han stod som ett stoppmärke i den upplysta gluggen ... eller förresten... Rut stannade upp. Där han *inte* stod. Vafalls? Ingen tomte! Vad i alla helgons heligaste frid. Vart hade tomten tagit vägen? Rut tittade ner på marken under nischen i hopp om att den bara trillat ner och skulle ligga där. Men nej, hon såg ingen tomte någonstans. Nu hade hon två anledningar att genast ringa till Twist där borta i skogen. Först skulle hon be honom ordna fram en container och sen skulle hon be honom ställa tillbaka tomten på sin plats. Med anledning av Twists plötsliga munterhet, svampplockningen i skogen, svampkorgen som inte ens kom med och avsaknaden av den lille gårdstomten anade hon med viss försiktighet vad den verkliga anledningen till det plötsliga skogsbesöket var. Och inte var det svampplockning i alla fall.

Kapitel 4
Om de två trådarna och de halva meningarna
samt det ultimata spårvalet och benpiporna

Tobbe hade hittat sin gamla kalkylator som han fått fart på
sedan den försetts med nya batterier. Räknaren var nog från
universitetstiden och det verkade vara ett kärt återseende.
"Så avancerad, jag kan inte hälften..."
Pernilla förstod att han höll på att testa den. Om hon kände
honom rätt fanns det ingen hejd på antalet funktioner.
Medan Tobbe höll på med sin räknare, ställde Pernilla fram
frukosten. Nu fanns smör, ost och skinka på bordet. Kaffet
var redan upphällt och brödet framtaget.

När Tobbe och Pernilla donar med sina gemensamma
projekt, exempelvis när de förbereder segling, tar de ofta
ansvar för olika saker i samma projekt. De båda tycker att
det är en smart uppdelning som gynnar händelseförlopp
samt vars och ens engagemang. Det är sällan så att en gör
allt, lika ovanligt är det att de sida vid sida utför samma
saker. Oftast hjälps de åt, fast som sagt, inom olika
områden. På ett område var de dock tvungna att samarbeta
och spela på samma planhalva och det var när de
kommunicerade eller planerade. Ibland började Tobbe bara
prata rakt ut, kanske utan att ens titta åt Pernillas håll och
utan att hon var beredd. Meningarna påbörjades men blev
bara halva, så hon avvaktade innan hon engagerade sig. När
det varit tyst några minuter fortsatte hon med sitt. Inte
sällan kom nya halva meningar och när hon då undrade vad
det var han sagt, hade han glömt bort vad det var han ville
säga. Som i fallet med kalkylatorn.

"Polish notation", fortsatte Tobbe och sedan blev det tyst igen.

"Va?", svarade Pernilla.

"Polsk notation... poli..", hördes det innan han tystnade helt. Det var som om kalkylatorn tagit all energi som fanns, medan Tobbe gradvis och under samma tid, tappade sin.

"Fast vi tycker att vi är så tekniskt avancerade så är datorerna ännu bara i sin linda", sa han sedan han lagt ifrån sig räknaren och fått sina krafter tillbaka. Han slog sig ner vid frukostbordet.

"Hur menar du?"

"En klassisk dator består av två komponenter, ett minne och en logisk enhet. Minnet kan anta värde ett eller noll och detta kan den logiska enheten skriva och läsa till och från minnet på order av ett program. Programmet lagras i minnet och kan förändras medan beräkningar pågår". Redan här hade Tobbe tappat Pernilla som i stället börjat fundera på sitt.

"Nu har vi datorer, sen kommer kvantdatorerna", fortsatte han.

"Kvantdatorer?" undrade Pernilla förstrött.

"Ja, de har i stället ett enda minnesregister där de logiska operationerna utförs direkt i minnet. Styrkan i kvantdatorn är att den är byggd av atomer, molekyler och joner och kan på ett naturligt sätt beräkna och simulera fenomen."

"Okej?"

En kort stunds tystnad la sig medan Tobbe tog ett par tuggor på sin frukostmacka.

"Kvantdatorn är den klassiska datorn överlägsen när det kommer till att beräkna materiers egenskaper på mikroskopisk nivå. Även när beräkningar måste utnyttja kvantmekaniska egenskaper för att lösa större problem, exempelvis sökning i databaser med kvantinformation."

"Jag för min del tror inte att det finns ett *sen*", tillade Pernilla.

"Varför?" Tobbe sträckte sig efter en macka till.

"Jo för innan tekniken kommit så långt har vi förgjort oss själva. Vi har ett klimathot som inte kommer att kunna hantera så många fler tekniska innovationer innan naturen gör en reset på sig själv om du förstår hur jag menar."

Det blev tyst ett tag igen. Tobbe försjönk i sina funderingar och Pernilla i sina. Hon tänkte på hur omöjligt det var att skapa sammanhang i samtalen om ingen lyssnade på eller förstod den andra, om var och en satt med sin plan och sina funderingar, eller om båda bara pratade på om sitt. Ibland pratade de om sådant som de trodde var gemensamt. Inte förrän senare blev det uppenbart hur omöjligt det var att få till en gemensam röd tråd. Var och en hade ju fullt skägg att underhålla två trådar som löpte parallellt invid varandra. Pernilla var vanligtvis en pratkvarn och Tobbes tålamod var rätt så kasst. Om samtalsämnet hade känslomässig anknytning, hamnade Tobbe gärna i försvar och samtalet blev då väldigt stissigt och otrevligt. I de situationerna pratade Tobbe fortare och lite pipigare. Med den frekvensen drog Tobbe igång Pernilla lika lätt som en ödla slurpar i sig en skinnbagge. Hon var också dålig på att backa och ge space. I stället körde hon på. Hon försökte verkligen räkna till tio men kom sällan längre än till tre. Hon kunde absolut inte hålla sig i hela sju sekunder till, innan brytet vällde upp. Tobbes nästa försvar blev då att fräsa och snabbt försöka avsluta samtalet eller spela offer och bara stänga av. Så långt skulle det inte dras den här gången eftersom inga känslor var inblandade.

Pernilla menade att där samtalet fastnat eller där man konstaterat inte förstod varandra, där behöver man diskutera vidare. I händelse av att de tyckte olika så betydde det inte per automatik att man för evigt skulle vara osams.

Det var ingen duell som skulle avgöras. Ingen match som gick ut på att någon satt på makten och kunde trycka till, medan den andra fogligt tvingades till underkastelse. Så funkar det inte i friska relationer. Inte i en jämlik vuxenrelation i verkliga livet. Det finns inga risker med att resonera, det leder inte till att man förlorar varandra ens för stunden. Samtal behöver inte alltid ha informativ karaktär och stökas undan fort. Man kan förstås bli lite osams men det finns ingen fara i det. Så länge syftet är gott är det bara hälsosamt, försökte Pernilla. Ändå var det hon som hade en pulsåder på halsen som dunkade och en mun lika hopknipen som en kinesisk stjärnanis.

Eftersom det fortfarande var tyst dem emellan fortsatte Pernilla sina funderingar. Att prata för att förstå varandras tankar och tankegångar, och att dela dem för att lära känna varandras sätt att tänka är en metod att lösa saker gemensamt på bästa vis. Man teamar upp sig. När man sedan gjort det 10, 20, 100, 1000 gånger... ja då känner man varandra *så* mycket bättre än vad de gör som aldrig tar risken att dela med sig. Tankar går inte att läsa och de är inte uppenbara. Kommunikation är ingen lätt sak. Den som öppnar mun har tänkt ut något som den vill förmedla. Redan där kan det bli fel om tanken inte samarbetat med orden, mimiken och tonläget. Om allt så att säga spottas ut lite hoven droven. Sedan ska mottagaren tolka och förstå det sändaren nyss skickat över. Tolkningen kan också bli lite hur som helst beroende på exempelvis mottagarens referenser, språkförståelse, erfarenhet, ålder och kulturell bakgrund. Sedan ska mottagaren plötsligt bli sändare och sändaren mottagare och så går samtalet fram och tillbaka i en förhållandevis lång stund i relation till tiden det tog att tänka den ursprungliga tanken. Tankar är under ständig konstruktion och i samspel med mottagaren. Vad var det egentligen jag tänkte? Tänkte jag det bara eller sa jag det också? Sa jag allt jag tänkte eller bara en del? Var det du eller jag som sa? Ofta är det så att man pratar och tänker nästan samtidigt, fast inte alltid. Ibland måste det ske i någon slags turordning. Som när Tobbe kör bil. Han kan exempelvis inte sota ur motorn och prata samtidigt. Inte heller ta en kurva mitt i ett samtal, så de samtal som då är igång får helt enkelt vänta på tur.

Står man varandra nära *vill* man vara generös och dela med sig. Man *vill* lösa galenskaper tillsammans och hitta det bästa. Man pratar och delar tankar tills båda (eller alla... eller ingen) är överens. I det senare scenariot fortsätter man lite till. Det är kultur i den civiliserade, moderna, kommunikativa, demokratiska delen av världen. Att följa med åsiktsströmmen enbart för att undvika debatt, är korkat. Att ägna sig åt att återproducera sådant som andra redan förmedlat och att föra generella diskussioner om sådant som redan konstaterats och är uppenbart, är inte särskilt relationsutvecklande. Inte särskilt spännande heller. Att ha ja-sägare omkring sig är obehagligt. Att ha hundraprocentigt samtycke likaså. Då är det ändå någon som får stryka på foten fast gör det så skickligt att det inte märks. Det kommer upp i ljuset lite senare bara. Efter den här föreläsningen hade Tobbe, väl medveten om att även det innebar en risk, börjat säga *jag håller med dig* jättesnabbt för att slippa höra allt igen. Dramat med att var och en tänker på sitt i sin egen bubbla, avbryts alltmer sällan. Det är bäst så.

"Change manager skulle man kunna jobba med", sa Tobbe plötsligt. Pernilla rycktes ur sina tankar.
"Varför kan du inte bara ha ett vanligt jobb", undrade hon men hörde samtidigt att hon lät som en mamma som tröttnat på sonens alla galna idéer i jobbväg som aldrig liksom landade i något vettigt.
"Vad är det ens?", undrade hon sedan. Tobbe började förklara vad change stod för men det lät bara som en massa

ord som packades på varandra utan sammanhang så hon bestämde sig för att låta nyfiket intresserad och sedan googla upp det hela på egen hand.

När hon gjorde det i smyg under samtalets gång fann hon att change handlade om tillvägagångssätt för att möjliggöra en förvandling från ett rådande tillstånd till ett önskat framtida tillstånd. Då blev hon nyfiken. Det handlade alltså om att uppnå förändringar hos individer, teamet eller organisationen. Hon läste att framgångsrika förändringar kräver de involverade personernas engagemang och deltagande vilket fick henne att snabbt återknyta till Tobbe med beskedet.

"Ja, kanske det. Change Manager är nog inte en särskilt tokig idé ändå. Det är en bra idé!" Tobbe tittade storögt på henne och skakade på huvudet.

"Det där var något jag bara slängde ur mig."

Som sagt ibland lyssnade de på varandra men mest bara som täckmantel. Ibland pratade de om olika saker och ibland om samma. Någon gång fanns en röd tråd men väldigt ofta fanns det två. Olika fokus, olika intressen, olika sätt att prata på... Olikheter berikar.

"Du, förresten. Jag och Twist ska gå till skogen och plocka lite svamp under förmiddagen har vi bestämt."

"Svamp?" Pernilla skrattade till. "Är det på riktigt?"

"Ja, hur så?"

"Nä, jag bara tänkte. När någonsin har du initierat en svampplockning? Verkligen... svamp?"

"Japp", svarade Tobbe och började riva fram fler brödskivor ur frysen för att göra mackor medan frukosttillbehören fortfarande var framplockade. Han värmde vatten och tog fram termosen.

"Med matsäck", sa han sedan. Han kunde se i hennes ögon att han sått ett frö av tvivel men fortsatte ändå med det han höll på med. Hon skulle inte få förstöra det här.

Dagen var vackert solig och det smet in dofter från en nyklippt gräsmatta när Pernilla öppnade ytterdörren. September, en månad som fortfarande kunde bjuda på både dofter och värme men snart skulle lämna över till kallare temperaturer. Det kändes i luften. Pernilla tyckte att hon hade en odefinierbar känsla för varje årstid, ja rentav varje månad. Om hon så väcktes ur det förgångna, drogs fram ur en kartong, var både blind och döv skulle hon kunna lukta sig till och förnimma den aktuella månaden. Den kändes i näsan, på huden, i vinden. Medan kaffevattnet till påtår tre kokade, ställde hon en stol i solen för att ta sin frukost ute. Hon skulle ta med sin bok ut också och äntligen komma en bit till i den.

I år hade hon upptäckt ett begynnande problem med det mysigaste hon visste under året, alltså att sola och läsa samtidig, och det var att alls kunna se något av texten. De 34 centimetrarna, det vill säga avståndet mellan ögonen och boken när hon låg på mage i solen, var för kort. Det var dessutom skitsvårt att läsa med både solglasögon och läsglasögon. Då föddes tanken på ljudböcker som lösningen på problemet. Med hjälp av uppläsning kunde hon lyssna på sina böcker i stället. Hon och Tobbe kunde till och med lyssna tillsammans, exempelvis under bilfärd eller i trädgårdssoffan på altanen under en filt en myggfri och vindstilla kväll. Det är livet deluxe det och de hade lyssnat på flera böcker nu. Vid sidan av de böcker de gemensamt lyssnade på, hade Pernilla sina egna och det var en av dem hon skulle fortsätta på idag.

Tobbe passerade Pernilla, pussade henne hej då och slängde upp sin ryggsäck på ena axeln. Han kände sig spänd som ett barn inför en hajk. Svampplockning, pyttsan! Så klart skulle det inte plockas en enda svamp. De hade inhandlats på ICA och låg redan i en påse i bilen. Innan han var hemma igen skulle han hälla över den inhandlade svampen i en korg.

Nä, helt andra saker var planerade. De skulle äntligen ta rävfan hade de bestämt, han och Twist. De hade beslutat att inte säga ett pillekvitten till vare sig Rut eller Pernilla om det hela. Allt var planerat in i minsta detalj.

Sedan Faint gått under rävens klubba, hade Twist blivit så sammanbitet ledsen att Tobbe inte känt igen honom. Någonting behövde göras och när han kom på vad, sökte han upp Mac kring den idé han fått. Tobbe hade en Flextone-hare hemma, vilket han tyckte var världens smartaste lockföremål och den ville han att Mac skulle plocka sönder. Mekaniken, den som gjorde att djuret rörde sig tänkte han att Mac skulle peta in i den uppstoppade räven som huserade i hans källare. Mac var helt emot alla former av jakt om den inte ämnade att mätta hungriga magar. I ett svagt ögonblick hade han uttryckt att hobbyjakt inte var annat än penisförlängning för män med små pittar. Ett uttalande som hade fått Pia-Carin att hoppa till och hans egna kinder att blossa upp. Den här jakten var inget av det. Ingen kommer att dö och ingen kommer att vilja äta räv, i synnerhet inte Macs gamla uppstoppade filur. I stället handlade det om att få en god vän på bra humör, och det var värt allt. Jaktplanen var genial och Mac som älskade att pilla med mekanik sa ja. Twist skulle introduceras i hur effektiv jakt med en Flextone-hare är samt förstå hur oöverträffad kombinationen av hare och proteinmjöl är. Räven skulle bli som förblindad och dras till haren med samma envishet som norrpilen i ett kompasshus.

Mac hade ägnat två kvällar åt projektet och till slut fått det att fungera. Med fjärrstyrningens hjälp kunde han få räven, även på viss distans, att se levande ut. Han hade nöjt dragit igen dragkedjan i ryggen på haren sedan han stoppat upp den med fyllning. Operationen, som gick ut på att låta de båda djuren byta själ med varandra, hade gått i lås. Den som nyss var rörlig hade intagit en stelopererad hållning och den som enbart hade varit uppstoppad hade nu kommit i rörelse. Räven kunde, död som den var, plötsligt röra på både svans och huvud, och haren var uppsatt på sin pinne igen. Dessa båda hade Mac och Tobbe sedan planterat ut i skogen inför jakten. De hade planerat att Twist skulle få skjuta rävuslingen, och för att hindra honom från att därefter rusa fram till bytet och upptäcka hur stelt och dammigt det var, hade de en plan B.

Plan B kallades just för B eftersom det var den besvärligare delen av alla planer. Om den första, välplanerade delen eventuellt skulle skita sig, fanns en räddning. Denna slags plan var ofta svår att förutsäga alla steg av och tenderade ofta i att bli ett hugskott. Efter långa diskussioner var, kidnappningen av Pia-Carins lilla kanintax Yahoo, den bästa plan B de hade att tillgå. Planen var inte bara B utan även riskfylld. Skulle det komma fram att Yahoo använts i jakt, skulle Mac vara rökt och en omedelbar skilsmässa som en logisk följd av det. Hur som helst, *om* de tvingades ta till plan B, skulle Yahoo träda in på arenan och få en snudd på försvinnande liten roll i jakten. För Twists del skulle det bli lite mer på riktigt med jakthund, medan det för Tobbes och Macs del mest handlade om att rädda upploppet. I samma stund som Twist fällt räven, skulle Mac från ett uppgjort bakhåll släppa Yahoo lös. Just den sekvensen hade de tränat på länge. Mac hade redan valt ut ett träd, laddat upp med köttbullar och lagt ut dem dels bakom trädet och dels på den plats där Twist skulle sitta i bakhåll på räven. Denna köttbullshög skulle utgöra ett frestande pitstop för Yahoo.

Eftersom Twist, förutom Pia-Carin, var den som hyste störst kärlek till hunden i fråga skulle han reflexmässigt slänga sig efter Yahoo när hon kom springande. I spänt läge när död och vapen delar arena med det man älskar, skyddar man kärleken, hade Tobbe menat och utvecklade det vidare.

"När Twist är som mest upptagen av Yahoo springer jag fram till räven, slänger ner den i en svart sopsäck och tömmer innehållet från en ketchupflaska över alltihop. Sen låter jag Twist ta hand om Flextone-haren och säcken med proteinmjöl, samtidigt som han bär vapnet. Därmed har han inte tid att titta ner i säcken annat än i all hast". Det var i det ögonblicket som Mac skulle komma fram, säga att han hört skottet och att Yahoo slitit sig. Han skulle ta del av hela jaktberättelsen men säga att det kunde bli dryga böter om det hela kom fram och att det nog var bäst att han tog räven i bilen. Mac skulle erbjuda sig att ta haren, mjölpåsen och vapnet också. Precis där skulle Tobbe avleda Twist genom att vifta med svamppåsen från ICA och påminna honom om varför de var i skogen *egentligen*. De skulle fylla svampkorgen med de inhandlade svamparna, dricka sitt kaffe och äta sina mackor. Och så skulle de givetvis snacka om jakten.

Så, vid sidan av Pernilla och Rut, var även Twist på gränsen till lurad men det skulle han aldrig få vetskap om. Även Pia-Carin. Hon som sagt att Yahoo aldrig någonsin skulle ingå i ett jaktlag. Hon skulle givetvis inte uppskatta att Yahoo kidnappades för ändamålet och självfallet inte ursäkta dem ens för denna typ av jakt. Tjuvjakt på eget dött djur. Ändå hade Mac applåderat hela planen och Tobbe skrattade åt sin egen förträfflighet när allt var klappat och klart.

Tobbe och Twist var djupt inne i skogen när kyrkklockorna från kapellet hördes. En sydostlig vind transporterade ljudet i luftlagren.
"På tal om att störa", sa Tobbe medan de trampade på allt längre in i skogen.
"Tänk att de hörs så långt", svarade Twist.
"Och så vill man förbjuda minaret, de tjoar ju i alla fall lokalt."
"Hm, frågan är varför ska vi serva deras odemokratiska

idéer. De kan väl ha sin religion någon annanstans. En religion man inte kan ta sig ur om man väl är född i den. Sånt ska vi inte göda". Tobbe mumlade på.

"Detsamma gäller väl judendomen då. Den föds man också in i."

"Ja kanske det. Religion är bara skit."

"Fast inte för dem det är viktigt för, då är det inte skit", fortsatte Twist.

"Förtryck och tvång, våld och krig." "Hallå! Det gäller bara ett fåtal anhängare men dessvärre inom alla religioner, även kristendomen. Ska vi inte förbjuda alla kyrkor, församlingar och böneplatser också i så fall? Varför just minaret? Förresten, är det väl fler saker man borde motarbeta om man vill generalisera? Det finns politiska, könsbundna och sexuella avvikelser, skulle vi kanske storstäda där också? Och på landsbygden, där en massa åsiktstroll sitter bakom lyckta dörrar och tycker att allt var bättre förr. Jag menar; bakåtsträvare är också farliga för samhällsutvecklingen. De kan i värsta fall ge utlopp för rasistiska tankar. Någon borde städa upp bland landsbygdsfolket."

Tobbe hade aldrig hört Twist ha så mycket åsikter i ett och samma andetag och trodde att det möjligen kunde vara en effekt av hans sorgesamma tillstånd.
"Karlar kan vara farliga också. Det är de som toppar våldsstatistiken och utgör ett hot mot kvinnor. Vi kanske borde förbjuda herrstrumpor? Varför ska vi tillåta produktion och intressen som gynnar såna grupperingar? Exempelvis rävjakter", sa Tobbe med ett skratt.
"Jag tycker att vi borde införa åsiktsregistrering", hörde han Twist säga och därefter var det tyst ett tag. Tobbe visste att de snart var framme på platsen.

"Jag skulle vilja gå i området där borta", sa Twist och svepte med fingret över skogsområdet bort mot vattnet. Det gjorde

Tobbe nervös eftersom hela planen då skulle sättas ur verket.

"Vildsvin", sa han, "då får du gå själv. Jag stannar kvar här men lär nog höra när du skriker."

"Jaså är det vildsvin där? Jag får väl ta med mina mackor i fickan så jag kan muta dem."

"Tror jag inte, det är nog bra att vara så luktfri som möjligt. Jag skulle hellre smörja in mig i björnfett eller nåt. Snälla, kan du bära säcken med benmjöl ett tag, den är väldigt tung". Twist tog emot den och började läsa på innehållsförteckningen. Mjölet innehöll kastanjer som krossats och blandats med sojamjöl. 18 procent protein och 13 procent fett, plus ett svagt tillskott av fosfor. Tobbe hade planerat att innehållet skulle hällas runt lockharen när de väl kommit fram.

Under tiden hade Pernilla tagit plats i solen och börjat bläddra fram sin bok i appen på telefonen. Hon fortsatte sina tankegångar kring hur olika hon och Tobbe var men konstaterade att det sällan störde, förutom när det kom till området kommunikation. Pernilla tyckte att de levde ett rikt liv. Som en extra krydda, har Tobbe sitt motorintresse och hon kom att tänka på ett minne från en så kallad BMW-träff ett par veckor tidigare. Sommartid varannan vecka, på måndagar, är det BMW-träff vid Brostugan. Alla gubbar, bilar, knattrande motorer, olika utföranden, motorkapaciteter, sevärdheter och sportchassin värda namnet är då på plats. På hösten är tillfällena färre så Tobbe ville passa på att åka dit. Han bönade och bad Pernilla om att hon skulle följa med. De tog givetvis Bamse, Tobbes finbil. En BMW 135 med en rak sexa och 450 hästkrafter plus... Pernilla får inte prata om hur många hästkrafter den egentligen har, därav "plus".

De passerade McDonald's på vägen dit. Där åt de varsin snabb hamburgare och tog fikat med sig på färden. Med i bilen hade de också varsin Mc Flurry. Pernilla höll som vanligt i sig i kurvorna men denna gång även med två glassar balanserade i knät. "Krockar vi nu blir det grisigt i bilen", sa hon. Det fick hon inget svar på så hon bredde på lite. "Blod och benpipor, glass och skedar i en riktig smet. I en salig röra." Fortfarande inget svar. Så var det ofta. Endera pratade hon för döva öron, speciellt om de åkte bil, annars pratade de om olika saker. I bästa fall var det uppenbart, men inte alltid. "Lyssnar du eller?", undrade Pernilla. "Mm", sa Tobbe men ingen mer respons kom. Jo, efter ett par sekunder. "Den går bra i sportläge, en jävla massa växlar att plocka i", sa han då. Okej, den här gången hade de tydligen olika agendor. Hon om benpipor och glass. Han om sportläge och växlar.

De fyrahundra hästkrafterna plus styrde in mot Brostugan. Tobbe tryckte till på gasen och kom upp några varvtal extra och det brummade gott den sista biten. Alla borde ha hört dem men ingen verkade bry sig. Ingen gick dem till mötes, eller ens rusade fram för att snacka lack, motorkapacitet, fälgar, stolar och trim. Pernilla tyckte verkligen synd om Tobbe. I och för sig hade de kommit dit lite sent och många hade redan lämnat stället. Det var minst sagt svinkallt så bara de med förmåga att njuta i en frysbox hade uthålligheten att stanna kvar. Men helvete. Här gällde det verkligen att sparka i gruset, berömma alla andras bilar, slicka marken åt dem som var värstingar, i någon slags förhoppning att de skulle säga: "och vad kör du då?", kunna peka på Bamse där den stod och svara "äh, den där lille rackaren". Tobbe lyckades till slut med precis allt det innan de nästan frusit ihjäl. Sen fikade de och porrade ner sig i BMW-historier tillsammans med några andra entusiaster. Tobbe ekiperade sig i nya BMW-skor och en t-shirt plus att han fick ett rött tygbälte och Pernilla en nöjd man. Alltså, han *fick* bältet, så något slags intryck hade gjorts. Sen åkte de hem. Så smidigt enkelt.

Som sagt; de intresserade sig för helt olika saker. Ovetande om morgondagen, men hittills i livet hade Pernilla inte en enda dag längtat efter en utbildning i högt tempo. Och inte en enda timme trånat efter att utveckla sina körkunskaper. Inte en enda minut hade hon suktat efter att få köra många varv runt en bana och inte en enda sekund hade hon önskat att få träna på det ultimata spårvalet. Men Tobbe hade. Hur mycket som helst. Han ville utveckla sin körskicklighet och få förståelse för de krafter som påverkar bilar i höga farter samt bedöma farliga situationer i trafiken innan de inträffar. Tobbe hade varit iväg på flera förarutbildningar och första gången var ögonen stora som navkapslar. Han hade bränsleångor som rakvatten och gummistänk i hårbotten. Då var det Falkenberg som gällde, själva pilgrimsvandringen inför att komma in i helgedomen Nürburgring. Efter de upplevelserna kläcktes nya tankar om platser att köra på och så blev det några resor till. Så här dags hade han varit i Falkenberg, i Tyskland på Nürburgring, kört på Åresjön och i Mantorp, i Gelleråsen och nu Anderstorp. I resorna hade inkvartering, middag och teori ibland ingått men framför allt gemenskap med likasinnade högfartsknarkande galningar. Nyligen hade han varit iväg igen på en endagsutbildning. Tillsammans med sin nya t-shirt, de nya skorna och det röda bältet. Han hade återigen varit i Anderstorp.

Även denna vistelse inleddes på ankomstkvällen med ett teoripass och en gemensam middag. Nästa dag körde de BMW M3 och M4 på Anderstorp Raceway. Runt, runt, runt. Tobbe messade stolt att han kommit på delad första plats i slalomkörningen. Alldeles säkert, trodde Pernilla, skulle ett diplom finnas med i packningen hem och säkerligen även ett USB-minne med körupplevelser. Och så rätt hon hade.

Diplomet låg fortfarande kvar i köket, i Tobbes hög av post och räkningar. Där låg också tre A4 med tre spalter på varje blad, tätskrivna rader med tidsnoteringar, varv efter varv. Alla bilar fanns med och Tobbe hade i efterhand studerat den noga och länge. Han hummade, vände blad och kikade. Där i mängden av alla siffror fanns hans tider och varv. Han hade hunnit exakt 100 varv runt banan under dagen och han hade beklagat sig över vissa varvtider. Pernilla mindes hur bittert han kommenterat de andras körskickligheter och snabba tider. Utifrån det förstod hon att den resan inte skulle vara den sista.

Pernilla blev sittande på altanen större delen av dagen. Fram till tre på eftermiddagen gick det att fånga solen på den platsen. Därefter behövde hon flytta sig eftersom solen då hamnade bakom en stor tall. Så här års när solen stod lite lägre blev solstunden på altanen ännu kortare. Det smärtade att veta att det dessutom kunde vara en av de sista möjligheterna att lapa sol. Det hade blivit dags att förbereda middagen och göra lite nytta.

På hemmaplan när det är sommarhalvår, står en del projekt och väntar på vidare action. Tobbe hade varit en fantastisk projektledare för friggeboden som förra våren levererades i ett stort paket till tomten. De slet som sjutton med markarbete och med att få upp golv, väggar och tak. De snickrade och målade och alltsammans hade varit ett mycket drygt arbete. Sedan kom hösten och i januari, när de ändå var lediga bestämde de sig för att göra ett nytt ryck. Då isolerade de väggar och golv, målade väggar och tak invändigt, la golv och spikade upp lister. Under våren sedan grävde de ner ett rör i marken avsett att dölja kablar för att leda upp el till friggisen. De hade grävt i den jord som Gud gav, det vill säga rena rama smålandsmarken. De grävde femton meter framåt med enbart hacka och spett. Kraschade rötter och flyttade stenar från markytan ner till fyra decimeter i jorden. Det var mest Tobbe som gjorde jobbet. Eljobbet sedan gjorde en elektriker som Rut och Twist hade tipsat dem om. När allt var klart och det fanns hur mycket positivt som helst att kommentera, fokuserade Tobbe på plastlisten som dolde sladden på väggen. Han trodde att den skulle bli ful, men att det låg 25 år bort. Jamen, då är vi också fula, kontrade Pernilla. Och vi lär inte se hur ful listen är för om 25 år kanske vi inte ens bor kvar. Wow i alla fall. Friggisen blev otroligt fin när den slutligen också hade möblerats. Ett projekt nådde sitt mål. Nu återstod bara planer på att lägga ett plåttak över det tjärade taket och eventuellt en altan till friggisens framsida, men det fick bli nästa vår. Vilda planer fanns även på att bygga garage och en pensionärskuvös, eller uterum som det också kallas.

Tobbe kom hem från sin tur i skogen och hällde upp all svamp på en tidning på köksbänken. Pernilla bara gapade över fångsten och ett styng av dåligt samvete träffade henne för att hon misstrott honom om att plocka.
"Åh, det där svampstället vill jag att du visar mig, please?" vädjade hon.
"Tror du att jag skulle göra det? Aldrig i livet, det är mitt och Twists."
"Fantastiskt så mycket god svamp och så ren."
"Japp, vi plockade och rensade samtidigt, vi tyckte det var smartast, att lämna mossan i skogen. Och alla kryp."
"Men nu släpper vi det här, du har väl varit hemma hela dagen. Ska vi inte göra en utflykt? Åka och fika och kanske ta en promenad?"

Ganska ofta fick de nys om små ställen, endera för att de bara passerade eller för att någon i sin tur tipsat dem. Nu föreslog Tobbe Café Ekudden i Djursholm, ett ställe som de tidigare hade försökt besöka men då mötts av en igenbommad känsla. Caféet ligger jättefint vid vattnet i en liten vik. De drog iväg direkt, det var lite av en chansning och tredje gången gillt. Efter att de parkerat och rundat hörnet till caféet, märkte de att det var helt tomt på folk. Så klart, det var ju bara ett försök och säkert stängt som vanligt. Bakom sig hade de ett äldre par, säkerligen med samma tankar, att få sitta en stund i kvällssolen. Pernilla och Tobbe utbytte uppgivna blickar när de kom fram och såg hur stängt det såg ut. I samma stund dök en femte person upp. Han mötte dem både glatt och gästvänligt ur något som inte alls var igenbommat utan snarare tvärtom; planerat för fest. Mannen var iklädd ett stort leende och en trevlig outfit, och presenterade sig som ägare till stället. Tobbe och Pernilla blev varmt mottagna. På samma glada vis hälsade mannen på paret bakom. Det hela kändes alldeles särskilt familjärt. Vad var nu detta?

Paret de hade bakom sig visade sig vara ägarna till Villa Pauli och mannen som tog emot dem alla började checka av innehållet för kvällen. Han och Villa Pauli-paret pratade nästan i mun på varandra och det stod snart klart att de tillsammans var arrangörer för kvällen. Caféet var abonnerat och femtiotalet gäster väntades. En slags mingelfest var planerad. Målet med kvällen var att tillsammans saluföra Ekudden och Villa Pauli, plus ett tredje ställe en bra bit bort; Årehyddan. Gästerna skulle bjudas på drinkar och sushi, trubadur och kulörta lyktor. Tobbe och Pernilla var givetvis välkomna att vara med. Det var bara att hämta en drink i baren och hitta sig en plats.

Utan att ens vara inbjudna, var de alltså först på baren och kom senare att joina djursholmsfolket under kvällen. En sak var säker; vardagsklädseln skilde sig åt betydligt. Där satt Tobbe och Pernilla med varsin drink på bryggan i sina slags vardagskläder bland Pradalyxen, Gucci-swagget och småhundarna. Trubaduren spelade en strid ström av Elton John, Joe Cocker, Leonard Cohen och Ted Gärdestad.

Alldeles passande sjöng han att himlen var oskyldigt blå och precis så kändes det. Kanske inte för Tobbe, som avskyr att vara på fel, eller åtminstone oavsiktlig plats, oinbjuden... men Pernilla njöt i fulla drag.

Kapitel 5
Om krutkonspirationen och det som var top secret
samt polisen som stal en cykel

Samma morgon som Twist hade tänkt berätta för Rut om
deras nya familjemedlem Zipper, betedde hon sig på sådant
sätt att han helt kom av sig. Hon hade nämligen, med inte
alltför stor entusiasm, informerat honom om vilken läsning
som mötte henne när hon googlade på november.
"Men se så, gör inte det då. Googla hellre upp sådant som
du är uppriktigt intresserad av. November hör inte dit", sa
han. Rut avbröt honom.
"Hör här: *November brukar kallas för dyster, mörk, händelselös och
vedervärdig*... *bara för att den är dyster, mörk, händelselös och
vedervärdig*".
Twist tvivlade på sanningshalten i det och skrev därför
november i sökfönstret på telefonen för att se om det inte
fanns tusen andra saker att säga om november. Han visste
att Rut gärna hamnade i negativa cirklar på hösten och
behövde gaska upp sig en smula. Det var bland annat det
som gjorde att hans fokus ändrade riktning från Zipper till
telefonen.

Han hittade genast information om att november förr
kallades för vintermånad, eftersom vintern mer eller mindre
börjar då på Norra halvklotet. På de håll där man
fortfarande brukar jorden, behöver skördearbetet vara klart
så dags. Han knep dock igenom om den upplysningen
eftersom han var hundra procent säker på att just det inte
skulle få Rut i en gladare sinnesstämning.
"Hör! Bandysäsongen börjar i många länder, exempelvis
seriespel i bland annat Norge och Sverige. Ibland spelas

kvalspelet till fotbollsallsvenskan i november men snöfall har många gånger skapat svårspelade planer."

"Tack, nu känns det mycket bättre", svarade Rut. Twist som hade missat ironin i hennes röst fortsatte på temat snö.

"Det är fullt möjligt att hela november förblir snöfattig och mörk men den första snön kan komma vissa år och kanske till och med ligga kvar. Det står här om en stor snöstorm den 17 november 1995 som drabbades de södra delarna av Sverige, men den kommer inte jag ihåg. Gör du?"

"Snälla sluta, jag hade önskat att du kunde leverera lite upplyftande novemberfakta", muttrade Rut.

"Okej, här kommer det" sa han och bytte snabbt riktning. "Landslagsturneringen Karjala Tournament spelas ofta i november. Det är en herrlandslagsturnering i ishockey som ingår i Euro Hockey Tour. Turneringen anordnas i Finland och normalt sett under början av november månad varje år. Den spelas oftast mellan Finland, Ryssland, Sverige och Tjeckien."

"Twist", avbröt Rut. "Jag är faktiskt inte särskilt intresserad av sport."

"Jag vet. Men lite allmänna fakta då?"

"Hm, kanske."

"Att november har 30 dagar och normalt innehåller årets 305:e till 334:e dag. November börjar alltid på samma veckodag som mars, och om det inte är skottår, även på samma veckodag som februari. Trots att november är årets elfte månad i den gregorianska kalendern, betyder namnet *den nionde månaden* på latin. Namnet kommer sig av att de gamla romarna år 152 f.kr, tidigarelade nyåret två månader. Innan dess var alltså november den nionde månaden."

Twist hämtade andan innan han plöjde vidare i texten. "Danskarna kallar november för slagtemånad... lite typiskt danskt kan jag tycka. De är liksom lite mer råbarkade, mer vikingar än vi", la han till.

"Och i Japan kallade man månaden för frostmånad eller Shimo tsuki, som det stod i den gamla japanska kalendern. Fast det kanske är irrelevant information eftersom den gamla kalendern ersattes 1873 av den gregorianska. Informationen värd att nämna ändå, tillsammans med de japanska tecknen för Shimo tsuki 霜月, kanske för att de är så dekorativa. Kolla här."

Rut tittade på tecknen och bytte ämne på informationen. "De sa på Nyheterna att jorden skulle korsa resterna av kometen Tempel Tuttles den 17e. Kometens små partiklar kommer in i jordens atmosfär med hög hastighet innan de förbränns och meteorsvärmen Leoniderna kan komma att beskådas. Namnet kommer sig av att meteorerna mest troligt härrör ur stjärnbilden Lejonet."

"Intressant!", fyllde Twist på men menade det inte. Han var bara glad över att Rut verkade hängiven tanken på ett litet ljusfenomen långt där uppe i det kompakta mörkret. Han skummade vidare i texten och hittade något riktigt intressant.

"Det här tror jag att du gillar", sa han.

"Sedan den 5 november 1607, firas i brittiska länder Guy Fawkes Night till minne av Krutkonspirationen 1605. Det var ett upprorsförsök iscensatt av en grupp engelska katoliker där konspirationens upphovsmans namn var Robert Catesby. På grund av missnöje mot Englands kung Jakob I sätt att styra landet planerade han att spränga det engelska överhuset i Westminsterpalatset. Det skulle ske under parlamentets öppnande den 5 november 1605. Efter detta dåd var planen att starta ett uppror i Midlands, i syfte att kidnappa Jakob I dotter Elisabet Stuart och kröna henne till drottning. Catesby värvade tolv konspiratörer, bland andra Guy Fawkes som under många år stridit som legosoldat och var den som skulle genomföra själva sprängningen."

Rut lyssnade och Twist läste vidare om hur konspirationen avslöjades genom ett anonymt brev i oktober 1605, ställt till baronen William Parker. Vid en genomsökning av källarvalvet under Westminsterpalatset natten till den 5 november togs Fawkes på bar gärning med 36 kruttunnor. Fawkes anhölls och när det kom till de övriga konspiratörernas kännedom, valde flertalet att fly London. Två dagar senare nådde de gränsen till Staffordshire, där de gjorde uppehåll för natten. Följande morgon anlände Worcestershire´s sheriff med en styrka på omkring tvåhundra man och i eldstriden som följde dödades bland annat Catesby. De som överlevde greps och dömdes för högförräderi i domstolsförhandlingar den 27 januari 1606. De avrättades genom hängning, dragning och fyrdelning. Men Guy Fawkes Night firas alltjämt i november.

"Vila i frid ni, medan britterna festar till ert minne."

"Men du, att fira högförräderi, vad säger det egentligen om engelsmän?" undrade Twist eftertänksamt.

"Ja, historia är alltid spännande", svarade Rut med livlös röst.

"Ja, visst är det. Här kommer lite mer: Om det är valår i USA, är det i november som valen hålls och den ryska oktoberrevolutionen bröt ut i november. Det var då den ryska arbetarklassen, ledda av Lenin, grep makten och grundade Sovjetunionen. Året var 1917".

Twist såg att Rut gäspade och rös samtidigt, hur nu det var möjligt. Han fortsatte taktlöst.

"Berlinmuren revs också i november, år 1989 och Mexikos revolutionsdag firas. Plus att det varje år första tisdagen i november hålls hästkapplöpningar i Australien, den så kallade Melbourne Cup. Vapenstilleståndet efter första världskriget firas i bland annat USA och Storbritannien, på den så kallade Stilleståndsdagen i november. Du ser Rut, det är inte bara skit med november."

"Och här i Norden tänds stearinljus allt oftare, och många börjar spela julmusik lite smått. På tal om det, snart måste vi ta tag i julmarknaden. Det blir väl kul?", försökte Twist.

Han funderade vidare över hur fantastiska människor var, som uttråkade till dödens gräns och utsatta av mörker och regn, ändå hittade på saker för att få händelserika och meningsfulla dagar. Ur en uttråkad känslan föddes Guy Fawkes Night, även Oktoberrevolutionen och den Mexikanska revolutionen. Folk var så förstämda att de drog ner Berlinmuren, initierade kupper och turneringar, mustaschodlingar, djurslakter och höstfester. Ingen kan väl egentligen säga att november varit särskilt händelselös historiskt sett. Till detta kan vi lägga vapenstillestånd, meteorsvärmar och adventsbestyr. Det är minsann inte kattskit. All kärlek och respekt till november och kreativiteten, tänkte han.

Ruts telefon ringde och så fort hon svarat tecknade hon åt Twist att det var Sixten i andra änden. Sixten, det vill säga Sigges storebror och Siris lillebror, levde fortfarande sitt liv i Kanada där han hade pluggat i ett halvår nu på University of Ottawa. Barnens pappa hade sedan många år haft olika ambassadtjänster i östra Kanada och tillhörde sedan några år tillbaka svenska konsulatet i Ottawa. Det var där Sixten bodde. Allt hade utformat sig så fint för honom att han nog skulle bli kvar där ytterligare ett par år. Det var en bra chans för barnen att kunna alternera boendet i de båda länderna, men också att lära sig engelska och lite franska flytande. Sigge hade också varit där under några år men nu var det Sixtens tur.

Till Ruts stora glädje men också, vilket hon knappt vågade andas högt om, hennes bekymrade sorg, hade Sixten träffat en tjej där. De bodde tillsammans och höll på att etablera ett socialt liv som han så klart inte var villig att släppa i första

71

taget, vare sig han pluggade eller inte. Sixten och flickvännen trivdes fantastiskt bra ihop förstod Rut och levde så där bekymmersfritt och sunt som man gör i den åldern. Den så kallade sorgen som Rut kände, var ingenting annat än oro för att han skulle bli kvar där för all evighet. Att han skulle rota sig i yrkeslivet, gifta sig och bilda familj långt ifrån henne, på andra sidan Atlanten. Det skrämde, men gladde henne på samma gång. Hur balansen såg ut mellan dessa ytterligheter varierade från tid till tid. Just nu kändes allt bara bra och deras samtal löpte på i god stämning kring underhållande ämnen.

Sist de pratade berättade Sixten bland annat att Ottawa-polisen hade hjälpt honom att stjäla en cykel.
"Va? Hur då?" undrade Rut.
"Jo, jag landade sent med Torontotåget på stationen i Ottawa där min cykel hade stått sedan jag lämnat den innan helgen. Jag hade varit hos en kompis i Laval under helgen och kom tillbaka sent på natten, vid ett. När jag skulle ta min cykel stod den fastlåst ihop med två andra cyklar."
"Jätteskumt. Vad var tanken med det? Om man nu vill sno en cykel kunde man väl ta den från platsen? Liksom lämna brottsplatsen. Jaha, hur gjorde du då?"
"Jag gick hem och letade efter verktyg för att kunna ta tillbaka cykel och sedan gick jag tillbaka till stationen. Klockan gick, den var nog tre, halv fyra innan jag slutligen konstaterade att det inte gick att få loss cykeln från trippellåsningen. Jag gick hem igen och bestämde mig för att återvända efter ett par timmars sömn."
"Klokt. Det känns sådär att veta att du hållit dig vid tågstationen mitt i natten. Det brukar vara en del spännande typer där, eller?"
"Äh morsan, det är väl ingen fara. På förmiddagen sedan var jag tillbaka vid cykeln och den stod fortfarande fastlåst precis som natten innan. När jag var som mest fokuserad av kuppen med att stjäla min egen cykel, kom två poliser fram

till mig. De undrade vad jag gjorde och jag förklarade hur det låg till. De undrade också om jag hade något kvitto på cykeln men när jag lite menande nickade åt den begagnade och sprayade pjäsen av bästa billighetsmärke, log de. Jag fick dem att förstå att något kvitto så klart inte fanns men att jag naturligtvis ägde cykeln. Alltså, *om* jag skulle vilja sno en cykel här på stationen så fanns det åtminstone tio andra som var värda besväret. Klart som fan att det är min cykel, en cykel som någon annan tagit och låst fast."
Sixten hade pratat länge nu och Rut hörde honom dra ett långt andetag.

"Bra argument", sa Rut och skrattade högt. Twist tittade upp och hon mimade till honom att hon skulle berätta för honom sen.
"Så, hur slutade det?"
"Det slutade med att poliserna och jag gemensamt knipsade låset till cyklarna, så tack vare dem fick jag tillbaka den. Innan vi skildes åt sa en av poliserna att om det skulle komma in en förlustrapport på en sådan här cykel, så visste de vem de skulle söka upp. Ja, det förstår jag, svarade jag. Med tillägget att i så fall skulle jag kunna berätta vilka som hjälpte mig att stjäla cykeln. Vi skrattade åt alltihop. Det blev himla kul."
"Du köpte väl cykeln av en privatperson?", frågade Rut.
"Och tänk om den var stulen när du köpte den och att den ursprungliga ägaren nu kanske försökte stjäla den tillbaka... för att sen bli bestulen igen?"
"Ja, med hjälp av polisens avbitartång". De skrattade en stund åt alltihop och pratade på om lite av varje.

"På tal om saker som försvinner", sa Rut sedan. Medan hon pratade rörde hon sig mot hallen, beredd att gå ut.
"Saker försvinner här på gården. Jag hade ställt en kartong utanför gårdsbutiken innehållandes grejer från vinden. Du vet, era gamla utklädningsprylar. Påskkärringsgrejer; hattar,

kvastar och en vårtig näsa plus lite annat. Ett par stora Musse Pigg-händer, minns du? Från McDonald´s tror jag. Jag hade tänkt visa Tariq och Waheed dem eller i andra hand faktiskt ta mig i kragen och slänga dem. Hela vinden behöver rensas men jag tar en sak i taget".

Twist höjde på ögonbrynen åt det han hörde. Det kunde väl inte vara sant, att Rut påbörjat ett sådant projekt. Han undrade stilla hur långt hon skulle komma innan hon lät tankar och drömmar ta överhanden. Översköljd av alla minnen skulle det nog bli ett oöverstigligt projekt. "Någon hade röjt runt i kartongen och flera prylar saknades", hörde han henne säga i luren.

"Och inte nog med det. Vår gårdstomte har också försvunnit spårlöst."

Twist ryckte till. Men för i helvete! Den hade han ju fullkomligt glömt bort. Hur länge kunde den ha varit borta? Kom den någonsin tillbaka efter jakten förra månaden. Nej, säg inte att den blivit kvar i skogen. Om nu rävjakten hade varit svår att tillstå existensen av, och Zipper likaså, så skulle nog det svåraste ändå vara att behöva förklara att deras gårdstomte blivit kvar någonstans i skogen. Ruts babblande i telefonen minskade i ljudstyrka och snart var hon utanför huset. Samtidigt ringde det i Twists telefon.

"Du har väl inte berättat om jakten för någon?", sa en röst i andra änden av samtalet. Det var Tobbe som hade ringt.

"Du är tokig, så klart att jag inte gör det. Tänk på konsekvenserna. Vilket snickelisnack det skulle bli. Ingen jakträtt, ingen tillåtelse från frunsen och så Macs inblandning, han som aldrig skulle delta i jakt av någon sort. För att inte tala om hunden. Det skulle bli ett hallabaloo om Pia-Carin fick reda på att den lilla minivarelsen behövt springa benen av sig i jaktmarkerna."

"Åh, jag vet faktiskt inte vad som är värst. Mac berättade att Pia-Carin hade frågat, nej förresten, rent av pumpat honom om frågor gällande hunden. Den lilla rackaren kanske är den som kommer att få oss på fall. Du vet hur Mac är. Han vågar inte ljuga för Pia-Carin, vare sig vitt eller runt. Och Pia-Carin lär inte ge sig så länge hennes hund verkar ha råkat ut för något. Men något var märkligt", fortsatte Tobbe efter en kort paus. "Vadå?" undrade Twist medan han stod och kikade ut på vädret som for förbi. Han ömsom kikade på vädret och pratade med Tobbe, samtidigt som han höll ett vakande öga på Rut utanför så att han skulle veta var han hade henne eftersom samtalet var lite av Top Secret-karaktär. Det hade redan varit frost några nätter och första snön syntes som ett nästan inbillat flimmer i luften. Morgontemperaturen låg runt nollan och dagen innan hade det mörknat redan innan 17:00. Det katolska antagandet stämmer bra, konstaterade han. Sommarhalvåret var nu slut och vintern började. Det var bara en höstmånad kvar innan kalendervintern startade.

"Vad mer var konstigt?", frågade han igen. "Hunden hade haft något grönt, illaluktande och puréaktigt i pälsen när hon kommit in. Mac hade försökt få Pia-Carin att tro honom, när han sagt att han inte hade någon endaste aning om var det kommit ifrån. Hunden hade väl smitit iväg och rullat sig i något försökte han säga. Hur skulle han kunna veta var den hade varit? Pia-Carin trodde honom givetvis inte och en riktig konflikt hade tornat upp sig där hemma, i det annars så fredliga Frödinska hemmet. När Pia-Carin i ett senare andetag fört den lilla motoriserade haren på tal, hade han inte mage att ljuga. Alltså på toppen av att först låtit som om han ljugit, vilket han givetvis inte hade gjort om purén i pälsen, var det svårt att ljuga på riktigt. Mac klarar inte sådant, så det brast. Och på det, kom frågor om den uppstop..." Tobbe tystade sig själv, medveten om att han höll på att göra bort sig fullkomligt.

Twist hade inte märkt något av felsägningen. Han hade fullt upp med sina egna funderingar. Trots att han nyligen nästan huttrat av den synen som vädret bjöd på utanför, kände han plötsligt hur svetten började tränga fram ur porerna. "Vad säger du, något puréaktigt? Det var märkligt. Nå, hur slutade det då. Alltså för Mac och Pia-Carin?", la han till för säkerhets skull som om det hade varit det minsta otydligt vilka de hittills talat om. Twist hatade att bli påverkad utanför sin kontroll. Svetten på överläppen glimmade som tomtebloss så fort han kände sig pressad. Kanske skulle han dra nytta av den internationella novemberkampanjen "movember", och börja odla en mustasch? Kampanjen handlade om att visa sitt deltagande och uppmärksamma manssjukdomar, företrädesvis prostatacancer, och genom kampanjen låta muschen växa. För Twists del skulle det bli en win-win-situation. En kamp mot både prostatan och tomteblosset. Han undrade i all hast hur han skulle se ut med en fet gräsulvslarv mellan näsan och överläppen. Som en liten snorbroms. Med den bilden uppehöll han sig ett slag.

"Hallå?", hörde han i andra änden. "Är du kvar?" "Jo, ja, jo visst. Här är jag. Jag hamnade i lite andra tankar. Men du, en snabb fråga. Du vet inte var tomten tog vägen efter vår lilla... hmmm svampplockning?" Samtidigt som han pratade lutade han sig mot fönstret för att kunna se Rut. Hon var plötsligt som bortspolad ur hans synfält. Twist förbannade att de inte hade några skvallerspeglar på gården så att han kunde se ett större område av ägorna. Hur mycket han än försökte, lyckades han inte se runt hörnet. "Jag måste lägga på nu", sa han och tryckte av telefon mitt i Tobbes replik. Det sista Twist hörde medan han slängde sig mot hallen var att Tobbe försökte säga något. Aldrig hade han dragit jackan från galgen snabbare och aldrig hade han klivit ner snedare i skorna. Hälkappan i den högra skon plattades till helt under tyngden av hans kropp men det var något han knappt märkte. Han slängde sig ut på gården för att fånga in Rut men ingenstans såg han henne.

Han sprang på haltande vis bort mot hönsen men där såg det alldeles övergivet ut. De hade nog packat ihop sig inne i huset för att hålla värmen. Twist slog av haspen och kikade in men möttes bara av ett kackel och lite flaxande. Någon Rut fanns där inte. Han kikade bort mot gårdsbutiken men den såg lika öde ut den, utan minsta ljus från något av fönstren. Hos getterna då? Dit hade hon nog gått. Sedan Faint försvann drog hon sig till flocken så ofta som möjligt för att försäkra sig om att deras mentala ordning var återställd. Hon hade blivit förkrossad av det öde Faint mött men ännu mer nedbruten över tanken på om de övriga djuren hade tagit skada av vad de upplevt. Människor skulle ha gjort det, och vad visste man egentligen om en gets själsliga liv? Vad var det för skillnad mellan get och människa därvidlag?

Twist kikade över skranket till gethägnet men det enda han såg var en massa getrumpor. De åt fortfarande för brinnande livet av morgonens giva. Syn, Ruter och Klöver det vill säga de yngsta i flocken var de enda som ätit klart. Kolgrim och Saga stod tätt, tätt ihop och såg ut att nästan äta upp samma foderhög. Men som sagt, ingen Rut. Twist gick vidare. Han passerade nischen i staketet. Den numera tomma nischen i staketet, där tomten skulle ha stått om inte han varit så urbota dum att han tagit med sig tomten på jakten. Om han inte glömt den i skogen. Om han i stället hade räknat ut hur enkelt just det skulle ske. Att han glömde tomten precis som han glömde allting annat jämt, jämt, jämt. Men det var inte bara han som glömde saker. Många människor glömde allt möjligt här och där vad än Rut ofta försökte antyda. Folk la ifrån sig mössor, handskar, paraplyer, matlådor med flera grejer. På uppsamlingsplatser kunde man hitta allt från smycken, klockor, skor och ytterkläder till cyklar och nycklar. Prylar som ingen saknade. Samlade i sopsäck efter sopsäck. I samlingarna fann man sällan några mobiltelefoner eller i vart fall inga iPhones. D et säger en del om motivationen att hålla koll på vissa saker, och vissa saker inte. Men hur kunde man förlora motivationen att hålla reda på sin egen gårdstomte? Han kände hur det pirrade till på överläppen och lät fingret glida över mustaschstubben. Jodå, tomteblosset var på plats, precis som det borde i pressat läge.

Twist förbannade sig själv för sitt slarv. Han visste att Rut hade blivit ledsen när hon upptäckte att tomten var borta och skulle bli rasande om hon insåg vem den skyldige var. Medan han letade efter Rut, förstod han att han samtidigt letade upp en känslostorm av anklagelser och att det bara fanns två ställen kvar att leta på. Det ena var ladan med äppelmusteriet. Där bland osttillverkningen och kylarna fanns hon säkert. Där de också förvarade foder till djuren. Rut kanske var i färd med att hämta nya fodersäckar till hönsen. Åh som han hoppades. Att ropa var ingenting han tänkte utsätta sig för. I den sinnesstämning han var, visste han att han bara skulle låta darrig på rösten. Lite kraxig, ja rentav rädd.

Han öppnade den stora ladudörren och kikade in. Hans tankar gick till berättelsen om Nils Holgersson, en annan liten odåga. Pojken som var så lat och elak mot gårdens djur att han som straff förvandlades till en liten pyssling. Det var hustomten som hade skött trollspöet som förvandlade honom och det var bara att gilla läget. Precis så såg Twist på sig nu, när han stod vid den stora ladudörren och tittade. Liten och elak. Någon hustomte fanns inte kvar på gården och ingen Rut i ladan. Allt låg tyst och öde med undantag för det svaga surrandet från ostkylarna långt inne i ladans djup.

Då fanns det bara en plats kvar att leta på och det var den gamla kreatursladan, där Zipper stod. Aldrig hade han haft en virrigare monolog i sitt huvud än nu. Han försvarade, förklarade, beskrev och ursäktade sig på en och samma gång. Å andra sidan var det första gången han hade promenerat, eller rent av forcerat, suckarnas gång på väg mot sin egen avrättning. Det värsta tänkbara var nu väldigt nära. Farligt nära, nämligen att ha undanhållit något för Rut. Små grejer och händelser var väl inget, men Twist var väldigt säker på att en lama inte precis tillhörde det man kallade för små grejer.

Han skulle inte behöva öppna dörren till kreatursladan, det såg han på långt håll. Dörren var redan öppen. Han rusade fram och slank in i med andan i halsen. På tröskeln tvärstannade han med bultande hals och smak av metall i munnen. Han tittade sig runt och ganska snabbt såg han Rut. Ganska snabbt ville han inte se Rut. Helst av allt ville han att gåsen Akka just precis där skulle svepa förbi och i förbifarten plocka upp honom på sin trygga, varma och i bästa fall väldigt snabba gåsarygg.

"Vad är det där?", fräste Rut och pekade rakt på Zipper.
"Rut min älskling, jag kan förklara", började han.
"Här förklaras ingenting. Jag upprepar i stället frågan: vad är det där!?"
Twist kände sig ställd men också förtvivlad över hur Rut såg ut. Hon var arg, det såg han men inte bara det. Någon, kanske eventuellt och mest troligt Zipper, hade spottat på henne. Eller möjligen råkat spotta på henne. Han hoppades på det senare för ingen... verkligen ingen, spottade på Rut. Så var det bara.

"Jaa du", svarade Twist och det han sedan fick ur sig var verkligen i dummaste laget.
"Jag har faktiskt inte den blekaste aning".

Kapitel 6

Om den trovärdiga triangeln och gatans kör
samt den främmande maken och distributed computing

Scenen utspelar sig på en plats där folk hela tiden är i rörelse. Där färgade "follow me" linjer slingrar sig i linoleumgolven och där starka lysrörslampor och rör för internpost hänger från taken. På platsen dominerar två sorters ljud; swischljud från dörröppnare och pipljud från nummerlappsdisplayen. Många människor är på samma plats men nästan ingen pratar. Alla väntar. Lite då och då bryts tystnaden av ett slags mekaniskt ljud. Det är luckan till expeditionen som skjuts åt sidan för att kontakt behöver tas med någon av dem som väntar. Plötsligt gå-springer en sköterska förbi. Någon suckar eller kvider. Ett SMS plingar. Två väktare tokkör varsin segway i något som liknar en utryckning. Allting går liksom fort och långsamt på samma gång i ett väntrum.

De hade hamnat på kirurgakuten. Stans sjukhus var platsen. Väntrummet var fullt av folk. Hålögda, tårögda, värksneda, blodiga och trötta. Folk ojade sig, grät, vaggade, hostade och var rastlösa, sorgsna eller uppsluppna. Där varvades mysbyxor med rikemansjackor, och till och med en kändis; en av medlemmarna ur teveprogrammet *Gatans kör*, programmet där hemlösa och utslagna tillsammans utgör en slags skönsjungande samling. I väntrummet trängdes alla. Unga som gamla, slätrakade som lurviga, feodala och bönder, svensktalande och utrikiska. Det var tjocka, smala, korta. Många sorter. Alla hade de en sak gemensam; att få komma vidare i processen och helst innan natten blivit morgon. Pernilla hade ögon stora som pingpongbollar, nyfiket fascinerad på en plats hon aldrig tidigare besökt.

Tobbe var med dem som en frisk kontrast till allt annat, iklädd samma lugn som han skulle haft hemma i tevesoffan. Och så Tor; smått uttråkad med en mage som värkte. Den värkte för andra dagen och som värst när han böjde benet, när han satt, hostade, nös och skrattade. Den värkte när han försökte vända sig i sängen och när han skulle gå ur bilen. Just på höger sida och ganska långt ner. Blindtarmen tänkte han. Blindtarmen tänkte även Pernilla och givetvis också husläkaren. Samma tanke hade de på akuten när Tor väl fått komma in för provtagning efter att de suttit där i bortåt två timmar.

"Pip", nummer 162. Nål i armen, stick i fingret, koksaltlösning i dropp, frågor och svar. Därefter en plastmugg med ett personnummer och texten *urin* på… sen till nästa väntrum. Ingen nummerlapp. In till samma väntrum trillade snart de rastlösa, sorgsna och uppsluppna. De tjocka, smala, korta och alla övriga sorter. En efter en. På väggteven pågick ett högljutt asiatiskt musik- och lekprogram som var olidligt att lyssna på vid tidpunkten. Klockan hade passerat midnatt. De bytte kanal och det blev knappast bättre. Två tjejer "meh, asså bah du ba, guuuud alltså, ja dööööör"… fast på amerikanskt manér löpte amok på skärmen och skrikskrattade så det ekade i väntrummet. De väntande låtsades som ingenting. Några skrollade runt på sina mobiler alternativt läste eller stirrade tomt framför sig. Några vilade eller småpratade. Gatans kör la sig ner. Det hade blivit Tors tur. Han blev förflyttad till en av fem stålsängar, två korridorer bort bakom ett blått draperi. Ny väntan. Pö om pö fylldes de andra sängarna på med de rastlösa, sorgsna och uppsluppna. De tjocka, smala och korta. De som ojade sig, grät, vaggade, hostade och klagade. Alla bara väntade, och faktiskt, Tors magonda hade börjat ge med sig. Så kändes det ända tills doktorn kom och hårt men snabbt tryckte ner två fingrar i hans mage på höger sida. Då kom det onda tillbaka vilket innebar en ny förflyttning. Denna gång med hiss till ett ultraljud. En man dök upp som från ingenstans och hämtade dem vid det blå draperiet och lika tystlåten och rakryggad som indianen i filmen "Gökboet" lotsade han dem till rätt ställe. Klockan hade nu blivit 01:30. Efter hissåkningen blev väntan kort, innan en långdragen men noggrann undersökning av hela nedre delen av magen startade. Det gick inte att se någon inflammation eftersom det inte ens gick att se någon blindtarm. Typiskt. Och inte opererar man ju något som inte finns… nej, i stället skickar man hem patienten och lika glad för det blev han. Klockan hade ju blivit mycket. De lämnade kirurgakuten 02:30. Då hade Gatans kör somnat över tre stolar i väntrummet. Han snarkade desperat. De gissade att han inte var prioritet A utan nog snarare ett ganska vardagligt inslag på akuten. Han fick nog en stunds nattvila och sedan var läget så pass bra att gatan kunde vagga honom hel några dygn igen. Pernilla vill minnas att han, under själva inspelningen av programmet Gatans kör, även då var inlagd under en period. Med Tors blindtarm blev det så, att den fick sitta kvar ett tag till. Om den nu alls funnits där vilket var ytterst tveksamt med tanke på att den inte gick att hitta nyss. Efter den sena natten på sjukhuset var det bara att ta nya tag och snart var allt som vanligt. Nästan.

Några ord om kommunikation. Alla yrkeskårer har sin slags kommunikation, och speciellt när det kommer till kroppsspråk. Läkare har glasögon som de skjuter ner en bit på näsan, och med hakan sänkt mot bröstet tittar de på patienten över bågens övre kant. Koncentrerad lyssning och fokuserad inlevelse. Lärare å sin sida har, likt vallhunden, ett huvud som arbetar roterande för att fånga mängden. Från sin position i rummets front fångar det gyro-upphängda huvudet upp allt som är värt att uppmärksammas. Säljare spelar med ögonbrynen medan pannan flexar som dragspelet på en buss. Tanken med det är att i möjligaste

82

mån göra ögonen stora och hypnotiserande samtidigt som överdrivna armrörelser viftar övertygande mot köparen. Och så har vi advokaten, föreläsaren och mäklaren. Där spelar många detaljer i kroppsspråket roll i arbetet med att både övertyga och visa pondus. Fötternas position och hur man placerar benen i förhållande till varandra. Var man håller sina armar, till och med fingrarnas position. Om man vill komma någon vart i livet måste man tänka på hur man håller händerna. Det finns en form, en trekantsform som ökar trovärdigheten i det man har att säga. Tummarnas toppar ska hållas mot varandra och sedan pekfingrarna och långfingrarna ihop. Detta grepp ska på ledigt vis hållas framför kroppen i maghöjd. Pekfingrarna och långfingrarna kan trumma lite diskret mot varandra då och då, det ökar bara styrkan i den trovärdiga triangeln. Men tummarna måste hållas ihop eftersom det signalerar saklighet.

Det handlar alltså inte bara om att köra på fort och precist. Inte heller om vad munnen säger och det eventuella samspelet som finns i ögonkontakten. Kroppsspråket spelar avgörande roll när budskap och stämning ska förmedlas. Kommunikation är bortom orden även sådant som mimik och gester, alltså hur man ser ut i ansiktet och vad kroppens hållning signalerar.

Tobbe hade fått nytt jobb. Han hade redan arbetat som IT-arkitekt ett tag men såg inte att han kunde få riktigt bra utmaningar på den befintliga tjänsten så därför sökte han sig vidare. Bredvid sängen låg den fem centimeter tjocka kurslitteraturen "Pattern-oriented software architecture. Volume 4" med undertitel "A pattern language for distributed computing". Pernilla tänkte att ambitionen från Tobbes sida säkert var att repetera lite grunder från utbildningen som en god start i och med den nya tjänsten. Pernilla kände sån otrolig kärlek till sin egen sorts kvällslitteratur, just nu en bok av Malin Persson Giolito som utspelar sig i Djursholm och berättar om ungdomar, en skolskjutning och en rättegång. Det var lite annat än pattern oriented language det. Pernilla gick och hämtade boken för att göra en recap på ett avsnitt hon hade läst dagen innan. Det handlade om människors lika värde: *"Folk säger att alla människor har lika värde. Det är vad man säger eftersom man är artig, väluppfostrad och kanske har akademisk examen, men det gör inte att det blir sant. Egentligen vet alla att människor har olika värde. Det är därför, när ett plan störtar utanför Indonesien och fyrahundra personer dött, som rapporteringen fördubblas om det funnits en enda svensk med på planet. En ynka svettig sexturistande svensk är värd dubbelt så mycket som fyrahundra indonesier".*

Exakt så är det, tänkte Pernilla. Sett från Sverige alltså. Mycket bra formulerat och helt sant. Bara idioter låtsas att det inte har någon betydelse vem du är, vad du gör och vad du representerar. En del har faktiskt ett större värde än andra, så är det och så har det alltid varit. Grymt men sant. Det är just därför som Gatans kör ligger på akuten med sin onda mage natt efter natt utan att få något alldeles särskilt som kan kallas för vård.

Hon funderade åter på Tobbe och hans nya jobb som IT-arkitekt. Han var så gruvligt trött på mycket som rörde det gamla stället att det var som en vitaminkick bara att tänka sig att byta jobb. Han skulle lugnt och försiktigt slussas ut från det gamla i en slags femtioprocents tjänst, och samtidigt slussas in i det nya där den andra halvan av en full tjänst skulle skötas. Sagt och gjort, och han jobbade på. Ena dagen var han i den södra änden av Mäster Samuelsgatan och nästa dag i motsvarande ände. Hit och dit, fram och tillbaka. Men så plötsligt blev allt så snurrigt och svamligt att han inte visste vart han skulle gå, än mindre vart han *ville* gå. Tobbe började plötsligt benämna det gamla arbetet som rätt okej ändå. Det till och med jublades lite vid blotta tanken på vad det hade att ge.

En dag ändrades helt plötsligt riktningen och han började så sakteliga slussas tillbaka åt rakt motsatt håll... med en slags femtioprocents tjänst *från* det nya och tillbaka in i det gamla igen. Fast först var han med på en företagsresa till Marstrand där han fick en skaljacka, en natt på hotell och en fisketur för att vittja hummertinor. På det nya företaget fanns det alltid gott fikabröd, stora godisskålar, en kyl med svalkande läsk, vin eller öl, snacks, tv-monitorer och andra piffiga lockelser men inte ens det gjorde gräset på den nya sidan speciellt mycket grönare.

Den allra snyggaste medarbetaren plockades en dag ner från det nya företagets "Wall of fame". Pernilla hade vid en visit sett både vinkylarna och väggen med porträtt av alla medarbetare, så hon visste. De var synade i sömmarna och den allra finaste av dem skulle nu plockas ur sin ram och bort från tavellisten. Tobbe hade bestämt sig för att sluta innan han knappt börjat. Företagslivet skulle få röra sig framåt utan honom, så snart han slängt in handduken. Efter att ha återlämnat den-där-som-aldrig-gick-att-hålla-reda-på-dörröppnarploppen på snacks- och godisjobbet var han tillbaka på den södra sidan av Mäster Samuelsgatan igen. Plötsligt hade det blivit en woopie-grej att vara hundra procent incidentledare.

En röst bröt igenom Pernillas tysta tankar.
"Jag behöver egentligen inte två mål mat om dagen". Det var Tobbe som bröt tystnaden och Pernilla harklade sig.
"Nej, du säger ofta det och ändå äter du alltid två mål och ser ut som en hungrig hundvalp om det inte finns tillräckligt med mat."
"Haha, hela jag är en hundvalp", svarade Tobbe. Han sköt ut läppen, klippte med ögonen och försökte se gullig ut.
"Försök inte. Du är inte mycket till hundvalp även om det är en image du tror att du har. Snarare vakthund". Tobbe skrattade till.

"Förresten, snarare en hungrig vakthund och de är inte att leka med", la Pernilla till.

"Aj då, är det så illa? Men allvarligt, för mig räcker det med bara en skål med müsli och lite fil eller mjölk."

"Müsli är det mycket energi i, och socker. Då kommer du att bli en hungrig, arg, aggressiv vakthund. Är det inte bättre med havregrynsgröt?"

"Fast jag trodde att du ville ha mig sån? Liksom vaktig och tuff."

"Trodde du? Jaha okej, fast det är inte ett tillstånd man *äter* sig till. Förresten är det väl en jakthund som saknas om jag känner dig och Twist rätt?"

Tobbe hajade till men tänkte inte ta någon diskussion nu eftersom morgonen började lida mot sitt slut. De skulle ta sig till jobbet fast vid lite olika tidpunkter idag. Vanligtvis hade de sällskap men denna morgon behövde Tobbe pinna iväg tidigare med cykeln för att hinna med 7:37-tåget.

"Det där får vi prata mer om senare", sa han innan de tryckte en snabb puss till hejdå i hallen. Tobbe satt upp på cykeln och var strax väg. Pernilla blev kvar hemma några minuter till. Det var fredag och hon såg fram emot den stundande helgen, en helg utan några större planer. Helgen innan hade de kört kappsegling på Baggen. Höstlövsracet, ett race som verkligen satte hösten på kartan. Vanligtvis brukade racedagens väder bestå av regn, rusk och så tung dimma att vinden trycktes ned till något som liknade vindstilla. Årets upplaga av höstlövet var det tvärtom mer av karaktären sommar.

Förra årets så kallade höstlövsrace hade de vunnit genom att komma etta i varje delrace. Sånt händer bara om deras klubbproffs inte är med. Priset de vann var vandringspriset gjort i järn, utformat som ett höstlöv. Tungt och ganska fult. Året innan, hade de kommit tvåa, året dessförinnan etta och ungefär så hade resultaten svängt genom åren. Det tunga lövet har svängt på samma vis mellan de olika fosterhemmen och var medtaget dagen för racet inför en ny eventuell flytt.

På racedagen hade de tretton grader och sol, byig vind med tre till sex meter per sekund. Finfina förhållanden och allt såg lysande ut om man bortsåg från en enda detalj. Klubbproffset och hans supergast skulle vara med. Det kunde man kalla spiken i kistan. De två tillsammans var nämligen oslagbara. Superproffsen brukade stå i dubbeltrapets och forsa fram, medan alla runtom grävde skrov och tuggade i sig av skitvinden efter dem. Ettan, tvåan, trean var snudd på förutbestämda och en liknande kamp av förutbestämda resultat syntes runt de sista placeringarna. När superproffsen gått i mål brukade alla andra vara i andra änden av banan, ja ungefär så. Inför racet hade Pernilla och Tobbe som bäst en andraplats att förvänta. Starten gick och målgången var en copy-paste-upplevelse. Superproffsen gick först i mål, Tobbe och Pernilla efter och resterande team som ett snyggt pärlband därefter. Det gavs strax nya starter och nya möjligheter. Jo, tamejtusan om inte Tobbe och Pernilla plötsligt kommit etta och superproffsen tvåa. Det händer ju bara inte, lika galet som otippat. En tredje start med förhoppningen om att den senaste upplevelsen av målgången skulle kunna köras på repeat. Och det gjorde den. Superproffsen blev slagna igen. Tobbe och Pernilla gled över mållinjen som första båt. I det racet var det inte klubbproffsen som stått i dubbeltrapets och forsat fram utan Team Wanjelin. I fjärde racet tog proffsen tillbaka förstaplatsen vilket betydde att det femte och sista racet skulle bli avgörande. Dagen var inte bara varm och skön, den var spännande och fantastisk också. En helt underbar dag på Baggen och säkert den sista i någotsånär varm vind. Tobbe och Pernilla vann racet och känslan av vinst fanns kvar än idag, en vecka senare, när Pernilla tänkte på den. Det är alltid kul att vinna om det är många på banan. Det är ännu roligare om det är lite utmanande medtävlare och just så såg det ofta ut. Alla har sina fighter på banan.

Det hade blivit tid även för Pernilla att lämna hemmet. Till fots. Hon knappade in koden för larmet, en kod som de tagit beslut om enligt konstens mest besynnerliga regler. "Vad ska vi ha för kod? Det måste vara en bra", hade Pernilla sagt. Tobbe svarade utan att blinka. "2184".
"2184?" Pernilla funderade ett tag. "Vad är det som är bra med den?"
"Ja, det är 4812 baklänges."
Det var så dumt att hon var tvungen att tycka om den. De höjde varsin hand för att göra en high five inför beslutet. Det blev visst inget annat än en hal snedklapp, lika misslyckad som koden visade sig vara. Pernilla blev alltid stående i hallen med fingrarna på koddosans knappar, i väntan på att minnet skulle komma till henne.

Hon lämnade huset bakom sig och satte lurarna i öronen för att lyssna på sin bok och påbörjade samtidigt ett SMS. I sin egen lilla värld... i bokens värld, utestängd från övriga ljudintryck med enbart ett svagt fokus på vägen. Plötsligt swishade det till när någon i mötande trafik cyklade förbi i full fart. Hon reagerade starkt, blev nästan lite rädd och vände sig om för att följa cykeln med blicken. Hon konstaterade att det var en karl på en herrcykel och jodå, han verkade ha bråttom. Pernilla tittade länge efter honom och tänkte; vilken jävla idiot, hur vore det att cykla med lite avstånd? Något var bekant med cyklisten, osäkert vad. Hon visste inte om det var cykeln, jackan eller väskan på styret. Hon stod bara och tittade länge efter gubben som snabbt blev mindre och mindre.
Så insåg hon vem det var. Och perspektivbytet; när hon förstod att främlingen på cykeln... "idioten" på cykeln, var den mannen hon lever ihop med. Fnissig av att inte känna

igen honom utan bara attiraljerna runtom. I efterhand mindes hon att hon hade tittat på mannens Helly Hansen-jacka och loggan på jackans ena axel medan hon flyktigt tänkt; *en sån där jacka har ju Tobbe, så märkligt lika.*

Men vad i hela friden hade "the man – the myth – the forgetful" så bråttom till? Jo, efter att ha ägnat de sista fem minuterna hemma åt att leta efter busskort eller vad det nu var, koms det efter avgång på att det vore förbannat bra att ha sina passerkort med. Om dessa skulle lämnas hemma, behövde det springas mellan vakten och olika lokaler, ordnas fram nya foton och göras nya kortbeställningar. Kort sagt ägna halva dagen åt *ingenting* av egentligt värde. Exakt det har redan testats en gång, och för att undvika att "the woman – the myth – the bitterness" ytterligare en gång skulle tvingas åka in till stan för att leverera korten, blev det precis så bråttom som benen klarade av. Helvete, med vilken fart det gick. Pedalerna fick göra tjänst medan benen gick som hetlevrade trumpinnar. 37-tåget fick dessvärre vispa iväg utan Tobbisen.

Där och då hade nog den-där-som-aldrig-gick-att-hålla-reda-på-dörröppnarploppen på snacks- och godisjobbet varit himla mycket bättre.

Kapitel 7
Om bävertanden och viljan att förändra
samt frimuraren och skärselden

Bengt föreställde sig att han såg sig själv uppifrån. Det han
då såg var en äldre man, nej förresten en äldre förtvivlad
man som alldeles hopsjunken satt på en stol vid köksbordet.
Klädd i en mossgrön halvylletröja, såväl noppig som
armbågsnött. Några brödsmulor hade klängt sig fast i
skägget och på mannens tröja skådades ett par vita strängar
av intorkad mjölk. De hade i tur och ordning drällt ner
tröjan på sin väg mellan tallrik och mun. Det vore kanske
idé att någon gång komma ihåg att klämma fast en servett i
tröjhalsen så att drället kunde landa på den i stället, tänkte
han självkritiskt. Fan, det var inte bara tröjan som var
ofräsch, utan hela han. Vilket klantarsle han var.
Framför sig hade han resterna av den som för närvarande
varit i vägen för hans uselhet. Numera knappt igenkännlig.
Röda smälta rester, svedda trädetaljer och bara svaga sotiga
konturer av det som dagen innan föreställde ett ansikte. Så
illa tilltygad.

Den klantiga, noppiga, nötta och drälliga Bengt var inte bara
förtvivlad utan också galet torr. Nästan knastertorr. Han
lutade sig framåt och kröp ihop så mycket han kunde för att
nå ordentligt. Det kliade så intensivt på båda smalbenen.
Han krafsade sig med vänstra handens naglar på vänster
smalben och med höger hand på höger ben. Varje höst och
vinter, samma sak. Han höll på att bli tokig. Så här dags i
december var det drypande fuktigt, allt utomhus så surt och
sipprande och vägar som erbjöd rena rama vattenplaningen.
Trots det var han dammig som en stenkross. Så torr att han
skulle kunna vikariera som torrboll i valfri källare eller vind.

Tanken på vad minsta glödflaga skulle kunna ställa till om den träffade hans torra skinn. Bara han såg en eldkase eller en svetslåga, rös han till. Medan han skavde på benen slängde ett öga på den tilltygade kraken igen och grimaserade. Kanske inte bara för att det kliade, utan också för att han skämdes.

Bengt hade haft en plan på gång, faktiskt en himla bra plan. Det hände lite då och då att han fick fatt på en förflugen tanke som inte gick att stoppa förrän den först hade prövats. Bengt hade hört något nämnas som kallades för inre locus, och det lät som något han kunde tänkas ha. Inre locus handlar om att få saker att hända, att kontrollera sin framtid och planera för den. Bengt älskade sina planer och tyckte att han var både driftig och ambitiös. Samtidigt kunde han inte låta bli att frukta dem, vis av erfarenhet att det inte alltid gick som han tänkt. Vid flertalet tillfällen hade detta så kallade locus slagit hårt på hans egen heders bekostnad och det tog ofta lång, lång tid att vinna allt tillbaka. Ändå hade han inför varje ny idé ställt sig frågan om det var rätt tänkt eller inte. Nu satt han med svaret. Han hade tänkt fel igen. Och som det kliande.

Vad kunde han skylla på och vem kunde han rundligen ge skulden? Ja, på Twist och Tobbe så klart. Hade han inte sett dem på väg in i skogen i höstas, hade han inte blivit så nyfiken. Och lite på Rut som aldrig höll reda på sin turtomte. Plus att hon hade ställt ut en kartong där hemma, full med spännande och för ändamålet mycket passande saker. Hade inte den stått så förbenat nära gränsen för vad som kunde anses vara hennes och allmänhetens, hade det heller inte gått som det gick. Det var också kyrkans fel, och möjligen kunde skulden läggas på Anders Björck eller män som Carl Jan Granqvist, Carl Michael Bellman och Winston Churchill. Fast mest av allt var det nog hans eget yttre locus som hade spelat honom ett spratt. Känslan av att saker bara hände. Att hans framtid kontrollerade honom i stället för tvärtom. Att han var ett offer. Jo så var det nog. Men hur hade det hela egentligen börjat? Bengt tillät sig göra en historisk exposé över den senaste tiden, som ett försök att trösta sig i den uppkomna situationen.

När han för ett antal år sedan bestämde sig för att återvända till Laduvik var det just inte någon som mötte honom på Arlanda. Det var heller ingen välkomstkommitté eller överraskningsfest i huset. Inga welcome-home-banderoller tvärs över ytterdörren och ingen som lyfte på hatten i en glad på-återseende-hälsning. I stället var det precis tvärtom. Han var inte saknad, inte efterlängtad, inte på något vis noterad. Han klev in i samma hus som han hade lämnat några år tidigare och hängde upp jackan i hallen. That´s it. Han möttes av en instängd, illaluktande doft. Huset var mörklagt och tyst. Bengt som önskat att ingen skulle lägga sig i hans göromål, som stretat för att få egen tid, gjort sig omöjlig för att lämnas ifred, drabbades plötsligt av ensamhet i överflöd. Han hade blivit Laduviks persona non grata.

Det tog lång tid innan han kunde ta kontakt med någon endaste själ i Laduvik, men tack vare Rut och Twist blev han smått och försiktigt involverad i olika bestyr. Särskilt Rut hade visat sig vara en bra vän. Hon var liksom charmfull och drömsk samtidigt, men också beslutsam som en general. En mycket spännande kombination. Tuff och tålig, och väldigt social.
Genom Laduviks gård fick Bengt sina första kontakter i området. Och senare, till följd av jobbet på ICA, visste alla vem han var. De visste var han kom ifrån och vad som bidragit till att han både lämnade Laduvik och kommit tillbaka. På ICA antog han snabbt en ledarroll och genom att tillbringa mycket tid på kontoret hade han hittat formen för att både jobba *och* få vara ifred. På en och samma gång.

Avigsidan med att hålla sig undan märkte Bengt så småningom men kanske lite försent. Han gled undan från sina arbetskamrater och snart började onda tungor tala. En gång hörde han att en medarbetare kallade honom för mansplainer. Först tyckte han att det lät ganska trevligt och snudd på maskulint pompöst. Han gillade det, men observerade också att den som sagt så, slängde menande blickar omkring sig. Bengt bestämde sig för att kolla upp begreppet noggrannare och vände sig till Rut. Hon förklarade att det inte var ett särskilt trevligt omdöme att få. Att vara en mansplainer är ett uttryck för män som förklarar saker för kvinnor på ett nedlåtande och ringaktande sätt. Det gör väl inte du, hade hon frågat men det var innan hon kände honom bättre. Många gånger senare hade hon påmint honom om med vilken attityd han borde närma sig folk. Detta gällde särskilt i de mejl han spred runt sig, som enligt mottagarna var både fräcka och illa formulerade. Rut hade själv drabbats av dessa men då bett honom att sluta omedelbart. Hon hade uppenbarligen gjort det till sin främsta uppgift att ta itu med honom och hon hade anklagat honom för att vara både dum och klantig. Så som Bengt kände sig nu kunde han inte annat göra än hålla med. Rut hade haft rätt. Ibland kunde han verkligen vara sin egen värstas fiende.

Det bar sig inte bättre än att han, en rad missförstånd senare och en idiot till koncernchef därefter, förlorade jobbet på ICA. Skit samma tänkte Bengt, det var ändå dags att lägga ner och gå i pension. Men riktigt så blev det inte. Istället hamnade han på Laduviks pizzeria som pizzabagare. Ägaren, det vill säga greken Dimitri som egentligen var rumän, behövde återse sin gamla pappa som insjuknat i sitt hem i Lefkas. En vikarierande pizzabagare var allt han behövde för att kunna resa iväg, och Bengt hoppade in. Tack vare Bengt och ungdomarnas stöd hölls pizzerian i form under de månader som Dimitri var borta. Denna bedrift stärkte Bengts egenvärde med flera skålpund och för första gången på länge kände han sig behövd. Han knöt kontakter och blev till en ny människa så gammal han var. Dimitri återvände men Bengt blev kvar. Bara tanken på sin nya vän och allt som hänt sedan dagen då han kavlade sin första pizza gjorde honom glad. De hade byggt upp en vänskap och en relation på mer än ett sätt. En arbetsrelation och snart också starkare band än så, nästan som far och son. Nu kände han för första gången i livet att han var bland vänner och visste att de kunde förlåta honom om så behövdes. Vännerna i Laduvik hade verkligen förstått sig på honom och själv tyckte han att han äntligen började få lite balans i livet mellan att arbeta och sköta sina relationer. Bengt hade till och med lyckats skapa någon form av kontakt med Pernilla och hennes familj. Flera goda vänner alltså, men det hade varit ett styvt jobb att få till.

Med anledning av det senaste årets utveckling, hade han drabbats av något som liknade åldersnoja. Om han gång efter annan skulle göra bort sig och sedan tvingas städa upp efter sig, återvinna förtroende och starta om, så skulle livet inte räcka till. Åldersnoja alltså, eller skräck. Han hade aldrig mått bättre och aldrig varit äldre. För första gången någonsin funderade han över hur han skulle få åren tillbaka. Helst ville han vara ett par decennier yngre men sett ur ett evolutionärt perspektiv var han tämligen säker på omöjligheten i det. I stället började han läsa om sådant som på olika sätt möjligen kunde anses förlänga livet. Att äta rätt och sova bra, var viktiga ingredienser. Åt gjorde han nog som han skulle, men vem hade tid att sova? Vem hade *råd* att sova? Han ville ju förlänga livet, inte sova bort det.

Han var också livrädd för att bli av med jobbet. Under vinterhalvåret kryllade det inte precis av pizzakunder eller turister, och skolungdomarna hade obligatorisk lunch i skolmatsalen. Med det följde att de inte var tillåtna att lämna

94

skolan för att hänga på pizzerian. Med sjunkande kundunderlag, skulle det inte behövas några extra händer i pizzerian. Detta oavsett hur mycket Dimitri än intygade att det alltid skulle finnas plats för Bengt där.

Av rädsla för att bli utestängd från arbetsmarknaden på grund av sin höga ålder, hamnade Bengt med näsan i texter om arbetsmiljölagstiftning. Han läste att folk i samhället tydligen mår dåligt och är vilsna. Lagstiftningen har skärpts och arbetsdagar blivit kortare men ändå mår alltfler sämre. Många söker hjälp via psykiatrin och vid millenniumskiftet tredubblades antalet psykiatriskt sjukskrivna. Tydligen finns det fler förklaringar till det. Exempelvis höga förväntningar på ett perfekt liv och önskan om omedelbar hjälp. Plus att folk är mer medvetna om att de ska be om hjälp, de har redan googlat och satt sina diagnoser. Det som är nytt är att det har blivit lättare att uppmärksamma sina egna subtila problem. Möjligheten att själv söka hjälp har ökat via Internet.

Herregud, klaga inte över mörkret, dra ut huvudet ur röven i stället, tänkte Bengt. Alltså vem kan man egentligen skylla på i händelse av depression? Ingen. Man kan bara förändra sig själv och sin syn på det som gör en illa. Nedstämdhet som kommit över en på grund av yttre påverkan kan inte medicineras bort. Tänk alla som går runt och säger sig vara deprimerade. Själv kände han sig under stundom låg. Han, och ingen annan, var den som gjorde bort sig gång på gång och det kändes. Precis när han hade lyckats arbetat sig in i, och vunnit en plats i gemenskapens kedja, ställde han till det. Han var fasligt medveten om sin skuld och det gjorde honom låg. Allsmäktige Gud, höll han på att bli deprimerad? Det behövde han hålla koll på. En sak var säker; han var liksom dömd att ständigt vara länken som felade.

Alltså, vanlig nedstämdhet går inte att medicinera, men däremot kan riktig depression behandlas. För att veta vad som är vad, alltså att veta om en person är deprimerad på riktigt eller bara lite nedstämd, finns ett knep visste Bengt. På frågan vad eller vem som förorsakat nedstämdheten, vems fel det är, svarar den sjukligt deprimerade: "mitt, det är ingen annans fel än mitt eget". Den klassiska definitionen på depression är att man alltid ser sin egen skuld. Så mycket hade Bengt förstått.

I sin jakt på goda levnadsvanor hade han också läst att det finns så kallade blå zoner i världen där befolkningen lever extremt länge tack vare god hälsa och rätt val av kost. Inte bara i världen förresten, även i Sverige finns områden där medellivslängden är högre än på andra håll. I exempelvis Lessebo, Markaryd och Högsbo är andelen hundraåringar väl tilltagen. De blå zonerna syftar till områden i världen där befolkningen är friskare och lever längre än någon annanstans i världen. Fler 100-åringar bor i de områdena och färre medelålders personer blir sjuka där. Människorna i dessa zoner blir inte bara gamla, de är aktiva och friska tills de går bort. Bengt läste att det finns ett sådant område i Grekland, på ön Ikaria. Där är förekomsten av demens riktigt låg och dödligheten hos medelålders människor likaså. Många gör där sitt eget vin enligt gamla traditioner. I Barbagia, en region på Sardinien, lever det flest manliga hundraåringarna i förhållande till befolkningsmängd i världen. Folket lär vara ättlingar till en tidigare bronsålderscivilisation som under en tidig invasion drevs upp på Sardiniens högland där de fortfarande lever som jordbrukare och fåraherdar.

Nicoya, en halvö i Costa Rica, kommer på andra plats när det gäller manliga hundraåringar. Där finns också världens lägsta dödlighet bland medelålders personer. Söder om Japan på ön Okinawa, lever störst andel kvinnliga hundraåringar i världen. Okinawa-borna anses unga vid 80.

Egenodlad sötpotatis och fisk är levebrödet här. Även sjögräs som skördas med en slags vattendammsugare med jättelång slang. En femhundraårig tradition är också att fånga havsormar, tio gånger giftigare än huggormar. Det görs med bara händerna och företrädesvis av kvinnor. Men vad var hemligheten, funderade Bengt. Han kunde inte precis flytta till Costa Rica, börja skyffla runt får, odla sötpotatis, hetsäta orm eller sjögräs för att få sig några ytterligare år i potten? Nej, men han hade läst och förstått att de som forskat på de blå zonerna hade fler bra tips att dela med sig av.

I områden med långlivade människor existerar exempelvis inte traditionen att äta sig proppmätt. Man passar sig för överätning och äter lagom, tills man är ungefär åttio procent mätt. Det var ett bra tips tyckte Bengt som strök sig över magen. Redan nu kände han hur hungern slet i honom. Han som alldeles nyss skrapat upp det sista i gröttallriken. Kosten i de blå zonerna är i stort sett växtbaserad men kompletterad med ost, fisk eller kött. Man äter dagligen bönor och mycket rotfrukter och fullkorn. Sextiofem procent av kosten utgörs av kolhydrater. Alkohol konsumeras, men alltid ihop med mat eller i sociala sammanhang. Det sups inte. Undantaget finns bland sjundedagsadventisterna, vilka också ingår i de blå zonerna, de dricker ingen alkohol alls. En grupp adventister som studerats under längre tid är dem i Loma Linda i Kalifornien. En stor del av dem är vegetarianer eller veganer och en viktig del även i deras vardag är fysisk aktivitet.

Man kan gissa att fenomen som kanelbullens dag, AW, extra allt, fredagsmys, tårta till fikat samt ät-tills-du-storknar-bufféer alldeles säkert är sådant som inte förekommer frekvent i någon av de blå zonerna, summerade Bengt.

Daglig motion, att röra sig mer i vardagen är ett av tipsen. Rörelse finns som en naturlig del av deras vardagsliv, och tankar på rörelse i form av arrangerad träning eller motion är utesluten. Det man också beaktar är medvetenhet om livet. Alla som bor i dessa områden vet vad meningen med deras liv är. Sådan kunskap är förutsättningen för psykisk hälsa. Han läste innantill: *Familj, vänner och samhälle är faktorer som spelar stor roll för hälsan. I de blå zonerna har alla någonstans där de hör hemma. De har starka sociala nätverk och sätter alltid sina familjers behov först. Det här är en mycket stor kontrast mot det västerländska samhället där den autonoma individens självförverkligande ofta framställs som det centrala.*

Just dessa delar kände Bengt att han äntligen kunde förstå sig på. Hela han hade blivit en blå zon om man helt kort jämförde med det som varit hans tidigare liv och inställning till saker och ting.

Värt att veta här är att man stressar även i dessa områden och ser det som en del av livet, men man hanterar stressen med hjälp av reflektioner, meditation och böner. Studier har visat att människor som bekänner sig genuint religiösa lever längre och skattar sig själva lyckligare än andra. Studier har också visat att de som medverkar i en religiös sammankomst mer än fyra gånger per år lever i snitt fyra till fjorton år längre än andra.

Det var väl ungefär i den här delen av informationen som allting började spåra ur för Bengt. Han visste att han inte kunde bli religiös. Det skulle vara lika omöjligt som att njuta av iste i en skidbacke eller skita utan att vara nödig, tänkte han. Lite seanser och andra spännande konster var kanske något han hellre kunde tänka sig att skaffa kunskap om och intressera sig för. Utforska huruvida andarna kunde ge honom vägledning i de svåra livsfrågorna som alltid tycktes förfölja honom. Han visste att man kunde vända sig till dem med sina frågor och önska sig något. I så fall skulle han önska sig evigt liv av andarna. Eller förresten, ett längre liv fick nog räcka. Bengt ville för allt i världen inte överleva alla andra för då skulle han bli ensam igen. Nej, han skulle önska sig tjugo år till, det fick anses good enough. Ja, så gick det till... dagen då Bengt började leta information om hur man kunde få andar att tala. Dagen så allt gick åt fanders.

Efter ett enträget sökande på Internet, även om det kanske inte kändes helt korrekt att leta andar den vägen, lyckades han bestämma sig. Frimurarorden fick det bli. Han fastnade för det hemliga sällskap som huserat i Bååtska palatset sedan 1870-talet. Kyrkan och frimurarorden anses vara skilda världar vilket tilltalade Bengt. Medan kyrkan handlar om gudstjänst och tillbedjan är frimureriet ett upplevelsebaserat pedagogiskt system som har rötter i antiken. Där får var och en utöva den tro de vill i sina respektive kyrkor. Ordensbröderna bryr sig om andra och inte enbart sina egna behov, men med en viktig skillnad; de ber inte till Gud. Det Bengt verkligen hade fastnat för, starstruck som han var, handlade om vilka personer som kunde knytas till frimurarorden. Prins Bertil var stormästare fram till sin död och Kung Carl XVI Gustaf var ordens höge beskyddare. Ytterligare exempel på kända frimurarbröder är Jens Spendrup, Lasse Berghagen, Anders Björck, Hasse Aro och Carl Jan Granqvist. En salig blandning om man skulle tro listan. Bland andra kända frimurare som numera inte lever kan nämnas Carl Michael Bellman, Winston Churchill, Beethoven, Mozart och Walt Disney. Således ansåg han sig bli medlem av ett gott sällskap. Orden sägs skapa en fantastisk kraft hos var och en. Den erbjuder en personlig utveckling och kan hjälpa individen att hitta sig själv, förstå vem man är och vad man står för. Ett liv med djupare innehåll samt brödragemenskap. Orden har rum för den som söker och tvivlar. Som klippt och skuret för mig, tänkte Bengt.

Inträdeskraven till Svenska Frimurarorden var bara att checka av. Den sökande måste vara av manligt kön. Utöver det gäller att ha en kristen bekännelse och en ålder på minst 24 år. Givetvis ska man vara ostraffad och ha ett gott anseende bland sina medmänniskor. Bengt tyckte nog att de flesta kriterierna, möjligen med undantag för det där med anseendet, var som klippt och skurna för att passa honom. Sällskapet kallade sig för hemliga och även det lockade Bengt alldeles extra. Det handlade visserligen inte om någonting annat än ritualerna. Dessa var nämligen inte nedskrivna för utomstående utan hölls i den innersta kretsen.

Vittnesmål från avhoppare hade avslöjat att man inför en invigningsceremoni står med svärd riktade mot en och kräver att man ska böja knä och upprepa eden. När man har gjort det, kommer ceremonimästaren fram med en handduk och en hammare och symboliskt slår hål i halsen. Man måste ge eder och gå med på att man ska dödas om man yppar något. Återkommande berättelser avslöjar ritualer där de som vill avancera måste ligga i kistor och blodsriter påstås äga rum i samband med inträdet i de högre graderna. Den högsta var visst elva. Den åttonde graden föregås av en ritual med en egen frimurarordination av präster. Då svär man på att man är villig att offra sitt liv för frimureriet.

Bengt visste inte vad han skulle tro. Avhoppare är missnöjda människor som kan vara farliga människor. De som spridit ryktena var i huvudsak de som lämnat orden. Å andra sidan har frimurarorden alltsedan tillkomsten varit omdebatterad och misstänkliggjord. Allt det där kunde lika gärna vara snickelisnack. Rena rama lapprit, tänkte Bengt. Att ordens alla riter hålls hemliga förklaras med att om de avslöjas i förväg finns en risk att varje grads upplevelse skulle förtas. Det lät väl logiskt och fullt begripligt?

Förresten behöver jag inte ansöka om medlemskap, jag kan döpa mig själv in i orden medan jag utför ceremonin, tänkte han. Ritualer, de kan man hitta på lite själv, även antalet nivåer eller grader om man alls behöver ha några. Den enda önskan jag har är ju att få kontakt med den astrala andevärlden och be om tjugo år till att leva, inga större krav än så. Det viktigaste är nog att gå in för det ordentligt bara. Ett altare, lite tända ljus, något slags offer och så en önskan. Sen borde man vara hemma.

Frimurarorden stod inte för något konstigare än att måna om relationer till andra människor, att se alla människors lika värde och att sträcka ut en hjälpande hand till någon som har det svårt. Frimurarna delar varje år ut omkring fyrtio miljoner kronor till välgörande ändamål, däribland till forskning kring reumatiska sjukdomar. Stora summor går också till Bris och Stadsmissionen. Det kunde inte bli bättre, förstod Bengt. Det här skulle bli populärt bland vännerna i Laduvik. Det visste han.

Tre veckor senare hade Bengt förberett en ceremoni och eftersom han var osäker på om andarna fanns utomhus eller inomhus, hade han förberett två ritualer. En ute och en inne. En sak var säker: Om han skulle få se så lite som en kjolfåll av en ande, skulle han hugga tag i den och bita sig fast så pass länge att han hann önska sig tjugo år till av livet.

Hos Rut hade han lånat, eller nåväl stulit, lite bra attiraljer och han hade satt på sig allt. En svart bredbrättad häxhatt. En häxnäsa av silikon och två gigantiska Musse Pigghänder. På överkroppen hade han hängt ett lakan, täckt av fastnitade blåsvarta påskfjädrar. I fickan höll han sitt offerlamm. Fyrtio centimeter hög och gjord av massivt trä. Klädd i en finstickad dräkt i röd akryl, med ett brunt bälte runt magen. En liten vit kalufs skymtade fram under den stickade röda luvan. Längst ner på de smala benen satt ett par svarta träskor. Offerlammet var rakryggat, stenhårt och stelbent.

Ruts tomte. Bengt sneglade nu på resterna av det eldfängda stycket på köksbordet och kämpade mot den förtvivlan han kände, men förlorade. Han började gråta högljutt, nästan hulkande. Vad fan hade han ställt till med?

Han hade hittat tomten i skogen den där morgonen när han skulle kolla vad Twist och Tobbe hade gjort på platsen. Morgonen då han också hade sett Mac och lilltaxen i bilen på väg efter dem. Bengt hade inte kunnat låta bli att spionera, och strax senare gå samma väg för att se vad de hade haft för sig. Det enda spår han hittade efter dem var tomten, i och för sig inget dåligt fynd, han hade känt hur skadeglädjen spridit sig i kroppen. Twist var verkligen en usel tomteväktare. Det här var andra gången som han hade glömt tomten på allmän mark och om han var någotsånär smart skulle han inte göra om samma misstag två gånger. Bengts plan var givetvis att lämna tillbaka den till gården, faktiskt att överlämna den direkt till Rut och föräras hennes eviga tacksamhet. Men när han väl tagit sig dit och sett påsen med häxhatt och häxnäsa, kom han helt av sig och en annan plan smög sig på. De första grusades lika omedelbart som genast.

Frimurar-Bengt hade varit nöjd med upplägget. Han hade tänkt ut hur ceremonin skulle gå till och sett över hela arrangemanget. Var det någonting han bemästrade efter alla år som egenföretagare så var det att göra projektplaneringar. I och för sig var det första gången han hade kikat efter bra saker att säga vid ett altare men efter lite sökande hade han hittat det han sökte i Hebréerbrevet. En text där ordet *andar* fanns med. Den fick duga.

Det var inte första gången han gjort en nätbeställning, men väl den första för att hitta lämpliga produkter inför att hålla en seans. Det var faktiskt inte konstigare än att handla någonting annat. Ett ställe i Danmark hade allt han trodde sig behöva. Emellertid var det första gången han hade rört ihop saft från en björns bukspottskörtel med två skedar kaffesump, tillsatt en tand från en bäver, ett ormskinn och fem taggar från en igelkott. Exalterande och ovanligt, men med rätt kontakter hade detta gjorts möjligt. I sanningens namn var det inte svårare än att röra ihop en sockerkakssmet. Skillnaden var inte större än att smeten aldrig skulle in i ugnen. Den skulle i stället appliceras på offerlammet. Och på honom själv.

Nöjd som ett barn i en hoppborg i sin fjäderkostym och häxnäsa, och med den svarta hatten på huvudet ställde han sig framför sitt provisoriska altare i offerrummet. Altaret bestod av en upp-och-nedvänd plåthink med en ljusstake på. Det höga ljuset var tänt och Bengt hade tvättat sig ren inför mötet med andarna, en procedur som inte hade gått att förbise. Själva ceremonin inleddes med att han bugade sig vördnadsfullt vid ljuset. Detta var något som kändes lika rimligt som trovärdigt, och därefter hade det blivit dags att sjunka ner på knä vid altaret. Han höll upp tomten mot ljuset, stängde sina ögon och repeterade tyst för sig själv vad han skulle säga. Därefter började han sin ritual.

Adoratio crucis, ni har kommit till Sions berg och den levande Gudens stad, det himmelska Jerusalem, och till änglar i mångtusental. Bengt kikade lite med ena ögat för att se om det fanns något tecken på anderörelse i rummet. Någon form av vinddrag, ett ljussken eller minsta oförklarliga ljud. Ingenting syntes, eller kändes heller för den delen, så han fortsatte: *En högtidsskara, en församling av förstfödda som har sina namn skrivna i himlen, till en domare som är allas Gud och till andarna hos de rättfärdiga som nått fullkomningen.* Bengt kikade med ena ögat igen och plötsligt fladdrade det till i ljusets låga. Snabbt plockade han fram sin önskan.

Han stängde sina ögon, höll upp tomten mot ljuset och viskade snabbt:

103

"Ex toto corde volo ut vivere viginti iam annis". För säkerhets skull översatte han latinet eftersom han inte visste vilket språk andarna talade. "Jag önskar av hela mitt hjärta att jag får leva tjugo år längre". Ingen rörelse i rummet gick att notera. Han avvaktade ytterligare några sekunder. Räknade fram och tillbaka mellan tio och noll.

"Helvete också", sa han och slet av sig näsan. Så klart! Han hade helt glömt att inviga sig som medlem i orden. Inte skulle några andar komma på besök om man inte hade invigts som mästare av den ockulta svartkonsten. Han samlade ihop alla grejer och gick ut.

Kvällen var väl vald. Himlen lystes upp av en stor, god och rund fullmåne, precis som planlagt. Månceremonin kunde börja. Bengt hade förberett en eld på gårdsplanen och runt den hade han placerat ut bjällror som han vid lämplig tid skulle plinga lite i. Dessvärre regnade det, så risken fanns att elden skulle brinna ut medan han smetade med kaffesumpsröran. För att försäkra sig om bra eld sprutade han på lite mer tändvätska innan seansen påbörjades. Skjortan behövde knäppas upp och skjortstyckena skjutas åt sidan. Därefter doppade han ena fingret i den brunsvarta geggan och drog ett streck från halsen och nedåt. Konsistensen var kladdig och seg. Han doppade fingret igen och körde denna gång med fingret från bröstvårta till bröstvårta. När han upprepade proceduren på tomten började han skratta. "Nu ser du allt förjävlig ut lille vän."

Sen plockade han fram den pingla som han tagit med sig ut och gick ett varv runt elden och klingade med den men också med varenda bjällra som låg där. Denna del av ceremonin avsåg att locka fram andarna och främja eldens magiska krafter. Vidare pinglade han lite extra mycket runt tomten samtidigt som han repeterade orden som han skulle säga tyst för sig själv. "Sic deservio patrio Deo naturae et Deus caeli et Deus caeli. Ubi tu es tristis?" Jag tillber naturens gud, vädrets gud och himmelens gud. Var är ni andar? En tjock rökpelare spred sig som en trädstam från den lilla låga av elden som fortfarande brann i den sura veden. "Nam qui iudex est ab Deus spirituum qui iustus pervenit ad perfectum", mumlade Bengt vidare. Till en domare som är allas Gud och till andarna hos de rättfärdiga som nått fullkomningen. En iskall vind drog fram och släckte det sista liv som fanns i elden. Helvete vad svårt det här var, tänkte Bengt och sträckte sig efter mer tändvätska.

"Ex toto corde volo ut vivere viginti iam annis", väste han samtidigt som han riktade en knivskarp stråle av tändvätska mot den lilla glöd som fanns. Elden tog omedelbart fart och heta eldslågor skickade sig uppåt som om de sökte något i luften. Bengt flämtade till och tappade kontrollen för ett ögonblick. Han slog ut armarna i en båge framför ansiktet för att skydda sig mot den plötsliga värmen och i det ögonblicket tappade han tomten ner i elden. Den rullade ner mot mitten av elden där glöden blivit som mest effektiv. Alltsammans brann så det stod härliga till och Bengts ögon flammade upp med samma intensitet som elden tagit sig. Det kändes som om han blivit alldeles galen. En obeskrivlig, stark och innerlig lycka spred sig i kroppen, från tå till hjässa. Eller var det panik, han visste inte så noga, skönt var det i alla fall. Han sprutade mer tändvätska och lågorna slickade sig uppåt, utåt, bortåt. Det måste vara andarna, hetlevrat röda. Fulla av inlevelse och livskraft. Bengt skrek av galenskap och upprymdhet.

Men det var igår det. Då Bengt kände en eufori han sällan upplevt, framkallad av den sammanlagda espri som flödade.

Latinet, elden, svartkonsten och tron. Han hade känt sig besatt och därtill full av hopp om att andarna inte bara hade hört honom, de hade också sett honom. Med den ansträngningen han visat hade han dem garanterat på sin sida. De skulle vägleda honom i alla dagar framöver och minst tjugo år till hade han fått, det visste han. Med andlig guidning varje dag.

Det var när han insåg vad det var som låg i mitten av elden och sakta smälte till oigenkännlighet som han tappade greppet totalt. Under bråkdelen av en minut formades en helt annan känsla. När det snart visade sig att han saknade något att fiska upp sitt offerlamm med, var det en helt ny känsla som tog form och den var inte lika euforiskt angenäm. Hur skulle han bäst tänka här, frimura ren Bengt... when shit just got dark?

Kapitel 8

Om en major incident och exaflopsnivåer
samt julklappsbestyr och hjärnan som inte hänger med

Tobbe ägnar en ganska ansenlig mängd tid ihop med bilar
och tillhörande varianter av ljud som brummar. Han matar
sig igenom det mesta som har med bilar att göra och som är
värt att lägga på minnet gällande tekniska nyheter och
innovationer. Dessutom fritidskör han. På Youtube, på
telefonen, på teven. Medan Pernilla fixar middag, körs det
bil på telefonen bakom hennes rygg. När de sitter i soffan,
körs det bil vid hennes sida. Det brummar och slirar, driftar
och svänger. På ett sätt är det ganska rogivande. Enligt
Pernilla finns det inget mysigare än att umgås sida vid sida,
att veta att båda finner ett nöje och ett engagemang i vilan.
Känns flocklikt på något sätt. Som lejonen på savannen. De
ligger ihop och bara är. Piskar med svansarna och gäspar.
Planerar nästa drag eller rörelse. Låter varandra vara.

Tobbe byter bil lika ofta, och lika orytmiskt, som Pernilla
köper nya jeans. Ibland kan samma fungera i tre, fyra år.
Ibland behövs det köpas nytt redan efter ett halvår. Den
röda kombin som var det senaste förvärvet och som för inte
särskilt länge sedan var ny och fin, byttes ut nästan pinsamt
fort. Den hade massor av finesser. Panoramatak, uppvärmd
ratt, dragkrok, fönstergardiner och en rejäl skuff. Finesserna
till trots, stod plötsligt en blå bil på önskelistan. Det är sånt
som händer när man omger sig av, ständigt sitter i, framför
och runt sånt som brummar och driftar. Man inspireras.
Den blåa bilen, som för övrigt är Tobbes tjugoåttonde bil i
ordningen, fick namnet Lille Skutt. Ett namn som matchar
familjemedlemmen Bamse och den tidigare bilvännen
Vargen. Den senare hade mött samma öde som alla tidigare

medlemmar i Tobbes brummande värld, det vill säga hade gått till försäljning.

Lille Skutt är 4468 millimeter lång, 1410 millimeter hög och 1560 kilo tung. Avståndet mellan axlarna är uppmätt till 2693 millimeter och huvudomfånget är fint. Den dricker bensin och pruttar rent. 42,8 milligram per kilometer kolväten och 22,6 milligram per kilometer kväveoxider. Ljudnivån ligger på 72 decibel. En riktig skatt vill säga.

Det här med att ha bilar, att ofta byta bil och kanske också ha ett par stycken, är ingen billig historia. Någonting gör ändå att Tobbe tycker att det är värt det. Det är så värt pengarna att han ett tag hade tre bilar. Det finns nog ingen bilaffär i världen som är lönsam. Minuten efter ett inköp sjunker bilen i värde med flera procent. Lägg därtill kostnader för drift och underhåll, skatt och försäkring så är hålet i plånboken både vitt och brett.

Pernilla har en egen teori om hur man kan *tjäna* pengar på att ha bil. Det hela bygger på att inte åka fast för olika försyndelser sedan man råkat göra dem. I stället räknar man ihop den uppskattade bötessumman och ser det som en ren förtjänst om förseelserna inte blivit bötfällda.

Hur det skulle kunna se ut, alltså hur man kan bli rik på att ha bil, är exempelvis att köra tjugo kilometer per timme över gällande hastighetsbegränsning. Detta är faktiskt vanligare än vanligast och kostar mellan tvåtusen femhundra och tretusen kronor i böter. Att hålla för kort avstånd till framförvarande fordon kostar tvåtusen kronor. Också ganska vanligt. Om man inte blinkar i rondell kostar det en bra slant och om man kör över spärrlinje ligger bötesbeloppet på femtonhundra kronor. Så här kan man fortsätta en god stund innan sammanräkningen är klar. Tvåtusen femhundra, det är var det kostar att inte ha stannat vid stopplikt och om man dessutom har lite dåliga däck kostar det tolvhundra kronor. Pernilla räknade och räknade. En helt vanlig tur till affären utan att bli stoppad blir faktiskt rena rama vinstapparaten för hushållskassan. En bit över tiotusen kronor gick det att spara utan att ha buskört knappt en smula. Alltså rik som ett troll efter en alldeles ordinär slentriankörning, om man nu lyckas komma hem utan böteslappar. Pernilla avbröts i sina uträkningar av att telefonen ringde.

"Det är ingen lek, jag blir sen ikväll", lät Tobbe meddela genom luren. Det hade tydligen varit en incident på jobbet, en så kallad Major Incident. Givetvis drabbade det driftenheten precis när Tobbe klivit på passet som incidentledare. "Oj oj oj då", svarade Pernilla. "Du får berätta mer ikväll". Knappt innan hon hunnit avsluta samtalet stod han där. Eller så kändes det i alla fall. Att *bli sen*, handlade för Pernillas del om att tvingas jobba en bra bit in på kvällen. Att *bli sen ikväll* sagt med dramatik i rösten, borde innebära att arbeta en bit in på natten. Inte att komma hem arton femton i stället för sjutton trettio. De åt middag tillsammans och pratade igenom hur de haft det på sina arbeten.

"Sådär, nu kom SMS:et", sa Tobbe med munnen full av sås och potatis.
"Så bra! Vilket SMS?"
"Ja, det som följer efter mejlet."
"Mejlet?"
"Så här: När vi haft en allvarlig incident och behövt plocka om i maskinerna, måste det köras en backup på dem. Det görs på natten och det ska jag få ett SMS på".
"Okej", svarade Pernilla svävande. "Vad har mejlet med det hela att göra då?"
"Jo, när Johan kollat att vår backup blivit klar, skickar han ett mejl till Lena. I natt skickade han ett mejl till mig också fast det egentligen var onödigt, eftersom det räcker med att Lena får det. Det Lena gör därefter är att skicka

meddelandet till mig i form av ett SMS, och det var det som kom nu."

"Hon verkar inte särskilt snabb den där Lena. Om det var klart i natt och messet kom nu...? Ingen Bondbrud direkt."

"Eh, som sagt; det var Johan som gjorde något som var onödigt."

"Jaha, men han var i alla fall ganska alert", hann Pernilla klämma in, innan Tobbe fortsatte.

"När Lena har skickat sitt SMS till mig, meddelar hon Per och Bengt, Anna och Erik. Sen är det klart. Ja, det kanske låter lite rörigt men det är det inte. Nu vet vi alla att vi kan starta om maskinerna när vi kommer till jobbet och att det finns en backup som kan plocka upp alltsammans om omstarten skulle misslyckas."

"Sex personer inblandade i en liten maskin alltså", svarade Pernilla syrligt och tänkte flyktigt på sitt eget arbetes resursfördelning. I skolans värld var aldrig sex personer inblandade i en sak, fördelningen var precis spegelvänd, med en person inblandad i sex ärenden. Dessa ärenden, blev gärna både fler och förändrade innan det blivit möjligt att se slutet på de första ärendena på listan.

"Japp, och det är högst nödvändigt", fortsatte Tobbe innan han tackade för maten och började vandra iväg från köket.

Ett nytt SMS hade kommit, tätt följt av ett telefonsamtal.

Pernilla började skölja av och ställa in tallrikar i diskmaskinen och beslutade sig för att ta en tidig dusch. Det var ett av hennes bättre sätt för avkoppling. Att hoppa ur jobbkläderna, duscha och sätta på sig något skönare.

Kvällen innehöll en blandning av motorljud och telefonpling, så Pernilla drog sig tillbaka med sin telefon och ett par hörlurar. Hon knäppte på reprisen av ett sommarprat på radions P1, ett program som hon redan var en bit in i och som fascinerade henne mycket.

Innehållet berörde sådant som hade att göra med hjärnans kapacitet och funktion. Exempelvis att hjärnan samlar ihop en massa erfarenheter men inte kan avgöra om det som hänt, verkligen har hänt på riktigt. Det innebär att det räcker med att själv repetera ett positivt scenario och skaffa erfarenhet genom att visualisera det hårt, så tror hjärnan att det har hänt på riktigt. Man kan alltså skaffa erfarenheter som man inte haft men som man kan lura hjärnan att tro på. Genom det borde det gå att påverka vilken sorts ryggsäck man väljer att sätta på sig, tänkte Pernilla. Möjligheten med att formulera en önskad förändring som om den redan är sann, är ju beviset för att affirmation faktiskt fungerar. En affirmation är ju inget annat än en medvetet vald, positiv instruktion som kan skapa det man vill ha, eller önskar mer av. Hon fortsatte att lyssna på radions program som nu gled in på ämnet AI, det vill säga Artificiell Intelligens.

Trots att människan utvecklats i takt med exempelvis tekniska innovationer, har hjärnan faktiskt inte utvecklats på 50 000 år. Den hänger helt enkelt inte med och det begränsar i vilken mån ny information kan tas in. Helst tar man bara in sådan information som passar in i den egna världsbilden, sådant som bekräftar det man redan tycker och tror sig veta. Dessutom attraheras man tio gånger mer av negativa nyheter än av positiva. Så funkar det. Media sprider uppseendeväckande, sensationell, och dessvärre ofta negativ information till omgivningen. Det arbetas med rubriksättningar och lockande innehåll. Sådant säljer. De rapporterar om våld, stölder, miljöhot, klimatkatastrofer, kriminalitet och bristande resurser. Listan är nästan oändlig när det gäller att sprida negativa budskap. Media målar upp en bild som pekar ut riktningen åt vilket håll mänskligheten är på väg. Enligt sommarprataren är det förklaringen till varför framtiden upplevs som mörk trots att den är ljusare än någonsin och full av möjligheter. Vi matas och gapar. Sorterar och väljer. Väljer det läskiga och negativa.

I själva verket ser det alltså väldigt ljust ut. De senaste tvåhundra åren har vi mer än fördubblat livslängden och samtidigt har världsfattigdomen sänkts ordentligt. Cancerdödlighet har minskat med tjugofem procent. Vi har aldrig i hela världshistorien haft det bättre och utvecklingen fortsätter, exponentiellt. I en framtid kommer all fattigdom och hunger vara borta. Vi lever lyxigare än Solkungen.

Pernilla sjönk allt djupare ner i madrassen, hon började bli rejält trött. Sommarprataren däremot blev bara piggare och piggare. Hon växlade spår och började prata om hur man med teknisk innovation numera kan ändra den biologiska gränsen för livet och programmera om våra hjärnor. Hon gick långt i sina påståenden och menade att det inte längre handlade om huruvida vi *kan* göra det, utan mer frågan om vi *ska* göra det. Alltså laborera med mänskligheten. DNA, den genetiska hårdvaran i oss har faktiskt blivit möjlig att ändra. Tekniken finns för hur man kan "hacka" generna, liksom radera i de genetiska koderna med hjälp av genetiska saxar. Vid sidan av att äta rätt och leva rätt, skulle lite klippa-och-klistra-teknik kunna förlänga våra liv och programmera om våra hjärnor. Vi kommer att kunna höja levnadsstandarden ytterligare på jorden, en tanke som också kan verka skrämmande. För många människor är den tekniska utvecklingen svår att hänga med i och AI kan därför skrämma. Media, är en maktfaktor. Teknik en annan, blev den sista funderingen från Pernilla innan hon somnade.

Nästa morgon var det igång igen. Efter en natt ihop med Tobbe och incidentledartelefonen behövdes det nästan en natt till. Direkt efter den första alltså. Telefonen, som i vanlig ordning glömts en bra bit bortom en armslängds avstånd, låg och signalerade febrilt innan Tobbe hann vakna och stoppa den. Resten av natten låg den i stället väldigt nära, inte bara nära Tobbe utan även Pernilla, som därför vaknade stup i ett. Vid frukosten senare var det svårt att utreda vem som var tröttast, men det fanns helt klart en önskan om lite mjukstart. Pernilla märkte att Tobbe tittade till på henne då och då, han ville nog gärna att hon skulle säga något. En fråga låg i luften; *är du sur på mig efter nattens pipande eller varför pratar du inte?* När de nästan ätit klart bröt Tobbe tystnaden.

"Nu har de börjat med exaflops också". Pernilla tittade upp och Tobbe fortsatte.

"Tidigare har man räknat i megaflops, men nu kan man tydligen gå från megaflops till exaflops."

"Hm", var det enda Pernilla fick ur sig.

"Redan för åtta år sedan hade de mest kraftfulla datorerna en prestanda som närmar sig exaflopsnivå. Sen finns ju petaflops också."

"Men herregud, vad pratar du om?"

Tobbe skrattade till och förklarade att flops var ett mått på databehandlingskapaciteten hos datorsystem.

"Men vem bryr sig?"

"Nä, kanske inte". Det blev tyst igen.

"Okej", sa Pernilla som ändå tyckte att hon borde bry sig litegrann om Tobbes världar.

"Flops står för vadå? Fine Logical Operation System, eller?"

Tobbe log och lät meddela att särskilt dum var hon inte.

"Bra tänkt men en Flops är flyttalsoperation per sekund. Du får ett försök till". Pernilla bara skakade på huvudet. Hon hade ingen aning om vad hon skulle gissa på. Tobbe var förmodligen ivrig på att säga svaret, för det lät inte vänta på sig.

"Floating point operations per second". Strax efter att han avgett svaret började han vissla nöjt. Samtidigt reste han sig upp för att gå och skölja ur kaffekoppen.

Pernilla försökte hänga med men tankarna tonade bort. Om man fick säga en enda sak som man stod för, en enda mening som alla kunde läsa och som kanske till och med skulle finnas kvar för eftervärlden, ett budskap... ett genomtänkt statement.... vad skulle det då vara? Meningen skulle kunna ses av massor av människor i olika åldrar. Länge. Hon tänkte sig en gigantisk billboard på ett välbesökt torg, över motorvägen, på en husfasad. På alla stora flygplatser eller på långtradare som kör precis överallt. Vad skulle hon då vilja säga? SLUTA JAGA RUNT, DU HINNER ÄNDÅ skulle det nog stå. Just ordet jaga fick hennes tankar att osökt öppna upp för ett nytt samtalsämne, bortom teknisk innovation eller sådant som Tobbe håller på med. Bortom instruktionsbaserad applikationsdrift och integration strategy empowerment team och liknande som annars kanske skulle fylla rummet. Det gällde nog att fortare än kvickt byta samtalsämne. Risken var annars stor att de skulle fastna i det uttröttande ämnet obegripligheter lika hårt som bilhjul gör i lera.

Det låg inte långt bort att hitta det nya ämnet för morgonen. Ett ämne som behövde dras en extra vända, innan stupstocken skulle rullas fram och bilan slipas. Pia-Carin, Rut och Pernilla var alla tre tämligen irriterade över sina karlars lögner och undanhållanden. De hade tillsammans förberett sig och samlat in all information de kunde hitta om svampkorgar, termosar, motoriserade harar, inköpskvitton på kantareller, svettiga och kladdiga taxar samt patronhylsor. Mac hade bistått med den mesta informationen medan Twist varit knäpptyst. Tobbe var den enda som ännu inte blivit förhörd.

"Har du hört om Pia-Carin och Mac?" undrade Pernilla. Tobbes vissling blev lägre och minskade knappt i styrka innan den plötsligt tystnade tvärt. "Att Pia-Carin tror att Mac lånat Yahoo, till rävjakt och..." Tobbe avbröt henne kvickt.

"Nej, jag har inte hört någonting. Vad menar du? Jag vet väl inte vad de håller på med, och framför allt inte vart hunden hållit hus."

"Så du vet ingenting om nån räv då? Jag tänkte på svampplockningen tidigare i höstas. Kanske ni såg hunden då? Tillsammans med Mac?"

"Nej verkligen inte. Men ops vad klockan drog iväg. Jag måste nog börja borsta tänderna nu". Tobbe lämnade köket och strax senare påbörjade han sitt morgonflöde runt om i huset. Det gick ut på att allt fortare, i takt med att klockan tickade, samla ihop sina pinaler för dagen. Glasögon, busskort, passerkort, telefoner, plånbok. Denna morgon gick det hastigare än vanligt. "Få se nu, var har jag lagt min tröja?" hörde Pernilla honom säga innan hon förlorade honom en trappa upp där han svaldes av klädkammaren innan han var tillbaka inom deras samtals räckvidd igen. "Vad sa du?" undrade han. "På dig", svarade hon, "du har tröjan på dig. Den har suttit på sedan frukosten". Tobbe slängde en blick på sig själv och insåg hur rätt hon hade.

"Jaja, det må så vara, men har inte du bråttom idag?", undrade han i ett försök att flytta fokus från sig själv. "Nej jag kan ta det lugnt på morgonen. Har inte hälften så stressigt som du just nu", svarade Pernilla. Tobbe stannade till, men bara i en micropaus, innan han ökade stegen igen. Nu bestod jakten av att finna såväl tandkräm som betänketid. Han behövde verkligen tänka igenom hur han skulle tackla situationen. Hittills hade det gått så bra att bara undanhålla sanningen men steget mellan att flyga under radarn och blåljuga var ganska stort. Pernilla kunde verkligen vara för hetsig i såna här lägen. När han slutligen var redo för att gå hade han en fantastisk tur. Pernilla var inne på toaletten och där ville han ju inte störa, så han hojtade hejdå från hallen och smet snabbt iväg.

Tobbe var absolut sämst på att ljuga och undanhålla sanningar. Lika sämst var han på att hålla hemligheter, alltså sina egna. Det fanns inte en chans i världen att han skulle avslöja förtroligheter som givits honom eftersom han först skulle hinna glömma dem. Egna hemlisar däremot var betydligt svårare för honom att hålla.

Pernilla hade fyllt år och varje år var det samma sak. Han ville ge bort presenten dagen innan bara för att det kliade så hårt i överraskningsnerverna. Födelsedagen firades som vanligt med inslag av lek. För ett antal år sedan tröttnade Pernilla på att ha tårtkalas i vilka alla satt där de satt och där var och en sa det som redan sagts tusen gånger. Hon ville ha in lite nytt liv i gänget och jaga ut de invanda mönstren. Lär man sig inget nytt, och tar man inte emot nya intryck, slutar man att tänka ut eller fundera över alternativ. Utan påverkan, ingen inverkan.

Pernilla satte ihop lag som sinsemellan tävlade om allt möjligt. Det hade börjat med ett bowlingkalas. Nästa gång var det skogsutflykt inklusive korvgrillning och tematiserade redovisningar om allt från planeter och landskap till kungar och uppfinningar. De hade haft badmintonturnering och detta år blev det en hemmalek. Det roligaste av allt var att flera av familjemedlemmarna hakade på idén med lagkamper när deras födelsedag skulle firas, så de hade lekt och teambuildat ganska mycket de senaste fyra åren.

De tio gästerna bildade tre lag och den första leken gick ut på att värdera eller prissätta lite olika föremål i födelsedagfirarens liv. Ett par jeans, en kappa, ett CSN-lån och ett puder. Vidare en axelremsväska, ett schampo, ett par joggingskor och en t-shirt. En gryta, månadsabonnemang på kontaktlinser och ett aktivitetsarmband. Det gick sådär. Lagen satte som bäst två rätt. Lek nummer två gick ut på att sätta så många pingisbollar som möjligt i muggarna på en uppblåsbar hatt. Att träffa muggarna försvårades särskilt av att hatten satt på huvudet på en av de andra deltagarna. För

Tor tog det bara åtta sekunder att sätta bollen, för andra gick det inte alls. Det fanns en tredje aktiviteten också och den gick ut på att svara *ja* eller *nej* på en massa frågor i snabb följd. Inte nog med det, man skulle också svara precis tvärtom.

"Kan man bada utomhus?"... NEJ.
"Är alla marsvin gröna?" ...JA.
"Växer köttbullar på träd?"... JA.

Nu var det knappt en månad kvar till jul och i Pernillas familj, alltså i storfamiljen, hade man sedan månader tillbaka pratat om hur julen skulle firas. Det var samma visa varje år och handlade om vad de skulle de äta, vem som ville ha vad och när skulle de ses. Ytterligare frågor var när julklapparna skulle öppnas, om det skulle vara rim eller en lek och hur många julklappar var och en skulle köpa. De drog upp nya riktlinjer varje år någonstans i augusti, diskuterade dem genom september och oktober, ändrade en del i november och landade i alldeles sedvanligt julfirande i december. I år hade Pernillas mamma och syster, tillsammans med Pernillas dotter Fia startat en tråd på Facebooks Messenger. Pernilla deltog inte till en början utan följde det hela på distans. Mamman slängde ut första frågan:

"Undrar vad Fia ska säga till vem när jag föreslår att vi skiter i julklappar."
"Hahaha men vadå det visste jag ju redan. Jag behöver inga julklappar. Jag är vuxen nu". Systern svarar:
"Va, inga julklappar!?"
"Antingen två var eller inga, eller hur mormor?"
"Nä, ni får bestämma. Det spelar inte mig någon roll. Nu har vi kört ett år med ett paket och ett år med två paket. Då kanske vi ska köra ett år utan? Eller med tre?"
"Jag tycker att vi skiter i julklappslekar och sånt. Jag ser julen som en gemenskapshandling, där alla sitter och myser

och pratar i spridda grupper. Det säger jag kanske för att jag ogillar spel. Vi måste införa nåt annat."
"Som vadå? Tipsrunda i skogen?"
"Kära barn vilka bekymmer vi har. Vi kanske bara blivit rädda för att komma vidare. Å hur ska det gå med katten, alltså den enda som Bengt inte stulit. Ska den vara ensam hemma?" Att Bengt stulit Pernillas katt var både glömt och förlåtet men de kunde inte låta bli att skämta om det när tillfälle gavs.

"Tänk om vi bortsåg helt från julfirande, Vi träffas, var och en tar en enda sak att äta som räcker åt alla, utan att anpassa sig till det traditionella, det skulle jag gilla", fortsatte Pernillas mamma.
"Ingen tävlan och inga måsten. Det vore att gå till grunden, det är inte julklapparna som stör mig i alla fall."
"Ja det är ju också en idé", svarade Fia. "Bara ses och spela spel, jag gillar spel och äta och umgås. Behöver inte vara så stor grej."
"Vi kanske är rädda för julen, tänk om vi är snåla, tänk om ni skulle låta mig bestämma nån gång", kontrade mormor.
"Du får bestämma mormor!"
"Ok, då får ni prata ihop er", skrev mormor som var snabb att ta serven när hon väl fått den. Hon höll den också i rullning ett tag, något hon på senare år blivit riktigt bra på. Hon kunde verkligen prata länge och engagerat för att sälja in sina idéer.
"En gåva är det första och största som hör julen till. En enkel gåva, inte pretentiös. Resten redan nämnt. Någon kräver julgran, alla andra kan också tänka ut sitt mest viktiga. Alltså det som står högst på listan för var och en, sen kör vi. Tre klara redan, kul jul. Lekar, paket och julgran. Detta börjar likna nåt som vi kanske känner igen."
"Haha, det blir precis som vanligt och vad då kräver och kräver? Jag kräver godis och spel." Mormor tog ingen notis om sitt barnbarn utan fortsatte:

118

"Det är sju personer till som ska säga sitt viktigaste, det är sann demokrati. Sen kör vi!"

Pernillas syster, som varit ganska tyst ett tag, gav sig in i matchen.

"Vi har matriarkat. Goda starka kvinnor... Kvinnor som bestämmer. När männen lagar julmat, bokar resor, funderar ut presenter och handlar får de vara med och leka."

"Haha precis så!", svarade Fia men mormor höll inte med. "I nuläget är det en fråga om organisation. Om nån mest av allt vill ha dopp och nån annan detsamma då vore det bra. Bättre om de valde något annat förstås, men skit samma. Om var och en la fram sin enda heta önskan, som inte nödvändigtvis handlade om mat. En lista bara att följa tills vidare. Organisatoriskt. Ungdomarna framförallt, fråga dom. Om vi skulle börja med maten? Var och en säger en maträtt så får alla nöja sig och kanske själv tillreda av det som står på bordet. Sedan har vi ju bara att fundera över resten. Spel, paket, godis. Nu tycker jag att det börjar likna något. Tycker jag då!" Pernillas syster igen:

"Vilken jävla cirkelgång. Nu är ju paketen där igen! Mamma du kan få ett paket av mig lite vid sidan av, om du vill ha ett. Dessutom blir det fängelsemat. Uppblött bröd, en bit fläsk (skinka) och sill. Festligt. Bruna bönor. Klafs."

"Det är ju fler som ska önska sig en rätt. De som vill äta fängelsemat kan vara i köket som vanligt. Jag väljer rakt lam, Med tillbehör. Det kan bli ett brokigt och festligt bord. Undrar vad småpojkarna vill ha. Sedan kan vi slopa eller välja diverse annat.

Rakt lam, undrade Pernilla. Vad sjutton menade hon med det. Det tog inte många sekunder innan en rättelse kom i Messenger-flödet.

"Rökt lamm menar jag. Rakt av. Men bara en sorts sill."

"Nej, strömming. Får man potatis?"

"Får och får? Ingenting är gratis, nu är det hårdmangling. Snart får vi ett resultat och alla blir glada."
Pernilla läste i flödet som bara rappade på utan stopp. Hon konstaterade att omröstning och rösträkning i Eurovisionen ter sig som en kortfilm i jämförelse. Snacka om att göra julfirandet omständligt, och det bara fortsatte. Utan stopp.

"Fråga ungdomarna. Ska bli spännande att höra. Nästa år kanske de har egna intressen på julafton. Vem vet?"
"Sötpotatis!! Och lax. Yammie!". Det var Fia som fått ny luft.
"Pernilla, fråga dina vad dom tycker kan smaka bäst att äta. Du också och Tobbe. Jag ser fram emot ett resultat så att jag kan dela ut arbetsuppgifterna efter person. Hälsningar mormor."
"Haha bra mormor! Du vet hur man styr upp saker du!"
"Tack Fia, du förstår att vi måste lösa detta. Vi som är med idag har kommit en bit på väg. Till att börja med blir det lax och sill, därefter lammstek med mera. Lyssna vad kul det ska bli i jul. Nu inväntar vi fler överraskningar i matväg från övrig. Sen tar vi den kreativa delen."
"Jag kommer att skriva olika sorters sill = ett ord = typ en sorts rätt", skrev systern.
"Om vi kvinnor bestämmer ger vi männen chans att smita undan. Balans", avslutade mormor.

Underhållande, var betyget som Pernilla gav flödet och kommentarerna. Bäst var mammans idé om att se julen som en gemenskapshandling, där alla sitter och pratar i grupper. Vadå gemenskap? Vanligtvis när de alla samlas, startar ett käbbel utan like där ingen lyssnar på någon. Det är skillnad på tjo och tjim och på skrik och gap men det hör bara den som verkligen lyssnar. I de flesta familjer vet man att julafton är den dagen på året då *ingen* lyssnar men alla hör. Upplägget ligger farligt nära *ta först på din egen mask innan du hjälper någon annan*. Pernilla hoppade in i tråden.

"Nu kommer mitt förslag... och det påminner om en lek. Ni får förlåta ivern men jag blev så inspirerad av rakt lam". Fia skickade in en emoji i tråden som gapskrattade och Pernilla skrev vidare. "Vi är fyra tjejer och sju grabbar i familjen. I år fixar grabbarna vad de tycker att vi ska äta. På vilket sätt de vill. Traditionellt julbord eller pyttipanna. De får tänka till, organisera, duka och stå i köket inklusive ta hand om disken. Tjejerna får vila, snacka, promenera, pysa och mysa. Vi delar lika på kostnaderna. Nästa år fixar tjejerna utifrån samma premisser. Alla tar med varsin klapp att lägga under granen (eller förresten helst två eftersom jag redan köpt det). Omdanande och kollektivt, kreativt umgänge och teambuilding. Vi är hos mormor, den enda traditionen värd att behålla eftersom det är mysigast där."
"Jag röstar 100 procent ja till mammas förslag!!! Så bra! Men tycker att vi ska spela spel också", svarade Fia inom 20 sekunder.
"Tillägg: Var och en kan ta med ¼ kilo godis också till fiskdammen."
"Asså det här kommer bli den bästa julen ever. Hundra procent ja till fiskdamm. Hahaha, fiskdamm med paket i, man får en godispåse och ett paket eller två på kroken."

"Nu får ni hejda er", man kunde nästan känna hur mormor hamrade på tangenterna.
"Steg för steg som slutar i en alldeles fantastisk julafton, så alla känner delaktighet men respekt för vars och ens möjligheter. Jag skulle vilja, inte bestämma, att var och en, fattig som rik satte in 50 kronor till Stadsmissionen och köpte varsitt litet paket att lägga under granen. Fint va?"
"Jamen alla fick ju bestämma någonting. Jag röstar på fiskdamm. Och 50 kronor till en hjälporganisation är superfint så klart", skarvade Fia till.
Hjälporganisationer? Är det några som behöver hjälp i detta sammelsurium så är det nog vi, tänkte Pernilla.

"Ja men om ni börjar från början då. Om många ska äta tillsammans och det ska vi väl, då tycker jag att vi börjar med att var och en väljer en maträtt som den tycker om, så får man fram mat som någon tycker om och som andra kommer att gilla. När det är färdigtänkt kan vi fylla på med vad vi tycker om julklappar och annat. En sak i taget så kommer det att bli väldigt roligt, spännande, gemensamt."

"Trevligt! Let´s go!", svarade Pernilla som mest av allt ville dra sig ur slingan igen.

"Jag tillagar gärna maten men det vore fint om alla ville välja en sorts mat eller kanske något litet bidrag hur litet eller hur stort som helst", fortsatte mormor.

"Kan inte alla killar laga i år? Tyckte det var ett roligt förslag", försökte Fia igen.

"Om var och en säger vad den vill ha på julbordet så tar vi itu med fördelningen av arbetsinsatser, alla inblandade. Det ena först och det andra sen" vidhöll mormor, orolig som hon blev över antalet utfreakade idéer. Syrran fortsatte tugget och försökte strukturera upp det hela.

"Mat från vår familj: Sillströmming, dopp i grytan, lax, revbensspjäll. Gillar att alla väljer en hjälporganisation. Det kan bli många olika. Man kan få den i fiskdammen, med godis och ett paket (Pernilla du får ge paket nummer två till Tobbe, han har säkert inte köpt något ännu)."

"Haha oj! Bra mat! Men man kan faktiskt få två paket *och* godis i fiskdammen", försökte Fia.

"Okej, jag tar det från början. Inga paket var det ju."

"Jag kan ta båda paketen. Skulle behöva lite paket."

"Eller så slänger vi i lite paket i godispåsarna och om man har tur får man ett paket på kroken annars en godispåse. Så blir alla glada oavsett. Man kan få två paket eller noll. Beror på hur många gånger man fiskar."

"Fia, kan du lugna dig nu. Först var det maten. Sa du att lax var det godaste för dig, visst var det så? Man kan få sig ett paket, vilket det nu kan bli, i fiskdammen. Men det skulle vi

ju prata om sist. Jag har inte sagt vad jag vill äta än.
Fiskdamm eller tomte tar vi sen. Pernilla har inte sagt
något."

"Vad väljer du? Nyfiken faktiskt."

"Haha jag blir bara exalterad. Men då är jag väl tyst tills alla
har sagt vad de vill äta. Men det var faktiskt inte jag som
började prata om julklappar."

Pernilla släckte ner Facebook och funderade över all den
energi som fanns i familjen, i alla fall hos kvinnorna.
Männen var rätt lika. Starka och duktiga, kunniga men lite
tystlåtna. De backar upp och deltar på ett något avvaktande
sätt. De tar inte det stora klivet fram, är inga ledartyper, men
ombeds de om något, ställer de alltid upp. Kvinnorna
däremot är idésprutor. De gillar förändringar och ogillar
stagnationer och traditioner men älskar att planera och
strukturera. I jämförelse med männens tillbakahållna
approach upplevs de dominanta men vad är egentligen vad?
Är det alltid den som hörs och har förslag som är den
dominanta, eller är det den tysta som dominerar? Alla *vet* ju
vad de tysta vill även om de inte säger det. Det går att styra
rätt bra med små gester, svag mimik och få ord.

Naturligtvis var ännu inte sista ordet sagt när det gällde
julfirandet. Snart skulle även de tysta ta till orda.
Det här var bara början.

Kapitel 9
Om en snap shot som blev till stillbild
samt lusen under skon och kärleksspråket

Sverige är världens minst auktoritetsbundna land, världens minst traditionsbundna land och världens minst religiösa land. Sverige sticker också ut som världens konstigaste land, i alla fall om man ska tro World value survey. Det är ett pågående samhällsvetenskapligt forskningsprojekt där sociokulturella, religiösa, politiska och moraliska värderingar i hela världen utforskas. En slags världsvärdeundersökning baserad på cirka 250 frågor. Antalet länder som deltar i projektet ökar med tiden och studier genomförs löpande med några års mellanrum. I undersökningen delar man in länderna i två grupper. En grupp där befolkningen har som mål i livet att förverkliga sig själva, och en där befolkningen har överlevnadsstrategier. I Sverige handlar ingenting om överlevnad.

Rut kände sig irriterad.

"Vilket skämt!", utropade hon så Twist hoppade högt.

"Vad?"

"Att kämpa för sin överlevnad tycks vara en detalj som har försvunnit och detta påverkar meningen med livet. Till följd av det mår vi allt sämre."

"Jaha?"

"Extremt nog verkar allt handla om självförverkligande, och invånare kräver fler och fler rättigheter."

"Invånare?"

"Äh, det var ingenting. Jag måste ha luft, hänger du med ut till spottloskan?"

"Spottloskan?"

"Men vad är det med dig? Kan du bara säga ett ord i taget?"

"Ord?"", sa Twist och skrattade till innan han drog Rut till
sig för att få en kram.
"Vad arg du är. Jag skojade ju bara med dig. Är det Zipper
du kallar för spottloskan?"
"Japp."
"Kan du bara säga ett ord i taget?", kontrade Twist.
"Ord?" sa Rut som njöt av att de bytt planhalva i ordleken.
Hon slängde en ostyrig blick mot Twist medan hon drog på
sig jackan. Det hade blivit något kallare ute men så här tidigt
i december hade ännu inte en gnutta snö fallit. I
Nikkaluokta däremot var det 35 minusgrader och snö, och i
Sibirien 56.3 minusgrader. I Laduvik höll det sig vid nollan
men det var ganska blåsigt. Kallt och rått alltså.
"Hänger du med ut till hägnet?"
"Absolut. Jag kommer."
Twist hade varit mer än tillfreds sedan han sköt räven för
ett par månader sedan, det visste hon. Han hade liksom
varit ett strå manligare. Och malligare.
"Da leosa fa stövlen da stäämp a", hade Ruts mamma Maja
sagt, kraftigt störd av skrytet. Hon var smart nog att prata
överlulemål som ingen utom Rut förstod. Hon skrattade åt
ordspråket och översatte; då lusen får stövlar då stampar
hon. I det här fallet var Twist lusen, inget snack om saken.

"Skönt att vi inte har någon räv att bekymra oss över", sa
Rut för att piska upp Twists goda humör ännu några grader.
"Nä, för den har jag knäppt", svarade han. Samtidigt höjde
han två fingrar i luften, riktade dem framåt och siktade
bakom Rut mot ingenting. Han förde fingrarna upp mot sin
mun och blåste bort krutröken som inte fanns. Rut
skrattade åt honom, fast lika mycket åt tanken att han i den
gesten lika lite skjutit något nu, som han hade gjort i
skogsdungen då. Alldeles oplanerat men träffande nog
började hon nynna på Elvis femtiotalshit *Hound Dog* och
artikulerade andra textraden i refrängen extra högt: "Well

you ain´t never caught a rabbit, you ain´t no friend of mine", men Twist verkade inte bekymra sig en smula. Rut visste att det aldrig funnits någon livs levande räv där. Hon visste att det hade varit Mac's gamla uppstoppade räv, död sedan Elvis glansdagar, som fått sätta livet till en andra gång. Skönt ändå att Twist blivit gladare igen, det var trots allt syftet med jakten. När hela saken rekonstruerats och diskuterats i respektive hushåll, när Pernilla ställt Tobbe mot väggen och Pia-Carin gjort detsamma med Mac återstod bara en tanke. De var alla rörande överens om att Twist skulle förskonas från de mest exklusiva detaljerna i rävjakten, han skulle förbli ovetande.

"Ja jag vet älskling", svarade Rut och fortsatte på temat. "Angående katter, så är det tydligen ett helt naturligt inslag för rävar att ta dem."
"Det är inte så mycket kött på en katt", svarade Twist.
"Jo det är det nog. Det finns säkert så det räcker. Däremot hoppas jag att det är maten de är ute efter. Jag skulle inte acceptera att en räv tar vår katt bara för skojs skull. För en kort stund av pleasure". Rut tittade till på Twist för att se om han reagerade på det hon nyss sagt. Det var ju precis vad han själv hade gjort; skjutit för nöjes skull.
"Tänk lille gråkisse därhemma. Om räven tog honom bara för att det var kul?" Hon rös vid blotta tanken.
"Fast nu finns det ju ingen räv längre", påminde Twist henne.
"Nej det har du rätt i, den gick ju åt."
En stunds tystnad följde.

"Men vad äter de annars, vet du?", undrade hon.
"Sorkar och andra små gnagare skulle jag tro."
"Okej, men då är ju katt ett riktigt fynd. Gissningsvis, hur många sorkar går det på en katt? Fyra?"
"Kanske, men det blir äckligt stora sorkar."

"I så fall är ju katten för räven något av shopping på en stormarknad för oss."

"Nej men sluta nu. Räven är borta och vi kan andas ut." Twist näpste av henne.

Då surnade Rut till en smula. Hon tyckte att det lite väl mycket hade kommit att handla om att Twist skulle må bra och creddas för något som han varken hade gjort eller som ens var okej *om* han hade gjort det. Hon växlade spår för att plocka ner honom på jorden igen.

"Värre är det med tomten. Den har varit borta ett långt tag nu". Hon blängde på Twist. Han i sin tur tittade intensivt ner i marken, som om där fanns något han skulle gå miste om genom att möta hennes blick. Nu var det inga överdrivna poser eller låtsasskott i luften längre. Twist gick in i sig själv med sina funderingar, beredd att söka svaret i en inre monolog. Nu var han så konflikträdd att han inte kunde styra sig.

Åh, varför sa jag inte på en gång hur det var, tänkte han samtidigt som han gav sig själv svaret. Ja, exempelvis för att Rut hade blivit så arg på mig. Både över att jag skulle jaga räv, men också för att jag ännu en gång bar skulden till tomtens försvinnande. Jag vet att jag hade haft gårdstomten med mig i skogen men helt glömt bort den i ivern och uppståndelsen som följde efter skottet. Senare på dagen när jag var tillbaka till platsen, fanns den ingenstans.

Inget av detta sa han högt så att hon hörde. Istället svarade han:

"Ja, så märkligt", med en överdrivet lång betoning på varje stavelse.

Ute på gården var alla julmarknadsstånd uppställda och ljusslingor upphängda. Julgranarna låg som en mörk hög framför ladan och granris var utlagt framför ingångar och på farstukvisten. Den starka doften från riset blandade sig med doften från djuren. De hade slitit hårt med att komma i fas inför julmarknaden. Numera hade de rätt bra rutin på arbetet och alla dag-för-dag-göromål var uppskrivna i en pärm som bara behövde följas. De var helt klart i fas. Precis som tidigare år hjälptes de alla åt. Maja kokade chutney och lemon curd. Mac skulle sälja sina omåttligt eftertraktade blomvaser som också fungerade som ljusstakar och Pia-Carin sina böcker som vanligt. Gården sålde äppelmust, tappad i bag-in-box plus olika varianter av getost. Bengt och Mini skulle sälja granar som vanligt och för varje år som gick, gjorde de det med allt större behållning av varandras sällskap. Ungdomarna skötte, precis som tidigare år, mat- och dryckesförsäljning i Taffel, lokalen som till vardags var både gårdsbutik och paltkrog. De skulle torka bord, ta hand om disk och sälja glögg, kaffe, julmust och pepparkakor. Kycklingwraps hade de slutat med för att i stället erbjuda slicar av saffranspizza med julskinka, toppade med cheddarost. Det var givetvis Dimitri som serverade dessa delikatesser. Därmed behövde inte Pernilla och Tobbe jobba ihjäl sig dagarna innan med att göra kycklingwraps. I stället hjälpte de till i det nyöppnade konstgalleriet i gamla koladan. Det var en vän och före detta granne till Pernilla som tidigare under hösten hade kommit med en förfrågan om att hyra ett utrymme. Taket till hennes ordinarie lokal skulle vara under reparation hela vintern så hon hade minst sagt hamnat i en knipa. Hon behövde hyra in sig tillsammans med de konstnärer hon för tillfället knutit upp sig mot. Rut och Twist hade sagt ja.

Konstgalleriet och Zipper alltså, båda nykomlingar på årets julmarknad. Beträffande den senare rådde vissa tvivel kring uppförande medan galleriet förmodligen skulle erbjuda såväl lugn som förtröstan åt varje sönderstressad julmänniska på marknadsdagen.

Twist slog av haspen till gethägnet och klev in till djuren. Där inne var Mini, redan fullt upptagen med att pyssla om dem. Han hade laman på sin ena sida och två av getterna på den andra. Twist hade till en början valt att hålla Zipper för sig själv i koladan, med en enda önskan i tankarna; att få bekanta sig på egen hand med djuret innan Mini satte klorna i det. Inte för att Mini hade några klor, i stället var det precis tvärtom. Han behandlade djuren med silkesvantar, respekt och omtanke. Alla sorters djur älskade honom, och inga djur flockade sig längre runt Twist. Med Zipper skulle det bli annorlunda, tänkte han. Jo, pyttsan. Precis så blev det inte. Det Twist inte kände till, var att Mini haft minst lika mycket koll på laman som Twist från allra första stund. Minis styrka var att lokalisera djurens behov. Han kunde snudd på lukta sig till var djuren var, hur de mådde och vad de hade för anspråk i tillvaron. När Twist var i stan på sitt veckouppdrag i arbetet med stadspolitikernas mejlhaverier, tog Mini en heldag med laman. Rut fattade däremot ingenting. Hon var helt uppe i sina penséer som vanligt, med tankar fulla av allt möjligt och ingenting.

Zipper hade funnit sig väl tillrätta. Någon annan tanke hade vare sig Rut eller Twist haft. Värre trodde de i så fall att det skulle gå för getterna att acceptera laman, men inte heller det hade fört några problem med sig. Sedan Rut och Twist väl rett ut varför det stod en lama i kalvbåset fattade Rut omedelbart tycke för den. Svårare var det att behålla det tycke som hon svagt mindes att hon haft för Twist strax innan. Han hade fört henne bakom ljuset och det kände hon sig irriterad över. Hon hade också blivit väldigt rädd när hon konfronterades med djuret i den övergivna koladan. Så rädd att magen nästan vände sig ut och in. Ruts spontana uttryck för rädslan blev ett ganska gällt och utdraget skrik, och repliken på det en grönsliskig illaluktande spottloska. Hennes ärende i ladan hade varit att bedöma möjligheterna att röja upp och använda en del av den till utställningslokal. I ett svagt ögonblick hade Rut lämnat ett utsvävat "ja" till utställaren om att det nog skulle gå att fräscha till där innan julmarknaden. Projektet gick passande nog under

arbetsnamnet: *Rätt attityd är bättre än rätt resurser* och måtten
på väggar och golv var de enda parametrar som saknades
innan arbetet kunde ta fart. Hur som helst, att hitta ett djur i
ladan, var något som Rut minst av allt var beredd på. Än
mindre att bli spottad på.

Medan den första rädslan bedarrade och hon började
sortera upp vad det var hon hade framför sig fångade hon
upp ett papper i fickan. Samtidigt som hon försökte
avlägsna spottet med det halvsmälta maginnehållet, sköt
djuret blixtsnabbt ut en ny loska som nätt och jämt svepte
förbi hennes huvud. Hon kände hur en del av det hamnade i
hennes hår varpå hon började skratta. Men inte enbart, hon
slängde också ur sig en årsförbrukning av svordomar tyst
för sig själv. Hon förbannade det smetiga spottet, Twist den
svekfulle, det uppretade djuret och papperet som inte räckte
till. Men det var först.
Ganska snabbt senare kom Twist på plats och han berättade
skamset men hänfört om sina tankar. Om annonsen,
researchen och inköpet. Om hur han oroats för getterna
och hur han såg att laman var svaret på allt, i alla fall på
mycket. Att de behövde ett uppfriskande element, nya
sysslor till Mini och en tillspetsad attraktion till
julmarknaden nu när Faint var borta.
"Fatta Rut, laman kommer att bli en riktig kioskvältare! Alla
kommer att vilja se honom", hade Twist sagt. Vidare
resonerade han som så att priset på djuret med råge skulle
understiga såväl nyttan som nöjet. Rut hade tittat ner på sin
hand och den grönsmetiga pappersbollen som handen
greppade runt och ställde sig ytterst tveksam till om
"uppfriskande" var rätt ord i sammanhanget. Men hon
veknade snart, och tyckte att Twist hade rätt.

Det tar lång tid i en relation innan total ömsesidighet och
balans uppstår. Då alla spel är spelade och alla strategier är
avslöjade. Då den första förälskelsen planat ut. Då allt som

liknar löften, hot, förväntningar, förhoppningar och besvikelser blivit ointressanta. När relationen mognat och man har ett fint och stabilt förhållande utan oro och funderingar. Dit skulle hon och Twist aldrig komma anade hon. I och med Zipper var hon nu säkrare än någonsin. Det hon också var alldeles säker på var att Twist var hennes snap shot. Hennes absolut viktigaste ögonblick i livet. En snap shot som liksom antagit karaktären av en stillbild, och som hon hoppades skulle stanna i hennes närhet for ever. Och hon gillade det.

Rut, totalt hängiven att läsa om sådant som har med kärlek och förälskelse att göra, vet numera att det finns ett kärleksspråk. I varje människa finns en längtan efter att vara älskad. Kärlekens syfte är inte att få något som man vill ha, utan att göra något för sin partners bästa. Om man ska utveckla ett nära, intimt förhållande är det viktigt att känna till den andras längtan. Det är viktigt med gemenskap, inte bara att vara i varandras närhet, utan att ge fokuserad uppmärksamhet. När bekräftande ord tas emot är sannolikheten stor att någonting ges tillbaka. Ett sätt att lära sig nya mönster är att hitta en stund varje dag när båda får berätta om tre saker som hänt under dagen och vilka känslor de framkallade.

För att bli bra på att ge kärlek måste man vilja lära sig ens partners kärleksspråk, vad som är viktigt och vad ens partner vill ha. Egentligen är det inte svårare än att känna till "five essentials", alltså några betydelsefulla detaljer i alla relationer.

Ord som bekräftar - exempelvis komplimanger, positiv feedback och uppmuntran. Ett sätt att lägga märke till varandra och sätt ord på det var och en älskar och uppskattar.

Tid tillsammans - därtill helst kvalitetstid. Att sitta tillsammans och prata, vid middagen eller i soffan. Med det menas fokuserad uppmärksamhet och förtroliga samtal. Det kan handla om att göra saker båda uppskattar. Gå ut och äta, gå på teater eller en konsert. Att resa eller bara ta in en natt på hotell. **Gåvor och presenter** - de behöver inte vara dyra utan det är tanken som räknas. Känslan av att ge och få. Smart är att anteckna det partnern önskar, sen visa att man kommer ihåg vad partnern önskar. **Tjänster** - handlar om praktiska saker och omtänksamhet mot sin partner. Lyssna in behov och förekomma dem. Ställa upp och göra saker oombedd. Vara uppmärksam på de små signalerna. **Fysisk beröring** - vardaglig beröring... inte sex. Att ta i varandra, ge massage eller annan beröring. Pussar och kramar vid möten och när man skiljs åt. Gå hand i hand, krypa nära och hålla om varandra. Massor av fysisk bekräftelse.

Rut tyckte att alltsammans, och var för sig, var rimliga viktigheter i en relation. Hon hade läst att man skulle kunna se det som en kärlekstank som kontinuerligt behövde fyllas på för att känslan av att vara älskad ska infinna sig. Att man känner sig olycklig med tom tank är inte svårt att förstå, men detsamma gäller om tanken är full. Exempelvis om tanken är fylld med sådant som inte tillhör ens eget kärleksspråk.

Helst borde man kanske prata samma kärleksspråk, tänkte Rut. Eller åtminstone jobba hårt med att lära sig tala varandras språk. Om Twists kärleksspråk är "fysisk beröring", spelar det ingen roll hur många "tjänster" Rut gör honom. Om hon och Twist möjligen ägde samma kärleksspråk, exempelvis värdesatte gåvor och presenter, så var laman i ladan i alla fall inte den sortens present som Rut uppskattade allra mest. Hon anade nog att deras gemensamma kärleksspråk handlade mest om "tjänster" och

132

"tid". När hon tänkte på Pernilla och Tobbe var hon säker på att det var "tid tillsammans" som var gemensamt för dem. Mest den delen som handlade om att göra saker tillsammans. Inte så mycket om de fokuserade, förtroliga samtalen.

Hur som helst, var kärlek för Rut lite av universums klister.

Kapitel 10
Om förtvivlans bur och det brända vedträet
samt klantarslet och nakenråttorna

"Det räcker inte att bara tillföra en människa mat och sömn för att hon ska må bra. Hon måste få omvårdnad och närhet också, det har man undersökt genom experiment".

Så inledde Sigge sin podd. Han berättade vidare att en amerikansk psykolog vid namn Harlow tagit apungar från sina mammor och satt dem ensamma i isolering i upp till två år. Två olika sorter av isolering testades. Några ungar placerades i kala ståltrådsburar där de kunde ha viss kontakt, dock inte fysisk kontakt, med andra apor. En annan variant var total isolering där ingen som helst kontakt med andra apor fanns. I den cellen rådde totalt mörker och där kunde ungarna få sitta i sex veckor. En del hängdes till och med upp och ner.

"Harlow ville se vad som skulle hända", berättade Sigge. Han tittade rakt in i mikrofonen medan han pratade men styrde snabbt om blicken så den föll på Mini i stället. Sigge signalerade samtidigt åt honom att det var hans tur att prata. "Så vad hände då? Med apungarna... och vad var det för apor?"
"Det var indiska Rhesusapor som under femtio- och sextiotalen utsattes för en rad hemska experiment. Isoleringscellen kallades för *Förtvivlans bur*, vilket var ett passande namn med tanke på vad som hände där. Apungarna utvecklade allvarliga störningar under och efter burvistelsen. De blev gravt psykotiska och uttryckslösa. De upprepade likformigt cirkulerande i buren och började ägna sig åt självstympning. De slutade helt enkelt att vara apor."

Sigge och Mini, som tillsammans driver en podcast sedan två år tillbaka, hade bestämt att de skulle köra ett tema med *djur* i nästa sändning. De hade åter installerat podderian hemma hos Mini sedan den tillfälligtvis varit stationerad på Dimitris pizzeria. Mini bodde i en egen lägenhet i källarplanet hos Pia-Carin och Mac. Sedan föräldrarna insett att Mini aldrig skulle lyckas slå sig in på vare sig arbetsmarknaden eller i bostadskarusellen, byggde Mac en lägenhetsdel i föräldrahemmet och i den kunde Mini agera på självständigt vis. En otroligt fiffig lösning på flera sätt. Mini slapp ta lån, som han ändå inte hade inkomst för att hantera, och eftersom familjen bodde mitt emot Rut och Twist hade han nära till jobbet. Det var nämligen på Laduviks gård som han jobbade och tjänade sitt uppehälle. Podderian drog inte in några större inkomster utan bara så pass att det fanns en marginal för den teknik som behövde repareras eller bytas ut. Mac var utsedd till att vara den självskrivna mekaniken, hur duktig som helst på att hantera och förstå sig på mekanik av alla sorter. Det var alltid första tjing att fråga honom om råd och det Mac dömde ut och kallade otjänligt, det var slut. Så resonerade de. Att det just blivit en podderia berodde på Sigges erfarenheter under sina studieår i Kanada. Han bodde där hos sin pappa under högstadietidens senare år och lärde sig grunderna. De hade ett ämne på schemat som innehöll tal och sändning vilket utgjorde basen för hans intresse.

Tema djur alltså. Det var det enda de hade att förhålla sig till, att djur skulle vara inblandade. Fakta om djur, djur i maten, husdjur eller djur i bur. Det kunde också handla om sporter där djur medverkar, utrotningshotade djur, om farliga alternativt annorlunda djur, eller om djurförsök. Ja, lite så.

Ett tag tänkte Mini att han skulle berätta om Laduvik gårds nytillskott Zipper, men kände att det kanske var något Twist ville podda om. Nästa tanke var att berätta om vad som kan hända med uppstoppade djur om Tobbe och Twist är i närheten, men då skulle Twist få reda på exakt vilken slags uppgjord ickejakt han deltagit i. För att inte tala om hur miserabel han skulle anse sig vara som jägare och hur låga tankar han skulle ha om Tobbe som lurat honom. Ingen trodde att Twist skulle uppskatta att få veta att han skjutit ett djur som för det första redan var dött. För det andra, omöjligt kunde ha dödats om det inte tursamt nog redan var dött, med tanke på hur illa han hade siktat. För det tredje avslöja för honom att alla vetat om det han inte hade haft en aning om, nämligen att räven var uppstoppad. Alltså; berättelsen om räven gick bort och han fick tänka om. Sigge däremot, hade hela tiden haft siktet inställt på djurförsök. Han kunde nog se fördelar med att använda djur i experiment i stället för människor men det var kontroversiellt och respekten för djuret måste alltid gå före. Harlow är skräckkammarens forskare och han gick på tok för långt.

"Harlow ville undersöka hur banden mellan barn och deras föräldrar uppkom så han startade snart ytterligare experiment. Nya apungarna skildes från sina mödrar och delades upp i två grupper. De erbjöds två olika sorters mammor, så kallade surrogatmammor. Den ena var gjord av ståltråd och den andra av något mjukare material, typ någon slags frotté. Skillnaden dem emellan var att ståltrådsmamman hade en nappflaska med välling medan tygmamman inte hade någon mat alls. Harlow ville se om det var värmen eller maten som lockade ungarna till anknytning."
"Men hur gick det då?", undrade Mini.
"Jo, apungarna klamrade sig fast vid tygmodern oavsett om den gav mat eller inte. De valde sällan ståltrådsmodern och endast då den erbjöd mat, men oavsett vilken mamma som erbjöd mat så sprang de till tygmamman för att söka skydd och tröst när de blev skrämda."

"Det verkar rimligt", svarade Mini som allt som oftast under sin uppväxt hade behövt söka tröst. Han mindes känslan av att krypa upp i Pia-Carins varma famn och bara få sitta där tyst utan att behöva svara på en massa frågor om vad som hänt och hur allt skulle kunna bli bättre.

"När aporna placerades i obekanta miljöer med sina tygmammor klängde de sig fast vid dem tills de kände sig tillräckligt trygga för att undersöka miljön. När de började utforska miljön sprang de tillbaka till tygmamman då och då."

"Precis som människobarn skulle göra", kontrade Mini igen.

"Det fanns massor av saker att utforska i experimentet", fortsatte Sigge, "men frågan är bara varför man gjorde dem. Många av resultaten var egentligen sådana att de hade gått att förutse. Man borde ha kunnat räknat ut resultaten utan att utsätta aporna för experimenten". Sigge läste vidare ur manuset.

"När aporna placerades i obekanta miljöer utan sina tygmammor stelnade de till av skräck. De skrek, kröp ihop och sög på tummen. Några apor sprang skrikande från föremål till föremål, i sökandet efter sina tygmammor."

"Återförenade man tygmammorna med apungarna igen?"
"Jo visst, men först testade man att skilja ungarna från sina mammor i tre dagar. När de efter det återförenades, klängde sig ungarna fast vid sina mammor och vågade inte utforska omgivningarna lika mycket som de tidigare gjort."
"Det låter faktiskt som om Harlow bara gick längre och längre i sina experiment, stämmer det?
"Ja, det gjorde han. När han funnit ut att ungarna valde sina lite mjukare mammor före de kala och hårda, ville han se hur långt han kunde sträcka ut anknytningsbanden ytterligare mellan mammorna och ungarna.
"Hur då?"

"Ja det var helt sjukt. Harlow förvandlade de snälla, mjuka textilmammorna till monster. De konstruerades om med en funktion som gjorde att det plötsligt började blåsas stenhård högtrycksluft genom mammans kropp och rakt på ungarna. Ungarna påverkades så mycket att de började skaka men de gav inte upp sin surrogatmamma för det. Tvärtom, de klängde sig bara fast ännu hårdare. Mamman var otrygg kanske, men okej. Man tänjde ytterligare på experimentet och gjorde en variant då vassa spikar sköts ut ur mammans kropp men där gick gränsen för ungarna. Nu ville de inte längre klänga sig fast vid sin mamma. Men så fort spikarna dragits tillbaka klättrade de upp på mamman igen.

"Så sorgligt. Det här låter som ett skräckexempel på när ingenjörskonst och vetenskap arbetar för intimt ihop", sa Mini och fortsatte att ställa frågor.
"Hur gick det med ståltrådsmammorna då? Skildes ungarna från dem på samma sätt?"
"Absolut, även de placerades i obekanta miljöer med sina ståltrådsmödrar. Det som hände då var ganska intressant. Ungarna uppvisade plötsligt samma beteende som apor utan någon mamma."
"Oj! Fanns det några likheter, alltså jag menar var det något som inte skilde sig åt beroende på vilken sorts mamma de hade haft?"
"Om jag förstått det hela rätt så gick ungarna upp i vikt i samma hastighet oavsett om det var tyg- och ståltrådsmammor som fostrat dem. Men aporna som hade växt upp med endast ståltrådsmödrar fick oftare diarré och problem med att smälta mjölken."

"Å herregud. Vilket djurplågeri. Fick man ut något av det hela då?", undrade Mini.
"Ja, på sätt och vis. Harlow drog slutsatsen av resultaten att behovet av närhet är större än behovet att utforska. Han menade också att experimenten kunde vara värdefulla

modeller för mänsklig depression. Men kritiker menade att slutsatserna ändå inte skulle kunna tillämpas på människor eftersom de överskattar vikten av kontaktkomfort och inte skattar vikten av omvårdnad lika högt."

"Ganska misslyckat alltså, att utsätta oskyldiga djur för övergrepp utan att det ens gav något egentligt resultat. Experimenten är både skrämmande och sadistiska. Det hade väl räckt med att förnuftsmässigt räkna ut hur det skulle gå. Varför använda sig av djurexperiment till forskning när resultatet redan borde gått att förutsäga? Om livsförutsättningar så totalt förnekas, förstörs också livet, det kan väl förstås utan forskning?"

"Hm, visst är det så. Jag håller med, och sett ur dagens ljus verkar det så, men på den här tiden, då experimenten pågick, tänkte man annorlunda. Man trodde att närhet, kärlek och tillgivenhet kunde vara skadligt för barn och det var den övertygelsen man hade då. Inte alla kanske, men tillräckligt många för att anse ämnet vara värt att studera vidare", svarade Sigge som såg att det på Minis hals började uppträda små flammiga rödfärgade rosor. Ett tydligt tecken på stress och en önskan om flykt. Han hade hört nog. Mini var en i alla stycken genuin djurvän och nu for han uppenbart illa av det han nyligen fått ta del av. Det var nog dags för en paus anade Sigge. Han släppte på en låt och tog av sig hörlurarna. Mini följde hans exempel. Olle Ljungströms *En apa som liknar dig*, spelade för lyssnarna medan Sigge och Mini vilade från sändningen.

"Har du inget godis kvar efter jul. I något av alla skåp? Det skulle vara sjukt gott", sa Sigge.
"Näe, jag äter aldrig godis. Tyvärr. Men jag har lite russin och nötter tror jag. Du, vad läskigt det kan vara med forskning, i alla fall när det går så här över styr. Vad hände sen då? Gjorde man några försök att återföra apungarna till sin riktiga mamma igen eller hur gick det?" undrade Mini

medan han sträckte sig så högt han förmådde i ett av köksskåpen.

"Ja alltså några av aporna blev kvar i den sociala fångenskapen i femton år men i försöken att återintegrera aporna gick det så där. När det gällde aporna som under sina första sex levnadsmånader varit isolerade och sedan sammanfördes med apor som fostrats normalt, uppvisades stora brister. Undantaget var i så fall de som sammanfördes med yngre apor, enbart tre månader gamla. De uppnådde totalt socialt tillfrisknande."

"Det låter så himla sorgligt." Mini kom tillbaka med en skål men den innehöll inga nötter eller russin. Istället var den rågad med Marabou M-kulor.

"Yammie, du hittade, tack. Ja visst, jag håller med. Det finns en fortsättning på det här som handlar om hur apungarna i sin tur betedde sig som mammor. Vi går ut i sändning igen så berättar jag om resten. Visste du förresten att choklad innehåller kalcium, järn och fluor, plus att det är bra för hjärtat. Du borde äta det ofta."

"Hm, kanske det. Just de här var en julklapp från en av gårdsbesökarna."

"Gotteligott. Nu kör vi!"

"Harlow uppfann en rape rack där honorna bands fast inför befruktning. De saknade själva förmågan att föröka sig eftersom kontaktskapande funktioner experimenterats bort. Det visade sig också att de saknade kunskaper och färdigheter som krävs för att fostra sina avkommor. De ignorerade och misshandlade sina bebisar. Det finns grymma berättelser om hur sadistiskt de uppfostrade sina barn."

"Nu vet jag inte om jag ska säga tack för podden eller inte", sa Mini. "Jag tror inte att jag klarar av att höra så mycket mer men hoppas att Harlow fick ett straff för allt han åsamkat apsläktet. Vad är det för avslutningslåt du har valt Sigge?"

"Låten jag har valt är ett ganska självklart val! *Ge apan i dig en chans* med Peter Lundblad. Jodå, Harlow fick sitt straff även om det inte stod i relation till allt han gjort. Han avled 1982, alkoholiserad och deprimerad, avskuren all kontakt med sina egna barn. Liksom både isolerad och förbrukad som pappa och därmed fick han igen, kanske man kan tänka. Och nu har det blivit dags för musik", avslutade Sigge.

Sigge och Mini tog av sig hörlurarna och tittade på varann. "Varför var du tvungen att välja att prata om det här? Hade du inte kunnat berätta om daggmaskens äventyr i jorden eller vad som helst?", undrade Mini som kände sig illa berörd. Han menade vidare att risk fanns att de skulle förlora lyssnare nu.

"Det här var inte speciellt trevligt att känna till. Ibland mår man bättre av att inte veta allt som händer, eller har hänt."

"Nej jag vet, men när jag hörde talas om dessa experiment och började läsa så kunde jag omöjligt sluta. Jag tyckte faktiskt att det var så pass intressant och vet att djur inte heller idag behandlas särskilt väl. Man får inte vara så dum att man tror att det bara var förr i tiden man tänkte så här. Vi håller på hur mycket som helst även nu. Se bara på hur djur som ska bli mat hanteras innan slakt. Fy fasen."

"Hur det än är med det, så är jag hungrig nu. Dessvärre är det tomt i min kyl så vi kan väl sticka upp till mamma och pappa. De har nog något att bjuda oss på", sa Mini.

De lämnade podderian och gick en trappa upp i huset. "Om choklad igen då", sa Sigge, "den kom tydligen till Sverige på 1500-talet men det var först på 1800-talet som man började gjuta kakor. Det går åt två kakaofrukter eller uppåt 80 bönor per mörk chokladkaka. Visste du det?"

"Smakar det så kostar det", svarade Mini och tillade: "Kakaobältet löper längs hela ekvatorn men till de trakterna kommer jag nog aldrig. Förresten, jag har aldrig rest någonstans. Aldrig", sa han och beskrev snabbt sin rädsla som han alltid haft inför att ge sig ut i det okända.

Direkt till höger vid trappans topp satt Pia-Carin allt som oftast med sitt skrivarbete. Hon hade fått överta en dator av Twist för en tid sedan och tangenterna på den gick heta i perioder. En sådan period pågick just nu. Hon var en bra bit in i den åttonde boken i serien om Laduvik. En bok som fått titeln "Kors och Tvärs". Den lite ovanliga boktiteln följde ett mönster utifrån tidigare titlar. Den första boken hette *Sett och Hört*, den andra *Ruffel och Båg* och den tredje fick namnet *Fart och fläkt*. Sedan följde böckerna *Liv och Död* samt *Skrot och Korn*. *Knep och Knåp* var den senaste titeln som alltså snart skulle få en uppföljare. Pia-Carins förklaring på vad alltsammans handlade om var oftast med orden: allt och ingenting... fast mest om ingenting kanske. De som hade läst tyckte nog att den recensionen var i klenaste laget eftersom sju böcker inte kunde innehålla ingenting, såvida *ingenting* var så stort att det kunde anses oändligt. Kanske till och med oändligt mycket. Att diskutera detta tema var nog ämnat för filosofer och ingen av dem var särskilt filosofiskt beskaffade. Därför nöjde de sig med att höra Pia-Carin berätta för kunderna om böckerna, som nu senast på julmarknaden. Där sålde hon sina böcker varje år och informationen hon lämnade ut till sina köpare hade utvecklats från "allt och ingenting" till "lite av varje". Med andra ord; hon var lika urusel som recensent som försäljare. Just denna stund satt hon inte vid tangentbordet.

"Hon är kanske ute med Yahoo", sa Sigge till Mini som i samma stund hörde röster i köket och gick dit.

"Jamen jag vet att det inte var bra gjort, jag är väl inget dumhuvud, men kan du hjälpa mig. Jag har aldrig varit närmare känslan av panik!"

"Hm, ser det ja."

"Det här är det värsta jag har sett och det skulle drabba den jag respekterar mest av alla och jag kommer att få så mycket skit att.... ja, jag kommer att gå under."
Sigge och Mini saktade in på stegen och förstod att de nog inte skulle gå in och störa samtalet. De ställde sig på behörigt avstånd för att inte synas men ändå tillräckligt nära för att höra samtalet. Mac pratade med någon.
"B E N G T", mimade Sigge tyst till Mini som nickade medhållande.

"Alltså jag tror aldrig att jag kommer att kunna återställa den här i presentabelt skick. Okej, jag är snickare men det här kräver ett enormt kunnande. Och tid. Rena rama finsnickeriet om du frågar mig. Det kommer hur som helst synas att tomten genomgått viss kirurgi så du måste ändå berätta vad som har hänt", sa Mac samtidigt som han vred och vände på den halvkremerade tomten i sin hand. Till slut var han tvungen att undra.
"Bengt. Vad är det egentligen som har hänt? Hur fan kunde det bli så här?"
"Åh, det är så pinsamt. Jag gick fullkomligt över styr. Fullkomligt. Jag kan inte berätta och jag skäms. Lite hade det att göra med svartkonst fast väldigt lite. Liksom ändå inte, kanske mer som en höstbrasa. Eller en slags månceremoni."
"Månceremoni?" Mac tittade förbryllat på Bengt.
"Ja alltså jag ville tillkalla andar och be om evigt liv, eller åtminstone tjugo år till. Där någonstans hamnade tomten i elden, så där bara. Snälla fråga inte mer. Hjälp mig bara! Kan du? Hjälp ett stackars klantarsel, snälla!"

Klantarsel? Ja, här var Mac böjd att hålla med. Bengt var verkligen en riktigt klantskalle. Han funderade allvarligt över vad det kunde tänkas vara för fel på karln som alltid misslyckades. Bengt drevs liksom till att hålla på med sina egna små ociviliserade projekt. Om han någon gång kunde göra en rimlighetsbedömning av dem i förväg, kanske mycket av det som gick snett aldrig hade påbörjats. Sannolikheten att misslyckas skulle minska och färre saker gå i baklås. Men det var bara ett antagande från Mac's sida. Varför kunde inte Bengt bara följa med flödet, liksom försöka se och förstå, kanske ta lärdom av hur folk runtom honom gjorde. Det vore bättre än att så ofta se ner på andra och låtsas vara smartare. Det var inte första gången han hade svansen mellan benen, skägget i brevlådan och fingrarna i syltburken samtidigt och varje gång blev han lika miserabel. Nu kommer han snart säga att det inte var meningen, tänkte Mac.

"Kan du?", lät det plötsligt från Bengt som försiktigt repeterade sin vädjan till Mac med tillägget:

"Åh Gode Gud, det var inte meningen. Det var verkligen inte meningen."

"Jag hjälper dig på ett villkor, och det är att du berättar för Rut. Hon är utom sig av undran över vart hennes älskade gårdstomte tagit vägen och jag tänker inte gå bakom ryggen på henne. Över min döda kropp", sa Mac.

"Åh tack, tack, tack. Jag ska säga till Rut, jag lovar. På tal om det. Hörde du om kärringen som alltid bakade så goda kakor och varje gång någon bad om att få receptet, svarade hon: *över min döda kropp*. När hon sedan dog hade hon önskat att kakreceptet skulle stå på baksidan av gravstenen, liksom över hennes döda kropp. Haha."

Mac tittade på sin panikslagna vän och log lite åt hans oförmåga till tajming. Var det här verkligen något han behövde berätta just nu? Han log också över Bengts respekt för Rut och tomten. Han trodde inte att Bengt var särskilt religiöst lagd men han kunde nog gå så långt som till att bikta sig nu.

"Jag var i kyrkan förra veckan". Bengt avbröt Mac's funderingar. "För att rena min själ. Eller kanske för att rensa min själ. Liksom avgifta, desinficera eller länspumpa den.

Det kändes som om jag besökts av onda andar och var tvungen att be om syndernas förlåtelse."

"Hm. Det måste ha tagit sin tid", mumlade Mac knappt hörbart.

"Kändes det bättre sen då?"

"Nej."

Sigge och Mini hörde hur samtalet började klinga av så de började göra sig hörda med några stampningar i golvet och hostningar innan de klev in i köket. De hann precis se Bengt rycka något ur Mac's ena hand och gömde det snabbt gömde bakom ryggen.

"Hej på er!", sa Mac.

"Tja! Vi är lite hungriga. Är det okej om vi tar en macka eller två?"

"Men visst, gör så. Låt inte oss störa. Vi ska gå ner i verkstaden, ska vi inte?", sa Mac och tittade menande åt Bengts håll.

Sedan de båda gubbarna försvunnit utom hörhåll, brast Sigge och Mini ut i ett halvkvävt skratt, ett fnissande och ett flamsande som aldrig höll på att ta slut.

"Ja du, här har vi visst nutidens mini-Harlow, har vi inte?" sa Sigge, och Mini höll med. Visserligen med ett skevt leende för helt säker var han inte.

"Vi fortsätter väl med podden sen när vi käkat klart?", frågade Sigge medan han bredde smör på sina smörgåsar.

"Visst, jag ska helt ändra inriktning på djurpodden och berätta om djur som verkligen inte lever för andras höga nöjes skull. Snarare tvärtom."

"Vad? Nu blir jag nyfiken!"

"Ett djur som fascinerat mig mycket är nakenråttan. Tänk att den trots sitt namn har små fina hår fördelade över hela kroppen."

"Haha, fast de hårstråna ser man ju inte", invände Sigge.

"Stämmer! Och hårbristen tros vara en anpassning till livet i

stora kolonier eftersom parasiter får svårt att sprida sig
mellan individerna om inget hår finns."

"Man kan ju undra varför inte alla råttor är nakna då. Hade
de varit det, skulle böldpesten kanske inte spridit sig. Du
vet, femtio miljoner människor dog i Digerdöden runtom i
Europa, Asien och Afrika på grund av loppor i råttpälsar."

"Eller hur? Fast nakenråttorna har faktiskt mer gemensamt
med bin och myror än med gnagare beträffande den sociala
uppbyggnaden. Det finns bara en reproduktiv hona, men
däremot en till tre reproduktiva hanar. Resten av kolonin
som är upp till trettio individer, består av arbetare eller
ickearbetare, så kallade soldater. Soldaterna lägger sin tid i
bo-kamrarna ihop med drottningen."

"Det var häftigt, låter precis som bina. De har vi en del
kunskap om vid det här laget tack vare mammas bikupor."

"Eh, fast de har nog mer blivit mina bikupor", invände Mini
innan han fortsatte.

"Arbetarna däremot, forslar omkring mat och bomaterial
samt gräver och reparerar tunnlar. På grund av hudens
konstruktion kan råttan förflytta sig lika snabbt framåt som
bakåt."

"Jag vet! Jag kommer ihåg på Skansen när jag var liten och
tittade på nakenråttor att jag tyckte de såg lite äckliga ut,
men ändå ganska kul. Särskilt när de backade sig fram och, i
sin iver att skyffla spån och leta sig framåt... fast bakåt,
ibland krockade med en annan råtta. Bump så tog det stopp,
ända mot ända. Jag har för mig att man absolut inte fick
knacka i glaset till montern där de bodde. De är tydligen
extremt känsliga."

"Bra Sigge", sa Mini. "Nu har jag fått repetera mycket av
mitt poddinnehåll. Ska vi gå tillbaka ner?"

De skojade om att de skulle lämna köket i skick så snyggt att
ingen behövde undra om någons mamma jobbade där.
Även om så var fallet, Pia-Carin hade varit hemmafru hela
långa livet och jobbade gärna i sitt älskade kök. Samtidigt

hade hon också stöttat upp arbetet i Mac's verkstad för båtmotorreparationer. Verkstaden hade de drivit som ett familjeföretag, totalt ensam i sitt slag, sedan tidigt 70-tal. Men medan verkstaden var Mac's, så var köket definitivt Pia-Carins.

På vägen ner till Minis lägenhet fortsatte pratet om nakenråttorna. Mini berättade att deras livslängd är häpnadsväckande lång. De kan bli över trettio år och en av orsakerna till det är att nakenråttan aldrig får cancer. Han hade läst att forskare tror att deras bindvävsceller tillverkar högmolekylär hyaluronsyra som effektivt hindrar tumörtillväxt.

När de passerade verkstaden var den tom. Både Bengt och Mac var borta, antagligen ute någonstans.

"Kom! Vi går och ser om tomten ligger här någonstans", föreslog Mini.

De gick in i verkstaden och såg sig omkring men det fanns inte tillstymmelse till något som liknade en tomte. Mini kikade runt på verkstadsbordet, i hyllan bland alla lösningsmedel, lim och bränsletråg. Sigge kollade av svarvbänken och bordet med mätverktyg, mekanik och vanliga verktyg. De båda snodde runt och tittade överallt. Bland vattenpumpar, drevaxlar, ventiler och propellrar men ingen tomte fanns inom synhåll. Hydraulpumpar, bränslefilter och batterier... och något mer?

De skulle precis gå vidare bort till Minis lägenhet när Sigge visslade till. På batterihyllan, mitt emellan raden av alla båtbatterier och startmotorer låg något som mycket tillkämpat kunde antas vara en tomte, eller resterna av den. Det såg ut som ett sotigt och illa tilltygat vedträ. Cirka fyrtio centimeter högt och med någon form av klädedräkt. Det som alls var kvar av tyget hade liksom smält in i träet och luvan som tidigare hade suttit på plats fanns inte längre kvar. Eller mer precist fanns inte heller den tomtedelen kvar där luvan skulle ha suttit om den funnits kvar. Det som var mest intakt var nog de smala benen och träskorna. Det här var resterna av det som i forna tider hade varit rakryggat och stenhårt. Nu var det mest bara stelbent och mycket sorgligt. Sigge visslade till igen.

"Mamma kommer att döda Bengt", konstaterade han. Lika övertygande som stilla.

Kapitel 11
Om julmatsbestyr, Y-namnen och slangbellan samt psykbryten, Kinshasatrubblet och fyllehickan

Pernilla är omtalad som den som jämt hänger på Facebook. Ett rykte som äger sin riktighet och överensstämmer med verkligheten på flera sätt. Det hela avslöjas eftersom det ofta syns en liten grön prick i anslutning till hennes profilbild. Pricken avslöjar om hon är online eller inte. Hon lägger också ofta ut inlägg av olika sorter. Bilder, länkar eller kommentarer. Hon hänger också en del på Messenger, det vill säga själva meddelandesidan, där hon ofta chattar med sina Facebook-vänner utan att för den skull vara synlig med några uppdateringar eller inlägg. Här har hon flera gruppchattar där de är tre eller fyra personer på samma tråd. Även i detta läge syns en grön prick. En sak är säker. Det finns nog ingen som skulle anmälas saknad så fort som hon, den dagen det skulle upptäckas att hon inte varit synlig på Facebook på ett tag. Då den gröna pricken varit släckt för länge.

Slingan på Facebook ihop med familjemedlemmarna, den som handlade om att planera upp julen, löpte på. Pernilla var kanske inte den mest engagerade för tillfället och då hade familjen givetvis undrat. Hennes mamma ägde fortfarande stafettpinnen i dialogen och skrev: "Denna julen bestämmer matriarkerna, det blir polsk riksdag annars. Alla med invändningar får styra nästa jul och genom det kan det bli olika upplägg. Det är ju jättespännande! Det kan bli en mix av kulturer från Hälsingland, Östergötland och Västberga." "Å därmed var vi igång igen", svarade Pernilla.

Hennes mamma kom sedan med förslaget att beställa julbord via Linas matkasse.

"Vad säger ni om det? Enkelt, gott och billigt."

"Ok med Lina... men bara om vi har julklappar", replikerade Fia.

"Nästan 3000 pix för 12 personer. Det är för dyrt. Vi lagar billigare själva. Och vi kör sista året med julklappar", inflikade Pernillas syster.

"Inte alls sista året", skrev Fia.

"Jepp"

"Näää"

"Sällskap och skojiga lekar. Pernilla och jag kan vara lektanter. Alla får påse."

"Sällskapsspel OCH paket. Plus fiskdamm", kontrade Fia.

"Din mamma kan vara fiskdamm, gå och lägg dig."

"Ska bara slå in mina tre paket först."

"Tre!!!?"

"Moahahaha". Fia och hennes moster skojade på, men plötsligt tog big mama dem tillbaka till vad allt detta egentligen handlade om.

"Sex till åtta personer, femtonhundra kronor, det lär inte ätas upp."

"Vi är elva. Dyrt ändå faktiskt. Jag kan vara Mosters Matkasse, så kan ni pröjsa mig".

"Vi blir tio. Allt klappat och klart. Jag betalar, men julklappar kan jag strunta i. Ni andra får bestämma. Men tre som Fia vill ge kan bli tråkigt för henne som eventuellt bara får två. Alltså i bästa fall. Visst vore det skönt att slippa handla all den mat som sen skall skäras, snitslas, blötläggas, stekas, kokas. Bara att ställa fram. Man slipper skura av ugnen och golvet och allt klet och os och en massa tråkiga rester. En pyntad och fräsch jul och ingen annan än Lina har saltat eller sockrat för mycket. Att gilla läget med nedsläppta axlar."

"Har Lina verkligen lagat klart maten?", undrade Pernillas syster.

"Haha! Skojade bara mormor, jag tänker bara köpa två paket. Men ändå lyxigt för den som hade kunnat få tre", skrev plötsligt Fia som inte hade något annat än paket i tankarna. Mormor tog ingen notis, utan fortsatte: "Ja, till och med potatisen är färdigkokt. Skinkan griljerad och klar, men inget dopp och inga bruna bönor. Däremot två sorters sill, korv, ost, lax. Jag ska ta reda på mer exakt."

"Ok julmaten är mycket enklare än exempelvis studenten. Om du dukar och gör sådär mysigt så kan jag gärna göra maten", framhärdade systern.

"Halva priset, lovar. Inget skinn på potatisen. Hemgjord glass (jag har ditt köttbullsrecept). Mosters Matkasse kostar 999:90 exklusive dryck. Godnatt."

"Vi kan köra på hämtpizza. Våga vägra julmat", tillade Fia. "Yeah! Och spela brädspel!"

"Undantaget är de som slabbar med bröd och uppblött grisfett, de kan betala tusen kronor var."

Nu kunde inte Pernilla hålla sig längre utan la sig i konversationen.

"Jag älskar grönkål! Visst är det moget att tycka att grönkål nästan är det viktigaste på julbordet? Och apropå mognad; i skolan i fredags serverades vinsås till eleverna. Personalen däremot, fick skumtomtar. Lite udda, visst?"

Fia skickade in en emoji i slingan. Denna gång en gubbe som blinkade med ena ögat och Pernilla fortsatte skriva. "Ja visst, men allvarligt. Det vore väl himla lagom med risgrynsgröt, skinkmacka och gott bröd... Fruktsallad och glass sen till paketöppningen. Två paket. Liten disk, få inköp, nåt i magen och gott! Kan var och en äta sitt krafs innan." Hon förstod ganska omgående att hon trampat på en öm tå när hennes mamma svarade:

"Å något krafs har vi väl aldrig ätit och din syster kommer att göra allt så spännande och gott. Så för mig blir det en riktigt fin och stilla julafton." "Yeah. Jag leker catering. Ska bli kul", skrev systern, men det var mamman som fick sista ordet. För tillfället alltså. "Upplysningsvis; i år kör vi Mosters Matkasse. Nästa år är det Pernillas tur. Sedan Fias, Emils, Tors och de andra barnbarnens. Så spännande!"

Pernillas syster högg tag i köttbullsrullandet, inläggningen av lax och sill, stoppade hallon i grottor och planerade att svänga ihop brysselkål och bacon. Precis som julaftonens Kalle Anka bjuder på en nykomling sist i programmet, skulle hon bjuda på en nykomling på julbordet; en julig Ceasarsallad. Top notch tyckte Pernilla som fullkomligt älskar Ceasarsallad. Mosters Matkasse skulle bli kalas och de såg fram emot jul.

Mitt i dessa bestyr hörde systern av sig med oroliga funderingar kring Pernillas arbetssituation. Sedan ett par år tillbaka har Pernilla haft skavande tankar angående sitt yrkesval med anledning av den diskrepans i arbetet som uppstår varje termin mellan insats och utdelning. Pernillas största arbetsrelaterade dilemma är det överflödiga engagemanget. I sitt tänkande, grubblande, analyserande och även känslomässigt. Hela denna kropp av engagemang står inte i proportion till framgångarna, vilket stundtals gör alltsammans så obeskrivligt lönlöst. Eventuella framgångar är beroende av många parametrar. Exempel på dessa är skolans organisation och budget, kursplanemål och mängden kunskapskrav, eleven själv och så klart även föräldrarna. Därtill kommer kunskaper om diagnoser och psykiskt mående. Som sagt många parametrar, och det är inte alltid de samverkar eller är lätta att påverka. Minst en gång varje termin får Pernilla alltid ett "meltdown", eller psykbryt som hon också kallar det för. Denna höst hade det blivit minst tre, förmodligen fem.

Vid sidan av att inte vara helt tillfreds med dessa delar hade ytterligare en ingrediens nyligen beblandat sig med tvivlen. Ett nytt pensionsförslag. Det sa att alla som är födda 1958 eller tidigare, fortsatt får gå i pension vid 65, resterande vid 67 års ålder. Pernilla tillhörde just de *resterande* och fick därmed räkna med ytterligare två års förvärvsarbete. Två år till med samma jag-tar-en-termin-i-taget-dilemma!? Hur kan man bara ändra pensionsvillkoren? Det är som att dra undan mattan... eller nej förresten, det är som att vara packad och klar på Arlanda och nås av beskedet att Gran Canaria sjunkit i Atlanten. Känslan är värre än om höstterminen, omedelbart dagen efter sommaravslutningen, startade upp utan en sommar däremellan. Alltså, så gör man bara inte! Okej, någonstans måste en gräns dras när pensionssystemet börjat urholkas och Pernilla var den som drabbades. Dock är det ännu mer synd om dem som var i färd med att lämna moderlivet 31 december 1958 men som liksom gled in igen och tittade ut först 00:01 dagen efter... den första januari 1959. För dem har en enda minut fått styra om minst 1 år. På tal om insats och utdelning, fast lite tvärtom; utskjuts och inledning.

Pernilla och hennes syster hade haft ett avstämningssnack i telefonen ett par dagar tidigare. Ett bubbel om terminen i stort, deras arbetsinsatser, vad de var nöjda med och besvikna över och detta återkom systern till nu. Hon hade massor av förslag till förändring för Pernillas vidkommande. SMS:en kom i rask takt morgonen därpå.

Ibland slutar någon på jobbet och man undrar hur det ska gå men det går alltid bra och livet går vidare på skolan. Det skulle förmodligen bli svårt att ersätta dig (så klart!) men om jag har förstått dig rätt så finns det många bra kollegor på skolan som kommer att vara tongivande och arbeta vidare med det du släpper. En dag kommer du nämligen att gå hem och grina på riktigt. Jag föreslår att du arbetstränar redan nu i förebyggande syfte. Välj en gottebit och konsulta EHT på 25 procent på skolan. Win för alla. Eller ta ett sabbatsår helt. Ta ett tilläggslån på huset för din del av de mest basala månadskostnaderna om du inte vill belasta Tobbe för mycket. And hey, what are friends and husbands for? Du ger allt för alla jämt, nu är det din tur. Fundera på hur mycket pengar du behöver per månad. Ni bor väl billigt. Se över telefoni, larm och försäkringar. Säg upp larm, fast telefoni, kattförsäkring, diverse månadsstöd. Sälj en bil, ja och vad annat som inte är helt livsnödvändigt. Jag ändrade lösöreförsäkringen till bas (vi har inget värt att stjäla och inget får vi ut heller) och jag sparar över tusen kronor.

"Wow! Kärlek! Du har tänkt massor. Sabbatsår tror jag blir svårt. Att lämna elever, det känns som om man har tappat dem sedan tror jag. Jag kommer att ligga efter och inte veta var jag ska hugga tag i sen. Ett år är lång tid för dem men nog alldeles för kort för mig", svarade Pernilla och repliken lät inte vänta på sig.

Efter kommer du ju inte. Det är bara upp på cykeln och börja anteckna igen. Det är ditt kontrollbehov som kickar in. Jag har det också.

Pernilla visste vad systern menade med att börja anteckna igen. Pernilla var vida känd för att vara en mästarvärsting på att dokumentera… typ ihjäl sig. Säkert var det styrt av kontrollbehovet, att skriva allt så inget skulle missas. Under alla år som speciallärare hade hon, efter varje lektion, antecknat hur arbetet med eleverna fungerat och vad de jobbat med. Denna termin hade hon fått ett slags förbud från rektor och biträdande rektor gällande fortsatt dokumentation. Hon skulle omedelbart sluta med det eftersom det ansågs onödig, hur gediget det än var.

Systern pangade på med fler SMS.
Du kan ändå inte ta hand om alla barn i hela världen. Skriv till rektor efter jul eller Prata med honom på uppstartsdagarna. Säg att

154

du har grinat hela hösten och att du håller på att gå sönder och att ni behöver ändra spelplanen.
Därefter blev det tyst i hela två minuter, sedan pep det igen på Pernillas mobil.
Vi kan dra in julklappar och göra hundringar av födelsedagarna i stället, köpa en present för cirka hundra kronor. Och barnen är väl typ gratis eller? Jag kan klippa dig och måla dina naglar. Det måste jag ju ändå göra sen när vi ska bo ihop.

Pernilla och systern hade en plan sedan decennier tillbaka som sa att de skulle bo ihop när, och om, de på ålderns höst skulle bli ensamma kvar. De står varandra väldigt nära, betyder så mycket för varandra. Den ena förstår den andra så otroligt väl och de delar så mycket. De kompletterar varandra lika perfekt som två slingor i en fläta. Att ha en gemensam plan var en trygghet och en längtan eftersom de som kvinnfolk i allmänhet, rent statistiskt sett, borde bli ensamma kvar. Ibland när en av dem var dödens less på maken, ungarna eller familjelivet kunde ett SMS anlända med texten "När kan vi flytta ihop?"

"Bästa! Tack för dina tankar, både kloka och roliga. Det jag i alla fall tänker, är att jag tar ett år i taget, med fokus på guldkanterna och så på't igen. Bara det att ha ögonen nyfikna och öronen öppna gör att det kan hända något nytt kanske?"
Yeah right. Vem lurar du? Du har ju tagit ett år i taget länge nu. Gå i alla fall ner i tid. Koppla loss nån jävla vagn från kärran. Hittar du ett annat jobb, kanske du måste ta det i mittermin. Bättre då att vara tillgänglig. Du kan jobba på posten. Tänk! Alla paket skulle komma fram jämt, även de med suddig adress. Posten på morgonen = gratis träning på gul cykel", skrev systern sedan.

Pernilla funderade över sina val i livet. Det där med posten hade hon tänkt sig direkt efter lärarutbildningen men avråtts ifrån eftersom det mest var reklam som delades ut. Ett tungt jobb. I samma veva som systern visade omtanke, skrev talaren och inspiratören Olof Röhlander ett inlägg om konsten att orka, typ: "Du orkar för att du måste, för att det är värt det, för att det finns något att längta till, av lojalitet och för att du har förmåga att göra det". Precis så är det och för Pernilla handlar det återigen om "grit", med andra ord att vara duktig på att orka och att inte ge sig. Som ett brev på posten, ja faktiskt, kom det så kallade pensionsvalet i ett kuvert. Pernilla brydde sig inte om att öppna det eftersom hon visste att hennes val inte ens var möjligt att kryssa i. Det hade det aldrig varit, än mindre nu... simsalabim, tänk om till sextiosju.

Pernillas dotter Fia hade startat upp sina studier på en treårig socionomutbildning och var nu halvvägs in i den. Det hon studerade var inte bara förekomst och skäl till social utsatthet utan också vilka orsaker och konsekvenser det medför för individer, grupper och samhället. Om man pluggar till socionom eller redan är färdigutbildad, kan man söka ett jobb som i Fias värld är ett av de mest intressanta man kan ha. Hon sökte det och fick det. Jobbet som uppsökare på Stockholms gator och torg. Ingen mamma vill väl ha något av sina barn drällandes ute på stan i tid och otid. Ingen mamma vill väl ha något av sina barn hängandes på plattan, bland narkomaner och hemlösa? Och ingen vill väl ha sitt barn någon annanstans än i en varm och trygg säng på natten. Nej, så klart inte men där hade Pernilla fått tänka om nu. Hon hade sin unge, visserligen en väldigt vuxen och självständig person, överallt där hon inte borde vara.

Varje arbetstillfälle startade Fia på kontoret för att ta över där passet innan avslutat. De jobbade alltid två och två och hämtade upp sina uppdrag i början av varje arbetspass. Kvällen kunde gå ut på lite av varje. Exempelvis kanske någon skulle sökas upp som blivit tilldelad en läkartid eller en plats på ett härbärge, fått en tid för avgiftning eller akut tand- eller sjukvård. Uppsökarna har en bil till sitt förfogande och i den hämtar de upp de klienter som ska transporteras vidare. Den som kör sitter ensam fram och den andra sitter i baksätet med den uppsökta. Klienten, patienten, individen, människan eller vad den än titulerades, är sällan varken nykter eller ren. Vare sig gällande droger eller personlig hygien. Så klart, de tillhör ju samhällets marginaliserade. Deras hem kan vara ett tält i skogen, en flotte i vattnet, en tunnel eller en kartong. Till och med en grotta. Bostaden kan eventuellt också vara ett trapphus, en port eller Centralstationen. Förutom att skjutsa personer till olika platser, handlar uppsökararbetet också om att hålla sig synliga i största allmänhet. De jobbar med att skapa relationer, hålla koll på grupperingar och se om de kan hjälpa till med något "on fly".

Ibland hade Fia suttit på en sjukvårdsinrättning ihop med en yngling, kanske i hennes egen ålder eller några år yngre, som varit totalt förtvivlad över sin situation. Som gråtit och förbannat sitt liv, som inte önskat något högre än en avgiftning men som inte klarade av det. Ibland var det samhällsinsatsen som inte klarade av det. Det ställdes krav på narkomanen att vara nykter i ett antal dygn för att få rätt till en avgiftning. När dygnen hade gått, fick den vårdsökande ändå ett "nej", beroende på svårigheter att för tillfället hitta vårdplats. Det här är dyra platser, de är få och de delas inte ut hur som helst. Sverige är ett fantastiskt land på många sätt. Ett land som är själva sinnebilden av det fria samhället, där idéer om människors lika värde gäller. Ett av få länder där ett handslag fortfarande gäller som en beslutande överenskommelse. Men när det gäller sånt här, att stötta de svagaste och mest utlämnade, då skäms man över att vara svensk.

Förutom de två uppsökarna, finns ytterligare stödjande funktioner ute på stan. Två personer riktade mot ungdomar, två som stöttar EU-migranter och två personer från socialtjänsten. Lägg därtill poliser och väktare så blir bilden aningen mer resursstark. Ändå är de för få. Fia har nattetid försökt stötta arga, sargade, ångerfulla, hotfulla, desperata, misstänksamma, ledsna, deprimerade och blottställda medmänniskor. De har alla något gemensamt; att vara psykiskt sjuka och ganska onyktra. Uppsökarna är mycket populära. En natt arbetade de nästan hela natten för att fånga in dem som gör allt för att hålla sig borta från stödjande funktioner. De ställde sig med en kaffetermos utanför centralstationen och äntligen fick de kontakt med dem som hittills mest setts i utkanterna av den stöttande verksamheten. Efter en sådan natt var Fia nöjd. Hon hade själv inte fått sova, men hon hade kunnat göra något för en annan människa. Var inte det någon som kunde kallas för världens bästa socionom, så säg?

Pernilla kände sig stolt men också lättad över att det finns dem som gör jobbet hon inte orkar, vill eller ens skulle klara av. Siri med ett liknande arbete var också så fantastisk. Hon var inte ute på fältet på samma sätt som när hon bodde i Malmö. Nu hade hon sin arbetsplats söder om stan men det hände att hon behövde spana efter en av sina ungdomar i stans centrala delar. Någon gång hade Fia och Siri sett skymten av varandra om deras jobbpass var överlappade, men det var ytterst sällan. Pernilla och Rut delade stoltheten över döttrarna men också oron. Tjejerna jobbade med utsatta människor. Människor som försöker överleva en press ingen ska behöva uppleva. Oskyddade, otrygga och utan egentligen något att förlora. Deras dagar kantas av psykoser, trauman och delirium. Många är psykiskt instabila och påverkade av droger. Samtliga bär någon form av vapen. Egentligen var de som levande stubintrådar. Rut och Pernilla pratade ofta om vilken insats deras tjejer gör och vilken oro de själva ibland känner.

Ett nytt SMS pep i telefonen. Pernilla hade helt tappat takten i messandet med syrran.

Hallåååå, vad säger du? Svara nurå!

"Jag vet inte, vi får prata mer sen. Puss och tack, jag älskar dig!"

Som en ren kontrast till det verkliga livet hade Pernilla gjort en färganalys. På Facebook alltså, för inte la hon tid och pengar på en riktig sådan. Med en *riktig* färganalys kan man ta reda på vilka nyanser kläder och makeup bör ha för att leverera en så förbättrande look som möjligt ...fast vid närmare eftertanke kanske man inte gör sånt längre, man kanske botoxar och skär direkt, alternativt fyller ut någonstans. Hur som helst, utan knapp förvåning tog hon emot resultatet, och insåg då att analyssvaret kunde ha snickrats ihop av henne själv. Helt säker också på att en riktig färganalys aldrig hade valt den färgen som blev: *Svart.* Hur kan svart förstärka någons ögon och ge huden en frisk och mer ungdomlig framtoning? Vilken bullshit.

Du tillhör den svarta färgfamiljen! Färgpsykologitestet säger oss att du undermedvetet relaterar mest till svart, och det är ganska unikt. Svart representerar makt, individualitet, enkelhet, mystik och intensiv andlighet. Du måste ha kontroll hela tiden och du går mycket långt för att dölja din osäkerhet. Du har en kraftfull närvaro och du tenderar att vara en naturlig ledare. Du har ett starkt intellekt, otrolig självdisciplin och ibland en något kritisk syn på världen. Du står alltid på dig, och när du vet att du har rätt... ja, då har du rätt, och det går inte att stoppa dig. Ditt liv kommer att ta dig långt!

Svart var alltså färgen som analysen spottade fram. De dyra felköpen som insinueras att man skulle kunna göra om man missar färganalysen i livet, de är inga felköp för Pernilla. De är i stället medvetet inhandlade för att chocka den i övrigt totalt kolsvarta basgarderoben. Svart är hennes färg, till och med hennes personlighetsfärg och hela garderoben är svart som en kolgruva.

Fler influenser var möjliga att fånga denna dag. De flesta privata meddelandena som skickas över telefonen numera är rikligt dekorerade med symboler och figurer. Faktiskt har det blivit så att ett meddelande utan en enda emoji kunde väcka anstöt och verka alltför strikt. Efter att ha ansträngt sig maximalt för att pricka rätt på tangentbordet med textningen, behövde minst lika mycket tid läggas på att hitta symboler som matchade det man hade att säga. Dagens propå var att ta chansen att få sitt kommande år förutspått månad för månad. De tolv första emojisarna på telefonen, alltså dem som nyligen använts och lagrats kvar, sades vara vägen till den spådomen. Pernilla greppade glatt sin telefon för att få se vilket slags år hon var på väg in i.

Den första emojin skrattade, det var alltså så januari skulle bli. En riktigt skojig månad. Nästa figur var en kvinna som dansade i röd klänning. Februari skulle bli fartfylld, tänkte hon då. I mars skulle det nog bli fullt med huvudbry, eftersom den tredje symbolen i ordningen var en hjärna, liksom öppen som ett spjäll. För april månad fanns ett grönt hjärta, vilket symboliserar harmoni och lugn. I maj var hjärtat i stället gult. Om man ska tolka färgernas språk borde det betyda vänskaplig kärlek. För månaden juni fanns i ordningen en clown, så det kanske blir en månad fylld av galenskaper? Den sjunde symbolen var två rosa hjärtan, en sorts dubbel kärlek och den åttonde bestod av en rosa blomma. Den nionde symbolen var en tulpan och det skulle nog funka som uppmuntran i september. Oktobersymbolen var en nöjd emoji, och i november, ett orange hjärta. Orange är färgen för energi vilket normalt sett är det sista man har i november, så det blir spännande att se utvecklingen av. Den sista figuren av de tolv var en glad men svettig gubbe... fullt skägg antagligen. Precis då när det är betygstider och hela högstadiet kokar över av arbete.

Tobbe kom in efter en förmiddag med bilrengöring. Det var hans bästa väg till självtillfredsställelse att få bilen ren, såväl invändigt som utvändigt. Dagstemperatur låg fortfarande kring nollan eller strax där över, så att tvätta bilen hemma stötte inte på några som helst problem. Något som däremot var ett problem utan ände, var att deras katts antagonist inte visste var tomtgränsen gick. Ibland visste den inte ens var gränsen gick mellan tomt och kök. Det här var en stor hankatt, röd som deras egen fast med vita inslag. Ganska vacker men otroligt kaxig. Både Tobbe och Pernilla hade jagat den från tomten några gånger. Senaste tillfället var dagen innan, då den kommit efter deras katt in genom kattluckan och hela vägen in i köket. Där sprang den rakt armarna på Pernilla.

"Nästa gång stänger vi in den", hade Tobbe sagt.
"Vadå, varför... vad menar du? Vad har du för plan med det?"
"Att slå den."
"Men så kan vi inte göra!" Pernilla svalde.
"Stoppa den i en säck och slänga i ett vattendrag. Med en sten i botten." Nu förstod hon att han bara skojade.
"Men allvarligt, vad är vitsen med att stänga in den?"
"Äh, jag vet väl inte", svarade han.

Precis när Tobbe kommit in med vattenhinken efter biltvätten, strök katten runt igen.
"Vi kan fånga in den och köra den några mil bort", föreslog Tobbe.
"Där är den! Jag ska ta en sockerbit."
Tobbe hann inte hitta något socker utan kastade sig ut med något ospecifikt i ena handen, och en kratta som han greppat i förbifarten i den andra. Halvvägs i gärningen,

tittade han sig om för att förvissa sig om att ingen skulle se honom. I det ögonblicket hann katten försvinna. Pernilla gick efter honom. "Här har du en sockerbit. Vad skulle du göra med den?", undrade hon. "Jag har slangbellan här. Tänkte skjuta prick. Jag går runt hörnet och testar."

När Tobbe försvunnit ur hennes synfält gick hon fram till fönstret för att titta efter honom där. Det här var inte första gången som Tobbe tagit initiativ till jakt på tomtmarken och det var lika spännande varje gång. När det gällde sånt här, att med alla medel få tag i en felande länk, gav Tobbe alltid järnet. Den enda gången han backade då, var för att ta ny sats. Pernilla ropade ut genom fönstret: "Vi kommer att ha massor av myror i vår sedan när snön smälter och allt socker blir upplöst och ligger kvar." Myror var ett annat fenomen som Tobbe gärna jagade. Inte bara han förresten, även Twist var en fena på att jaga myror och de slet hårt i en gemensam strävan efter bra jaktmetoder. "Helvete", hörde hon en bit bort. Tobbe kom in igen med betydligt fler delar än de han tagit ut. Slangbellan var gammal och när Tobbe spände upp den kraschade ena klykan varpå gummibandet gick tvärs av. Det var bara skit kvar av vapnet och den stora hankatten var ändå som bortblåst. Deras egen lillprins låg förnöjd som en liten rulle inomhus i soffan och sov.

Pernilla som fortfarande satt med årets spådom uppslagen funderade på om hon skulle fråga Tobbe vilka emojisar han hade i sin telefon. "Du! Kan du berätta för mig vilka dina tolv första emojisar är så ska jag berätta för dig hur ditt år kommer att se ut", sa hon till honom.

"Månad för månad", la hon till för säkerhets skull och hörde att hon lät väldigt övertygad om sanningshalten i spådomen. Det gjorde däremot inte Tobbe. "Vad menar du?" "Jo, de emojisar du använde mest förra året är förmodligen samma som du kommer att använda även detta år. Svårare än så är det inte", förklarade hon samtidigt som hon visste att denna sanning var så långt från jordisk verkligheten som något kunde komma. "Jag har inte så många", svarade han och Pernilla var verkligen villig att tro honom. Han sträckte över mobilen till henne och vid en närmare granskning visade det sig att det nog skulle kunna gå ihop sig. Han hade faktiskt tolv emojisar i sin samling av de senast använda. Pernilla förklarade också att de kunde dra det hela ett steg längre och liksom jämföra och eventuellt para ihop årets månader. Då kunde de se hur de skulle ha det tillsammans. Tobbe blängde på henne medlidsamt.

Den första symbolen på Tobbes telefon var ett knippe tulpaner och den andra en pussande mun. Den tredje emojin, alltså för mars, var en gubbe med hjärteögon. För april fanns en gubbe som skrattade så tårarna sprutade, han var dessutom på-snedden-glad. Pernilla kände viss oro för månaderna mars och april, över hur den hopsynkningen skulle bli. Hennes mars var ju full av huvudbry och april bestod av harmoni och lugn.
Tobbes maj hade även den en skrattade gubbe med tårar som sprutade. Denna gången rakt-framifrån-glad. Månad sex, den sjätte symbolen var en svischande stjärna och juli symboliserades av en nöjd, glad kramgo gubbe. Den åttonde emojin var en gubbe som skickade en slängpuss och för september fanns en röd ros. Pernillas september var en tulpan så utifrån det, profeterades en ganska så blommig månad. Tobbes oktober och november, där var det hjärtan för hela slanten och i december en röd blomma.

Juni, det blir mest troligt något att se fram emot för dem båda. Som om de inte gjorde det redan, liksom varje år? En sprallig clown och en svischande stjärna, kunde det bli bättre? Slut på förkunnanden av gudomliga IT-budskap.

På julaftonens morgon var det snö, sol och sju minusgrader. Det var också incidentledarskap för Tobbe över hela jul- och nyårshelgen. De satt till frukost med en skål nykokt risgrynsgröt och varsin skiva Pågens Levain surdegsbröd framför sig på bordsunderlägget. Brödet var toppat med skinka och Johnny's sötstarka senap.

"Tur att det finns en Johnny som det inte har gått utför för", skojade Pernilla medan hon drog ut den sista strängen med senap över skinkan.

"Hurså menar du?"

"Alltså, för pojkarna med Y-namn har det inte alltid gått så bra."

"Just det, det finns väl någon koppling mellan y-namn och kriminalitet? Alltså, var det så du menade med att det gått bra för Johnny med senapen?" Tobbe flinade lite.

"Japp. Y-namnen, vilka har engelskt ursprung, var som mest populära i Sverige efter andra världskriget. De är egentligen bildade från smeknamn. Johnny till exempel tolkas som ett kärleksfullt Little John."

"Jag tänker att namnen förknippas med män ur arbetarklass, med lägre utbildning och låg status. På femtio- och sextiotalen associerades de med busungar och ungdomsbrottslighet. Männen med y-namn är väl högre kriminellt belastade än andra män?", tillade Tobbe.

"Jo, i en studie för ett antal år sedan fann man faktiskt ett sådant samband, plus att y-namn var vanliga i bostadsområden med lägre socioekonomisk standard. Men ingen uppdaterad studie har gjorts så hur det ser ut nuförtiden gällande brottsstatistiken och y-namn kontra andra namn, vet man inte."

Precis när Tobbe hade svalt sin sista tugga bröd med Johnny uppe på, ljöd ett SMS på Tobbes incidentledartelefon.

"Typiskt. Det är Kinshasa."

"Äh, du har nog bett någon att ringa på julaftonsmorgon för att slippa undan stöket, släkten och allt", skojade Pernilla. Tobbe besvarade samtalet samtidigt som ett skrattljud slapp ur honom. Det sättet att svara på stämde inte särskilt väl ihop med den seriösa roll han faktiskt hade. "Incidentedare Wanjelin", svarade han och lät skrattet drunkna i en harkling.

Pernilla hörde snart ett mummel i andra änden av samtalet och av Tobbes svar att döma förstod hon att något gick väldigt trögt där borta. "Har ni kollat i datarummet att ni har ström och så? Hm, kommer ni åt E-posten? Eh, kan ni logga in? Alltså lokalt? Okej, låt se. Ni har egen server va? Hm, bra." Personen i andra änden svarade lydigt på alla frågor och de försökte felsöka tillsammans ett tag innan Tobbe avslutade samtalet tillfälligtvis. Han behövde kontakta jouren i Stockholm och bad att få telefonnumret av den som hade ringt för att kunna ringa tillbaka om en stund. Han greppade första bästa lapp att skriva på vilket råkade vara ett Åhlénskvitto som låg på köksbänken. Pernilla hade lagt fram det i händelse av att något inköp behövde återlämnas. +432 hamnade rakt över ordet *medlemsköp* och över texten *Christmas paper* och *ornament woolen* hamnade resterande siffror i telefonnumret. De avslutade samtalet och Tobbe ringde jouren.

"Ja hej Wanjelin här. Jo, Kinshasa säger att EC5:an inte svarar men det verkar vara något elfel. Aa, jag såg att det hänt något vid 11-tiden igår. Nej, han tyckte att det såg normalt ut, att det lyser och så. Ström har de alltså."

Julafton, tänkte Pernilla. Varför just idag? Om det här inte skulle lösa sig kunde det betyda att Tobbe behövde bege sig in till stan, vilket skulle liera sig med krossade planer. Pernilla följde det fortsatta samtalet med spänning.

"Ser du något som ser avvikande ut?", tätt följt av: "Oj då! Är den röd"? Tobbes röstläge höjdes någon grad. Tydligen hade jouren kopplat upp sig samtidigt nu. "Okej, ni kommer inte åt något där nere heller? Utan nätkontakt kan vi inte göra så mycket och det verkar vara något elfel som sagt... Kinshasa, är det Afrika?" Varför undrar han det helt plötsligt, funderade Pernilla. Säg inte att han behöver åka dit? I så fall var ju stan aningen lite bättre även om det också frätte hål i dagens planering. Kunde inte ambassadfolket i Afrika också börja fira jul snart och släppa jobbet ett tag? Firade de ens jul? "Då har de ju ungefär samma tid då", hörde hon sedan och förstod att det inte var resplaner utan tidszoner frågan rörde.

"Jag ringer tillbaka", sa Tobbe sedan och la bort luren med jouren i. Han sneglade på Åhlénskvittot, slog siffrorna som stod där och kopplades omedelbart ihop med Kinshasa. "Nu har jag pratat med jouren och bekymret verkar ligga hos er. Ni behöver göra en primal-check-rutin som första steg. Kolla att ni verkligen har ström. Gör en check till så hörs vi."

Gröten var slut, cheddarosten inställd i kylskåpet och locket på Johnny´s senap åter påskruvat. Det var det, det. Frukost ihop med departementssekreterare i Afrika, var inte det så nära en Jesuskrubba man kunde komma? Det ringde strax igen på incidentledartelefonen och ett nytt samtal startade. "Incidentledare Wanjelin. Ja, jouren har kopplat upp sig och ser att ni har gjort en grundcheck. Nej, jo, jag förstår. Ni behöver leta rätt på strömmen. Va? Starta om? Nej, det behövs inte. Eller i och för sig, det kan göra att allt hoppar igång faktiskt."

Här behövde Pernilla lägga sig i kände hon. Fast hon var inte tillåten, det visste hon också. Hur många gånger i modern tid hade hon inte själv fått rådet att "starta om" elektronik av olika sorter för att väcka liv i den stillastående situationen. Hur många gånger hade inte just Tobbe bett henne att göra det? Att han nu föll på eget grepp, var en gåta. Pernilla funderade vidare över hur avancerat det egentligen kunde vara att sköta drift och hur svårt det kunde vara att reparera och föra översyn när det ständiga svaret på det mesta var att "starta om" den omedgörliga tekniken. Det var ju den mest fulländade idén bortom alla att göra just det. Tänk att Tobbe missat det.

Jouren ringde på telefon nummer två, av tre möjliga, och Tobbe redogjorde för samtalen tidigare och vad de hittills hade testat.
"Det har inte hänt någonting, jag ser inte att de har kommit igång än. Det primära är nere också, eller det kanske inte stämmer? Nej, nu ser jag att det är gammal info. Den ligger faktiskt uppe... eller vänta nu..."
Plötsligt blev det annat ljud i skällan.
"Jag ser att de har kommit i kontakt med er nu, allt fungerar va? Allt är grönt. Oj, med lite fördröjning tror jag",
skrattade Tobbe aningen lite för glättigt för att passa stämningen i Afrika anade Pernilla. Perfekt ändå.
"En god jul och ett gott nytt år då", avslutade Tobbe samtalet och pös som en nyförlöst mor efter tjugosju timmar på förlossningsbritsen.
Resterande julhelg sändes SMS efter SMS som avslöjade att inte bara Kinshasa utan även Bagdad fladdrade i och ur såväl medvetenhet som strömstyrka. Emellertid aldrig med tillräckligt stort allvar för att skapa Red Alert-läge igen. Det var i stället Kairo som stod för de fiolerna. De hade också överraskats med ett förmodat elfel eller liknande. Efter många samtals felsökningar visade det sig att en router lagt av. Aldrig hade Pernilla hört orden "avvakta", "testa" och

"hoppas" så många gånger på några dygn, men anade att det ändå bara var en bråkdel av vad de vise männen både tänkt och sagt för 2000 år sedan.

Julen slank förbi på samma sätt som alla de föregående. Fyra, fem månaders förberedelser i hopp om något slags nytänkande. Fyra, fem dagars förberedelser för dem som handlade och lagade maten. Minst lika många dagar av julklappsbekymmer och sen var allt över på två gånger sjuttiofem minuter. En timme och en kvart vid matbordet plus en timme och en kvart med julklapparna. Det oslagbara var ändå alla ytterligare timmar på julaftonen då de satt tillsammans och pratade, skojade, vilade, berättade, häpnade, utbrast, röjde, busade, kramades, diskuterade, ifrågasatte och jublade. I mun på varandra givetvis.

Det gångna året firades ut och det nya välkomnades. I år var både Tor och Fia med på nyårssupén hemma med Tobbe och Pernilla. Emil, som visserligen lämnat år av resande bakom sig och äntligen landat i Sverige, hade fullt upp med sitt nya liv. Han hade bosatt sig på behörigt avstånd från Laduvik och startat upp ett, som de kallade det, vanligt liv. Efter flera år utan studier kände han sig äntligen mogen att börja plugga och kom in på högskoleprogrammet för fritidspedagoger. Möjligen ville han komplettera den utbildningen med en idrottsinriktning, han fick se. En sak i taget var hans melodi, och att fira nyår med sin mamma och hennes man var inte något som ingick i det upplägget. Middagen bestod av raclette och Champis. Enkelt, nyktert, festligt och oerhört mättande. Var och en försågs med en liten egen stekpanna vilken de fyllde med kött och grönsaker samt toppade med ost. Racletteosten var på inget vis light eller lättsmält, snarare tvärtom. De landade allihop och ganska fort i den välbekanta ostkoman. När klockan slog 12, även om den inte just "slog" något och givetvis inte heller 12 utan snarare 00, så skålade de utomhus i en snöfattig backe. De sa "gott nytt år", "wow häftigt" och "kolla där", medan himmelen skrällde av fyrverkerier och belystes med glada färger. Det här var det näst sista året med fyrverkerier bland husen. Efter nästa nyår kommer sådant att förbjudas för privat bruk. Thank God.

Att det blev Champis och inte skumpa till middagen berodde på att Tobbe och Pernilla ville föregå med gott exempel. Har man en 16-åring på nyårsmiddag behöver man visa att alkohol verkligen inte är den enda vägen till fest och glam. Den ambitionen var lika god som onödig eftersom Tor, så fort maten var uppäten, valde att lätta från familjetillställningen för att fira med kompisar i stället. Han kom sen hem kring 01:30 med simmig blick och sladdrig tunga, nöjd med kvällen som sådan. Pernilla kände sig mindre nöjd med det avslutet men kunde inte annat än le åt hans tarvliga förklaring. "Förlåt, det var dumt gjort... åhhh varför gjorde jag det?", med viss fördröjning följt av: "Men det var ju ändå nyår" och "jag kom ju hem i tid". Visserligen med parentesen: "Eh, när kom jag hem och när skulle jag egentligen vara hemma? Hick."

Allt kan studeras, undersökas och forskas på... och görs så också. Sjutusen föräldrar fick svara på enkäter om stress och föräldraskap och resultaten förvånade en smula. Pernilla kände sig inte överraskad, snarare bekräftad, men de som hade format enkäten förväntade sig tydligen inte resultatet som följde. De visade sig att trebarnsföräldrar är mer stressade än föräldrar som har flera barn. Resultaten avslöjade att fyrbarnsföräldrar var minst stressade av alla föräldrar i undersökningen. Pernilla och Rut som båda är trebarnsföräldrar hade pratat mycket om föräldraskap. De var rörande överens om att *ett* barn kräver sin förälder just för att syskonrelationen saknas. Barnets önskan om uppmärksamhet blir både krävande och odelad.

169

Två barn å andra sidan är dubbelt så många som ett, lägg därtill den multipla tillsynen samt återkommande syskonkonflikter. Tre barn däremot, ansåg de vara en armé. Man har liksom inte fler händer än två, det blir plötsligt väldigt tydligt. Härefter händer tydligen något. Om familjen växer ytterligare och fyra barn plötsligt behöver omfamnas, blir det oftast vändpunkten i föräldrarnas strävan efter perfektion. De inser att vare sig tid eller mental ork finns för att ägna sig till hundra procent åt vart och ett av barnen. Enligt studien känner även trebarnsföräldrar att de inte har tillräckligt mycket tid för varje barn, men med den skillnaden att de fortfarande har en tro om att kunna sträva efter perfektion.

Ur enkätresultaten framkom att källan till stress för de flesta föräldrar är den begränsade tiden de har med sina barn. Det visar sig också att föräldrar som har döttrar är mer stressade än föräldrar med söner. Inte för att tjejer är jobbigare än pojkar, utan snarare för att de ofta har högre krav på sig än pojkar när det gäller beteende, utseende och kropp. Dessa tankar gör föräldrar till tjejer mer pressade. Föräldrar tenderar också att bli stressade för att de är stressade, och stressnivå uppfattas gärna som ett kvitto på att de gör något fel. Detta skapar onda cirklar, vilket i sin tur leder till ännu mer stress. Ja, lite så.

Den som har tre barn har också väldigt många slöjdsaker hemma, närmare bestämt alster från sammanlagt över fyrtio terminers slöjdutveckling. Eftersom alla tre barnen har gått i samma skola är det inte sällan tre av varje som gäller. Tre slevar, tre kopparskålar, tre grytlappar, tre kuddar, tre uppstoppade ormar, tre ljuslampetter och så vidare. Det blir ett fullt slöjdskåp men ett skåp som Pernilla verkligen älskar. Laddat med blod, svett och tårar. Fyllt med tro, hopp och kärlek.

Om det är någonstans det fanns tro, hopp och kärlek så är det enligt Pernilla på Laduviks gård. Där kan vad som helst hända och vilken idé som helst slå rot. Årets julmarknad på gården hade varit enastående och det var massor av besökare som vanligt. Faktiskt rekordmycket folk. Konstgalleriet hade dragit många intresserade och de två konstnärerna som ställde ut var på plats hela dagen. Det fina i kråksången var att deras konst var så vitt skilda varandra. Den ena var keramiker och den andra målade akvarell. Båda var Pernillas vänner och de var hur nöjda som helst med antalet besökare i galleriet. På Ruts och Twists initiativ hade de, även om julmarknaden var över, sin konst kvar och där var öppet även dagen efter. Det var synnerligen ett trevligt inslag med fin konst på Laduviks gård.

Det andra nytillskottet Zipper skötte sig alldeles utmärkt och spottade inte på en enda gäst. I alla fall inte så att det märktes. Medan Mini sålde julgranar höll han ett vakande öga över laman och hade styrt in honom på en särskild plats i hägnet. Övrig tid höll han sig i närheten och ledde laman åt rätt håll i förhållande till besökare som kom för nära. Mini hade skött det hela med beslutsam vallning och en hel del flax, som han själv uttryckte saken.

Först ut hade mörkret kommit och så här dags hade många begivenheterna passerat. Först Tors födelsedag, sedan Pernillas och på helgerna flera höstlika seglingstävlingar. Båtupptagningar, tomtstädning, planering av julmat och julklappar samt idéer om nyårsafton. Därefter generalrepetition av jul och nyår inklusive tillhörande bryderier. Nu skulle det dröja åtminstone ett halvår tills alltsammans skulle dras igång igen, för så långt i förväg började planeringarna inför nästa laddning. Men först en period som sakta men säkert skulle göra livet och tillvaron lite ljusare.

Medan Pernilla tillät tankarna avlösa varandra, rörde hon sig runt i huset. Hon tömde kattens toalett och dammsög katthår i soffan. När hon ändå var igång gjorde hon ett städryck i badrummet. Hon bytte sängkläder i sängarna och skiftade en svart tvätt mot en vit. Snart var hon tillbaka i köket igen. Hon plockade bort disk ur diskstället och stod med ett vinglas i vardera hand. Dessvärre var de båda tomma, tänkte hon med lika mycket besvikelse som lättnad. Visst vore det gott med ett glas vin oavsett tid på dygnet eller veckodag, varför spelade sånt egentligen någon roll? Å andra sidan hade det varit för sorgligt om hon hade svävat runt en dag som denna ihop med de sysslor och tankar hon nyss haft, samtidigt som hon varit lätt berusad. Det är klart att det måste finnas regler, annars skulle kanske ingenting spela någon roll till slut. Det var nog himla bra att ha något att förhålla sig till.

Hon ställde in de båda vinglasen i högskåpet där alla glas förvarades. Det var en herrans massa glas egentligen och ändå använde de alltid samma två, ja av de lite finare glasen alltså. När hon och Tobbe flyttade ihop gick de tillsammans igenom alla glas och allt porslin. De bestämde vilka delar som var värda att ha framme och vilka som skulle plockas undan. Ett tvingande beslut eftersom de hade dubbelt upp av allt. Någonting de var rörande överens om var att plocka bort alla udda glas och enstaka delar av serviser. Pernilla hade ett handblåst glas, ensamt i sitt slag och skulle därför egentligen rensas bort. Det var svagt grönt och hade pyttesmå, diskreta luftbubblor i glasmassan. Lätt åttkantigt och ganska högt. Hon stod och tummade på det och kände hur mycket det skulle svida att ställa undan det. Hon tyckte mycket om sitt glas och använde det oftast som en vas. Nu mindes hon samtalet hon och Tobbe hade haft vid tidpunkten för glas- och porslinssorteringen.

"Å, där är det där glaset", hade Tobbe sagt.

"Vadå? Det är mitt glas och just nu känner jag att det blir lite svårt att sortera bort det."

"Ditt? Nähä, det är mitt och jag har en liten kanna till det också", envisades Tobbe medan han fortsatte att riva bort papper från glas och tallrikar som han i rask takt fiskade upp ur flyttlådan.

"Näe", svarade Pernilla svävande. "Jag plockade precis ut glaset ur skåpet, jag har haft det skitlänge och det är mitt".

Precis i samma stund rullade Tobbe fram ett glas ur ett tidningspapper. Ett glas som var exakt likadant som Pernillas och det enda av sin sort. Det var Tobbes svar på samma glas. Strax senare kom den fina glaskaraffen fram, även den ur samma serie. Där stod de med varsitt glas, hur udda som helst, men som nu tillsammans med karaffen bildade en mycket exklusiv liten trio. Tänk vilket sammanträffande! Det var liksom inte bara Tobbe och Pernilla som hade träffats och bildat par, utan även glasen. Det var romantik det.

Delarna, hur udda de än var, stoppades givetvis in i högskåpet.

Kapitel 12
Om skinnsäckarna och proteshögen på golvet
samt perutomten och enhetsmackan

Rut var en lycklig människa. Hon var verkligen det, men det
var inte lätt att se skogen för alla träden. Svårigheten med
att vara mitt uppe i sin egen lycka bestod i att inte fullt ut
kunna uppleva den. För att förmå det behövde lyckan
reflekteras, vridas och vändas på, betraktas och värderas.
Granskas, som den finaste diamant.
Hon strök sin gamla katt över ryggen och la samtidigt ner
näsan uppe på hans huvud, precis mellan öronen, och
snusade in den ljuva doften. En blandning av inomhusdoft,
jord och mossa, kanske också lite damm. Full av mjuk
godhet. Katten i sin tur gav snart tillbaka sin kärlek genom
att trycka nosen ganska hårt mot hennes panna och liksom
vispa runt med den fuktiga nosen som om den vore en
tvättsvamp. Han puffade och tryckte sig mot henne.

En människas comfort zone är både känslomässigt och
fysiskt bestämd. Man ställer sig inte för nära och helst inte
mitt framför. Ruts katt har en comfort zone som går ut på
att vara nära, det är hans sätt att umgås. Har Rut ett
tidningsuppslag framför sig, eller sitter och skriver på något,
vältrar han sig på det och sträcker sig för att bli världens
längsta katt. Är datorskärmen uppställd, sitter han precis
bakom den och tokstirrar på henne. Han poängterar sin
ställning som den mest centrala varelsen, och i och med det,
den allra viktigaste för ögonblicket. En katts attityd
markerar att den inte är någon som blockerar utsikten för
andra, snarare tror den sig vara den som utgöra själva
utsikten.

Ruts katt gillar att gå från famn till famn, han ligger ofta i soffan precis intill dem och möter upp vid dörren när någon kommer. När de äter, sitter han bredvid eller sträcker sin ena tass upp på bordet som en påminnelse om att han vill smaka. Varje natt delar han sängsida med Rut. Han vet när det är läggdags och hans särskilda plats är bredvid Ruts huvudkudde. Går han till sängs tidigare än dem, lägger han sig vid fotänden och väntar och när de är hemma tillsammans följer han dem som en skugga från rum till rum. Otroligt sällskapssjuk, så skulle Rut sammanfatta kattens beteende. Men deras lilla sällskapsjägare kan vara dryg också, särskilt om han sitter i fönstret och spanar. På den utkiksposten verkar han vare sig se eller höra något, all uppmärksamhet är inställd på jakt. Egentligen en lika besynnerlig som omöjlig jaktplan, för *om* något rörde sig där ute, skulle han omöjligen hinna med.

Rut hade läst att katter har trettiotvå muskler till hjälp i varje öra för att ignorera ovidkommande stimuli. Det är då de verkar så där nonchalanta och egensinniga, tänkte hon. Då får alla som inte kallar sig kattmänniskor vatten på sin kvarn och det är då Rut uppskattar sin katt ännu mer. Han visar ju sin självständiga hållning; typ *jag skiter väl i dig*. Rut är en riktigt kattmänniska och hon älskar sin katt villkorslöst.

Twist svängde förbi bakom henne där hon stod, uppslukad av sina funderingar, tillsammans med katten. Han vände henne mot sig och tryckte en kyss i pannan, alldeles ovetande om den blöta kattnosen som varit där precis före honom. Rut hade ännu inte fått något på sig på överkroppen och i förbifarten rättade Twist till hennes BH-band som vridit sig.

"Tack", sa hon. Han petade till henne lite på skinnet mellan BH-bandet och armen, vid armhålans framsida.

"Det är en sån där säck som blir", sa han och försökte trycka in överskottsskinnet i hopp om att det skulle vara möjligt. Så fort han dragit undan fingret, ploppade skinnet ut och formade tillbaka det som nyss omnämnts som "säck" till sin ursprungliga form.

Rut hade så smått börjat accepterat såväl löst skinn som hängiga kinder. Inget av detta kunde längre få henne ur balans och någon ålderskris hade gudskelov inte infunnit sig. Den enda krämen hon använde var en slags Nivea dag- och nattkräm. Den stod på butikshyllan bland övriga bluffkrämer vilka allihop påstods innehålla särskilda serum. Om hon skulle tro reklamen, finns det fullt med exklusiva institut där välrenommerade hudexperter inte gör något annat än framställer och testar professionella hudvårdsprodukter. Det är dermatologer, biokemister, molekylärbiologer och fysiker som fokuserar på nya och åter nya skönhetsrevolutioner. Man arbetar intensivt med att matcha den moderna människans behov med hänsyn tagen till stress, föroreningar och UV-ljus och andra yttre faktorer som huden påverkas av. Ur denna forskning föds Ruts hudkrämer. *Antiwrinkel + revitalizing day- and nightcream 35+, 45+, 55+* var de utförande som hennes krämer fanns i. Hon undrade skeptiskt vad som skulle komma därefter? Hade instituten inte kommit längre i den pågående avancerade forskningen? Inte hittat rätt serum så att det enda som återstod efter 55+ var obotliga rynkor? Var det måhända samma institut som i brist på antidoter mot ålderdom drivit på tesen att ålderdomens rynkor egentligen bara representerar fåror av vishet? Svaret på dessa frågor fick vänta. Nu hade hon i alla fall den sista krämen på Niveamarknaden i ansiktet varje morgon och kväll och resultatet borde bli perfekt med tanke på att matchningen av krämen och innevarande ålder är att betrakta som en fullträff.

Något som gladde Rut alldeles extra denna dag var att hustomten kommit tillbaka. Han stod så fint uppställd igen på sin plats i nischen till gethägnet. Lite annorlunda, eller egentligen mycket annorlunda, men helt okej. Det var faktiskt hans symboliska funktion som var avgörande och inget annat. Snygg hade han för övrigt aldrig varit. Tomten hade tvingats genomgå ett gör-om-mig-lyft. Den liknade numera en kusin från landet, liksom välkänd men ändå inte. Nederdelen var bekant och med visst överseende även bålen och armarna. Träskorna, benen och magen var den enda kvarlevan från tidigare outlook men skylten var ny. Likaså armarna, behåringen och kläderna. När det kom till huvudet och håret visste Rut inte om hon skulle skratta eller gråta men bestämde sig för att bara gilla läget. Tomtens dumflinande ansiktsuttryck var borta och i stället uppmålat med fler tilltalande ansiktsdrag än tidigare. Kanske mer clown än tomte.

Efter den stora förvandlingen... det vill säga rengöringen, trämassekirurgin, träslöjdandet, textilarbetet och ansiktsmålningen hade Mac överlämnat tomten till gården. Rut fick höra hela historien flera gånger och av flera berättare. Först Bengt, som var den förste att leverera hela historien, fast i valda delar antog Rut eftersom besynnerliga detaljer misstämde. Det var svårt att bringa någon vidare ordning i hans berättelse så osammanhängande som han hade pratat. Flera skeenden verkade vara höljda i dunkel. Innan Rut kunde urskilja var gränsen gick mellan Bengts skamkänsla och redogörelsen för händelseförloppet, blev hon orolig. Han kunde knappt prata rent. Han sökte ord utan att finna dem och stakade sig som om han hade drabbats av en sjukdom.

Snart senare var det Twists version som kom till henne. Han försökte, utan att lyckas, förklara hur tomten alls hamnat i skogen där Bengt senare hittat den. Twist var nog den som fick ta mest skit av Rut. Hon var verkligen arg. Därefter kom Pia-Carins beklagande över svårigheterna med att sy tomtekläder i stretchigt material. Hon hade beskrivit hur tyget hade vridit sig under pressarfoten på symaskinen och hur hon hade fått sprätta och sy om hela fem gånger. Hon var också missnöjd över den färgkvalité som hon använt för att göra rättvisa åt tomtens ansikte. Den hade varit så tunn och lättflytande att den runnit och blandats runt. Ett tag såg tomtens ansikte lika osammanhängande ut som en stänktapet, och ett tag med samma ansiktsfärg som en peruan. Pia-Carin hade haft problem med tomtehåret också. Det hade hon skurit av från ett mycket mjukt båttrassel vilket hon hittat i verkstaden. Dessvärre visade det sig vara helvetiskt svårt att anlägga som skägg. Bältet som funnits runt tomtens mage var borta men hade ersatts av ett vackert tvinnat garn i samma gråbruna ton som skägget och håret.

Sist men inte minst hade Rut fått höra Mac's otroligt levandegjorda beskrivning av händelsen. Om allt från Bengts första erkännande hemma i deras kök till den vilja för samarbete som plötsligt uppstått. När han stått med kepsen i hand och berättat om vad tomten råkat ut för. Mac avslöjade att Bengt hade skämts värre än en hund som skitit inne. Mac's engagemang i denna tomte hade därefter inte gått av för hackor på något sätt. Van som han var att jobba noggrant och grundligt med det han hade för sina händer. Han hade tvättat och sandpapprat tomten ren från sot och brandskador. Innan han återuppbyggt den med hjälp av trämassa, spackel och slippapper. Att göra nya armar och en ny skylt, hade inte varit någon konst. Det hade han snits på sedan tidigare år då räven nästan haft ihjäl tomten. När Mac kommit så långt i historien kramade Rut om honom och förklarade att tomten aldrig haft någon puls och att den var lika död som ett vedträ och därför omöjlig att ha ihjäl. Samtidigt hade hon tackat Mac så innerligt för att han skakat nytt slags liv i deras övervakare igen. Den lille gårdstomten.

Själv var Rut mer än vid liv, och som sagt alldeles uppfylld av något slags starkt lyckorus. Hon tänkte att det hade att göra med flera saker, bland annat att det blivit lite, lite ljusare ute. Att de kommit över på rätt sida av vintern, den som sakta men säkert skulle leda dem mot vår och sommar. Hon tänkte också på hur makalöst lyckad deras julmarknad varit. Först och främst vädret denna dag.

Dagen innan hade det varit plusgrader och mycket grisigt på gården. De pratade om vikten av att kontinuerligt byta ut och fräscha upp granruskorna på marken eftersom de snabbt skulle bli bruna när besökarna trampade runt i geggan. Twist oroade sig över att marschallerna nog inte skulle gå att tända i regnet eller att halmbockarna av samma anledning skulle bli genomsura och instabila. Hans farhågor var att bockarna, på grund av väta och regn, skulle säcka ihop till två slabbiga högar gröt. Men, på julmarknadsdagens morgon var det soligt och kallt, med minus tre grader. Det låg ett par centimeter snö på backen och hela tillställningen förvandlades till något som liknade ett klassiskt julmotiv. Massor av besökare köade vid bodarna och i serveringen. Det var jämna strömmar i koladans nyöppnade galleri och vid julgransförsäljningen. Förtjänsten låg på rekordnivåer och så fort de gemensamma utgifterna blivit täckta, satte Rut som vanligt in pengarna till hjälporganisationer. I år fick pengarna gå till Stadsmissionen och Röda korset.

Rut avbröts i sina tankar när hon hörde att Twist kom störtande. Han hade stressat mer än vanligt denna morgon eftersom han behövde ge sig in till stan för att delta i veckans avstämningsmöte. Alla andra dagar i veckan kunde han sköta service och frågeställningar gällande kansliets internpost hemifrån över nätet, men på avstämningsmötena var det väsentligt att han deltog personligen. Den dagen var idag.

"Det var värst vad du har bråttom till jobbet idag."

"Japp, idag är det bråttom vill jag lova."

"Är det något särskilt som hänt?"

"Nä, men vi ska käka enhetsmacka på morgonen."

"Jag förstår. Sånt är värt att stressa för. Skynda dig du och hoppas den smakar gott."

"Vad värre är att jag tills idag skulle ha läst upp mig, jag ligger lite efter."

"Vadå efter? Är det något nytt på jobbet?"

"Ja det har kommit lite nya förvaltningsmodeller..."

Twist tystnade och Rut antog att han försjunkit i tankar kring hur väl han egentligen gjort sin läxa. Möjligen kom han precis på att det inte riktigt gått som det var tänkt.

"Åh egentligen är jag så trött på det här jobbet, fast i och för sig, inte just idag."

"Nä, det förstår jag", sa Rut som på riktigt verkligen förstod. Hon tyckte ändå att Twist verkade vara stressad i överkant. Han höll ett osedvanligt högt tempo.

"Idag blir det som sagt en enhetsmacka."

"Ja, det måste väga tungt, det förstår jag."

Rut var inte mycket för att stressa, det hade hon gjort nog i sina dar. I stället började hon dagen med att njuta av vad stunden erbjöd och idag handlade det om att byta ut vattnet som orchidéerna stod i. Sedan ett tag tillbaka hade de sina rötter i vattenbad i stället för i jord. Fyra orchidéer stod i köksfönstret med rötter som spridit sig utanför krukorna och runtom. Till slut hade det blivit mer rötter än blommor på fönsterbrädan. Det irriterade Rut så till den milda grad att hon ryckte upp dem alla ur sina krukor, spolade av jorden och satte ner dem i glasvaser i stället. I vattnet ringlade rötterna på dekorativt vis. En gång i veckan behövde blomvattnet bytas ut till nytt och friskt, och resultatet lät inte vänta på sig. Orchidéerna hade aldrig blommat mer frenetiskt än nu.

Ett förhållningssätt som inbegrep det mesta som växte där hemma var en form av stabil konsekvens. En för alla, alla för en var Ruts melodi och blommorna, oavsett sort, fick aldrig mer uppmärksamhet än vatten en gång i veckan. Hon tänkte att gödning, omplantering och annat fjäsk bara var sporadiska sysslor som skapade förväntningar. Så fort en eventuell specialbehandling tvingades upphöra, skulle det slokas och deppas både här och där. Utan uppgångar, inga fall och med det resonemanget följde att vare sig växter eller det som kacklade, surrade, stångades eller jamade fick annat än jämna doser av uppmärksamhet av henne. Hon kallade det för trygghetsarbete.

Det sista Rut såg av Twist denna morgon var hur ena foten ställts ner en och en halv meter framför resten av kroppen inför språnget att rycka jackan av galgen. Därefter passerade han genom hallen och rusade ut. Ett "hejdå" utropades i farten innan han stängde igen dörren bakom sig med en präktig smäll. Rut hörde hur en tavla föll i golvet. På motsvarande sida av hallväggen hade de nämligen en tavellist där en fin samling av Staffan Snidares tecknade motiv stod inramade på rad. Efter alltför mycket smällande i ytterdörren genom tiderna och med ramar som därför fallit i golvet hade samlingen blivit mer och mer kantstött. Twist slet upp ytterdörren. Han som avskydde när man smällde i dörrar hade hört raset på insidan.
"Förlåt!"
"Det är lugnt. Jag tar den strax", sa Rut. Hon anade att det var enhetsmackan som splittrade hans muskeltonus och tankar.

Hon plockade vidare med sina blommor medan hon tänkte på det faktum att man historiskt sett ofta har tittat med skepticism och en smula oro på framtiden. Om man siktade riktigt, riktigt långt fram i tiden kunde man ondgöra sig över sådant som var tillräckligt märkligt att det kanske aldrig skulle kunna hända. Man kunde lite grann le i mjugg åt bara tanken. Man kunde också trösta sig om framtiden väckte rädsla. I nutid spekulerar vi kring möjligheterna att odla potatis på månen och möjligheten att bo på planeten Mars. I framtiden kommer vi garanterat att skratta åt hur idiotiskt och begränsat vi tänkte förr. Så här kanske det skulle låta:

"Alltså allvarligt. Tänk förr på 2020-talet, hur i helsefyr klarade man sig utan självstyrande bilar, och hörni... tänk att man bara hade jorden att bo på? Hahaaa, så otidsenligt och trångt. Och ingenting fattade man heller. Klimatkatastrofer hotade jorden. Det ryktades om att isarna vid polerna var på väg att smälta och att medeltemperaturen skulle höjas. Stora folkomflyttningar, krig och extremväder förutsågs bli konsekvenser av det. Man gjorde prepperlådor på löpande band sedan utsikten från toppositionen i näringspyramiden blivit allt vingligare. Insekter var på väg att försvinna och haven var fulla av hormonförstörande ämnen. Ändå tyckte människor att det var värt att ilskna till över dubbelbeskattning, bussar som inte kom i tid och julgranar som barrade. De var irriterade på expeditionsavgifter och dröjsmålsfakturor, på bensinpriser som sköt i höjden och trottoarer som inte sandades. Man diskuterade vilka människor som var bra och dåliga och vem som hade rätt och fel i största allmänhet. Tänk, vilka dumskallar va? Och ingen visste då att det bara var att flytta till nästa planet i galaxen."

1916 sa Charlie Chaplin att biofilm bara var en fluga. Han kallade det konserverad teater. Vad publiken verkligen ville se var kött och blod på scenen, menade han. Trettio år senare sa i stället filmproducenten Darryl Zanuck: "Tv kommer inte att hålla efter sex månader. Folk kommer bli trötta på att stirra på en plywoodlåda varje kväll."
Vid ungefär samma tid tog man i så man sket på sig när man planerade för filmen 1984, baserad på den dystopiska romanen som Georg Orwell skrev 1949. Där målas en totalitär tid upp. En tid långt, långt där borta. En framtid

långt fram i mitten av 80-talet. Och tänk, nu har även den framtiden passerat för länge sen. Den framtida dystopin uppenbarade sig inte. Någonstans här i tiden sa också den amerikanske teknikskribenten Dvorak, när Macintosh hade börjat använda en mus till sina datorer, att det bara var ett experimentellt pekverktyg. Han menade att det inte fanns några som helst bevis för att folk skulle vilja använda en sådan sak.

I slutet av 70-talet pratade man exempelvis om en stor platt tv-skärm som skulle kunna hänga på väggen som en tavla, men man trodde aldrig att det skulle bli möjligt att se ett sådant system i bruk. Återigen en teknikexpert som knivskarpt hade uttalat sig. Teven finns kvar, tänkte Rut. Likaså bion och musen men varianter på allt detta finns också och kommer att fortsätta att finnas.

Nej, nu hade det blivit dags att göra lite nytta. Rut gick för att sätta på sig en tröja och dra kammen genom håret. På vägen hittade hon Twists byxor och tröja på soffryggen. I köket hängde en skjorta och en t-shirt hade slängts över en av stolarna. Man skulle kunna tro att det gått hett till där hemma, men faktiskt, enda gången hon slet kläderna av sin man var när tvätten behövde köras. Det finns inget mer irriterande än att ha skvalp kvar i tvättkorgen, det vill säga att något svart ligger där samtidigt som en svart maskin körs. I de lägena kunde hon nästan klä av sina familjemedlemmar. Hon var medveten om att det var lite väl tuffa krav att ha i en familj. Hon funderade över varifrån sådana idéer kom. Hur var det egentligen när hon växte upp? Rut var säker på att detta inte var ett förhållningssätt till ordning som hon fått med sig hemifrån. Nej, Maja hade nog aldrig bedrivit någon tvättfascism, långt därifrån. Det här var Ruts egen hemslöjd. Twist å sin sida använde ord som *spårbarhet* när han efter tvätten kämpade med att försöka para ihop en vänsterstrumpa med rätt högerstrumpa utan att lyckas. Summa summarum; hon styrde upp i tvättstugan. Han lekte spårhund.

Rut samlade ihop Twists kläder och hängde dem över trappräcket för att någon av dem senare skulle ta kläderna till nästa nivå. Alltså från räcket och upp till garderoben. Tänk om ytterligare tjugo år när, och om, de skulle bli intresserade av att slita av varandra det de har på sig, då skulle inte bara kläder ligga spridda på golv och över möbler. Den sammanlagda mängden proteser skulle också utgöra en hög. Det skulle bli glasögon, hörapparater, astmaspray, olika sorters hålfotsinlägg och iläggssulor. Kanske till och med en blodtrycksmätare och en käpp eller två. Vad hände? Plötsligt hade hon blivit många år äldre, med "säckar" fulla av erfarenhet och avslappnad styrka. Hon rättade till bh:n under tröjan. Nu kände hon sig klar med sin sköna morgon fylld av tankar och funderingar som hon så väl behövde ta sig genom.

Egentligen hade det blivit dags att ta sig an hönsen. Underlaget i hönshuset behövde skottas bort och bytas ut. Det hon i stället hade hamnat i var att googla på frisyrer. Hon och Pernilla hade nämligen pratat om olika frisyrer som de tyckte var fina men som krävde tjockt hår och många hårstrån. Vare sig Rut eller Pernilla hade särskilt anpassad hårtyp för att kunna välja fritt och de frisyrer som fanns skulle inte alls vara lika fina på dem. Pernilla hade varit smart och klippt sig kort inför campingsemestern förra sommaren. Det sparade tid och minskade den stress hon många gånger upplevt när duschkön på campingen växte utanför dusch-huset. Det tar tid att skölja både schampo och balsam ur långt hår. Det korta gick bättre. Typiskt Pernilla. Rationell som få. Tänkte alltid på hur hon kunde spara på stressen genom att vara effektiv men märkte inte, förrän möjligen för sent, att den sparade tiden mest bara användes till att stressa mer. Hon for runt som ett slitstarkt skinn i tillvaron. Ja, hon sparade tid i duschen. Tid som hon inte precis använde till vila, utan snarare till att leta upp ny tid att spara.

Twist kom hem, fly förbannad. Eller inte fly förbannad kanske, men väldigt irriterad. Åtminstone irritabel. "Vad är det med dig då?", undrade Rut. "En halv macka fick vi idag. Fatta, en halv macka!" "Men vad säger du, bara en halv? Det var snålt." "Visst ser du. En ny regel säger att vi inte ska få möjlighet att äta oss mätta på arbetsgivarens bekostnad. Enligt de nya direktiven får vi bara stilla vår hunger. Därav den halva mackan." "Men vad säger du?", upprepade Rut. "Eller, för att du inte hade gjort din läxa kanske, om förvaltningsmodellerna?", retades hon men insåg att tajmingen var usel. "Så jävla dåligt. Medan departementen kör smoothies och grejer, sitter vi med en halv fralla. Det är bara för att vi är en tärande enhet. Internetenheten." "Typiskt. Du som hade sett fram emot din morgonmacka. Vad säger det om tillvaron?" "Vad menar du?"
Rut visste hur härligt det var för Twist att se fram emot att stoppa godsaker i munnen. Var det något som fick honom på alldeles särskilt strålande humör så var det att ha munsbitar att se fram emot. Det var ingen större skillnad mellan honom och en rökare när det kom till att belöna sig med ett parti njutning. Han älskade att lägga ut små pitstops.

Rut mindes för ett par år sedan, på samma arbetsplats, när vämjelsen var nära för att han blivit utan sin lussebulle. Han hade missat att tinga en. Så typiskt Twist att då och då, och högst omedvetet, rollsätta karaktärer i olika ordspråk.

Ibland spelar han med i filmen *Sila mygg och svälja kameler*, stundtals i dramat att *Kasta sten i glashus*, men på luciadagen förra året fick han i stället en stor biroll i *Liten tuva stjälper stort lass*. Då hade han verkligen satt krokben på sig själv, den stackaren.

"Vadå säger om tillvaron?" undrade han. "Vad menar du?"

"Ja, kanske att den som mest lever i framtiden har svårt att verkligen njuta av livet", föreslog Rut som ångrade sig i samma stund när hon såg Twists min.

"Rut, snälla sluta. Det här handlade faktiskt inte om en macka vilken som helst. Det var en enhetsmacka med allt vad det innebär och ingenting annat."

"En enhetsmacka ja, jag fattar", avslutade Rut.

Kapitel 13
Om framgångar och en bank utan lås
samt härskarteknik, kärlek och panik

Det finns tre saker som Pernilla kostar på sig trots att barn svälter, miljön är hotad och folk sover ute på gatorna. Toning i håret, nagelvård och fransförlängning. Just för att situationen är som den är i världen unnar hon sig inte denna lyx med stolthet, knappt heller med ro och hon går definitivt inte runt och babblar om det. Tobbes ängslan knutet till skönhetsbestyren, omfattar en nervositet. Han vet att straffet, för att ha glömt att notera den nya längden på naglarna eller färgen på håret, blir att anklagas för ouppmärksamhet. Ständig oro för att inte hänga med, men samtidigt väl medveten om sin disträa hållning för just den här grenen. "Men koppla av", hade Pernilla sagt utan att mena det. "Inte ska du behöva känna dig pressad att ha koll på mig". En morgon för inte så länge sedan hade hon lånat en av hans skjortor. Utan att fråga dessutom. När hon var klädd och klar satte hon sig mitt emot honom till frukosten och där satt de i rimligtvis tjugo minuter utan att så mycket som en notis gjordes från Tobbes sida. Samma scen utspelade sig framåt kvällen vid middagstid men då var det inte tjugo minuter som stod till buds utan fyrtio. Fortfarande ingen notis. Alltså; han tittar men *ser* inte.

Nu var det morgon. Pernilla var ledig hela dagen och Tobbe hade tagit eftermiddagen ledig för att kompensera nattens incidentjobb med haverier av alla sorter. "Vad har du för planer idag då?", sa han. Väl medveten om att det var en sån där händelserik ledig torsdag då Pernillas fransar, naglar eller hår... något av det, skulle kunna ändra karaktär. Frågan i sig var ett riskprojekt. Det kunde tänkas att han redan både frågat och fått svar men varit fullt upptagen med annat och inte hunnit mata in svaret. Det var väl fan också, tänkte han, att munnen sladdrade utan att hjärnan signalerat först. Munnen frågade men huvudet tog inte in. Nu hörde han att hon hade svarat något och sa därför:

"Hmmm", väl medveten om att det var en fifty-fifty på om det förströdda svaret hade räddat situationen eller inte. "Okej, inget annat? Just det! Du skulle iväg igen sen va?", försökte han och hoppades även denna gång att han hade fått ihop det hela.

"Det stämmer. Jag ska åka till Kina."

Kina och Kina, hade han verkligen hört rätt eller var det en fälla? Kina? Nä nu fattade han. Helvete vad han åkte dit. Han hade nog inte lyssnar särskilt uppmärksamt på svaret på den första frågan. Undrar vad hon hade sagt då? Tobbe sa förlåt och pussade på henne. Det hade blivit dags att ta sig till jobbet. Om några timmar skulle han vara hemma igen och då skulle han gottgöra. Ägna sin tid åt att uppmärksamma vad Pernillas "dagens bestyr" hade gått ut på.

"Du, jag måste åka nu", sa han. "Vi fastnade redan igår med att försöka definiera ett begrepp och kom faktiskt ingenstans. Vi behöver därför starta tidigare idag."

"Vilket begrepp var det då?"

"Integration och vad det egentligen står för", svarade han. "Det blev en väldigt intressant diskussion. Definitionen är inte enkel och alla var väldigt engagerade."

"Men vad är det då?", försökte Pernilla.

"Det handlar om att integrera information, att synka ihop information mellan systemen... men oj vad klockan går, nu måste jag skynda iväg."

Pernilla var innerst inne lättad över att det som antogs bli en maratonmening, abrupt avslutades. De sa hejdå och hon startade upp kaffemaskinen en andra gång. En ytterligare kopp skulle hon nog hinna med. Hon hade några välplanerade timmar för sig själv och så fort Tobbe var hemma igen skulle de besöka galleriet hos Rut och Twist. Efter julvernissaget hade en ny konstnär, med egyptisk härkomst, hängt sina alster där. De hade blivit inbjudna i förväg och det skulle vara öppet hus hela dagen inför den ordinarie utställningen till helgen. Pernilla hade dessutom fått en förtitt på konsten via galleriets hemsida och var jättesugen på att se mer. Fram tills dess var ingenting bokat, hon skulle bara vara hemma. Tobbe hade i vanlig ordning undrat vad hon hade på torsdagsagendan. På hans fråga om den, hade hon svarat att hon skulle färga håret grönt. Med handen på hjärtat eller placerad precis vart som helst; hur intressant var det egentligen att prata om hur de närmaste planerna för hennes hår, naglar och fransar såg ut? Det hade mer blivit en grej, att han frågade och hon svarade. Att han undrade men knappt höll nyfikenheten stången tillräckligt länge för att lyssna in svaret. Därför reagerade han inte på hennes val av ny hårfärg. Grönt. Pernilla förlorade sig snart i tankar på helt andra saker medan hon plockade undan det värsta i köket.

I staten Maharashtra i Indien finns det 82 kvadratkilometer stora området Shani Shingnapur som är berömt för sitt tempel Shani eftersom det anses vara ett levande tempel. Byn har förutom templet, ett postkontor, en polisstation, en bank och en skola. Några brunnar står för byns vattenförsörjning och vägen dit är täckt av sockerrörsfält. I trehundra år har det från generation till generation, berättats om en svart stenplatta som efter en kraftig översvämning spolats fram. När en herde rörde på stenen med en spetsig tång började det sippra blod ur den. Herden blev givetvis förbluffad och snart samlades hela byn för att titta på miraklet. På natten uppträdde en herre i herdens dröm och avslöjade att stenen var hans och att den skulle stanna i byn. Efter den uppenbarelsen blev herren i drömmen givetvis herdarnas mest hängivna och gudomliga. Herren blev deras Gud Shanaishwara. Ett tempel skulle byggas. Guden svarade att det inte finns något behov av ett tak eftersom hela himlen är ett tak. Han föredrog att vistas under öppen himmel. Guden Shani välsignade ledaren och lovade att skydda byn från fara. Han bad folket att dagligen be, och särskilt viktigt var det att sköta lördagsbönen. Gjorde de det utan att missköta sig lovade Guden Shani att hela byn skulle slippa fruktan för banditer, inbrott och tjuvar.

Det här är legenden som ligger till grund för indiernas tro i området. De tror att en Gud fortfarande bor i templets ikon. Ikonen, den fem och en halv meter höga svarta stenen som installerats på en utomhusplattform, symboliserar Guden Shani. Byborna tror att Guden straffar den som försöker stjäla. Efter att stenen installerats togs dörrar bort och byborna kastade sina lås och nycklar. De behövde dem inte längre eftersom Herren vakade över dem. Inom en kilometers radie från Gudens tempel, har vare sig hus eller butiker några dörrar. Inte polisstationen eller postkontoret heller och de offentliga toaletterna har endast ett tygskynke som avskiljare. Det finns dörrkarmar men inga dörrar och lås. Lokalbefolkningen lutar ibland träpaneler mot sina dörrkarmar men det är enbart för att hålla lösspringande hundar ute. När banken öppnade 2011 behövde det finnas dörrar eftersom Indiens regering begärde hög säkerhet. Så det blev en glasdörr, men den är alltid upplåst. Några skåp installerades för särskilt viktiga dokument eftersom en lag kräver lämpliga försiktighetsåtgärder gällande säkerhet.

Inga stölder har rapporterats i byn men två stölder lär ändå ha inträffat. Den första var en pengastöld ur en bil 2010 och den sägs ha skett sedan ägaren till bilen hade installerat trärutor vid ingången till sitt hus. Den andra stölden var året efter. En pensionär bestals då på sina guldringar. I båda fallen avstyrdes utredningarna eftersom byborna insisterade på att det som hänt, ägt rum utanför byn.

Skeptiker hävdar att den låga brottsfrekvensen i området i första hand beror på byns avlägsna plats, inte på Herrens mirakulösa befogenheter. Oavsett sanningen förändras tiderna och vissa bybor söker tillstånd från en lokal självstyrande organisation för att få installera dörrar och lås. De anser att familjens trygghet behöver säkerställas. De flesta byborna i Shani Shingnapur hoppas att traditionen kommer att fortvara och att Guden Shani fortsätter att skydda dem från alla onda ögon under många århundraden framöver.

Tänk en by där bostäder inte har några ytterdörrar, butiker alltid lämnas olåsta och lokalbefolkningen känner sig säker. De ber inte ens sina grannar att hålla koll på deras hus när de lämnar staden. De tror att tjuvar omedelbart straffas med blindhet, och att alla som är oärliga kommer att drabbas av sju och ett halvt års otur.

Staden Shani Shingnapur lockar hängivna från hela Indien. Minst 40 000 besökare anländer varje dag till helgedomen som numera vuxit till ett stort tempel med omfattande egendomar och donationer.

Pernilla förberedde sig för att ta en springrunda. Hon hade en lagom sträcka på sju kilometer som var alldeles perfekt att börja dagen med. Till sällskap hade hon olika utvalda poddar. Dels några podcasts som hon följde, exempelvis Sigges och Minis podd, men också några andra tips som hon snappat upp. Ibland lyssnade hon också på dokumentärer och det var precis det hon preparerade sig för idag. Hon hade bespetsat sig på en berättelse om mamman som förlorade sin 20-åriga son på Roskildefestivalen i folkträngseln, i bruset av Pearl Jam. Mest troligt var det ett särdeles korkat val eftersom Pernilla därefter aldrig skulle släppa iväg Tor ens på en musikkårs uppspelning. Pernilla satte lurarna på plats i öronen, knöt skorna och gjorde sig redo.

Festivaler och konserter har i alla tider skördat dödsoffer. Människor har både klämts ihjäl och trampats ner, ibland redan i kön till insläppet. Redan 1885 trampades arton personer ihjäl sedan 50 000 människor drabbats av panik under en gratiskonsert med sopranen Christina Nilsson på Grand Hotells balkong i Stockholm. Vid senare konserter har pyroteknik också startat bränder där hundratals besökare omkommit i lågorna. På en konsert för tjugo år sedan började det hagla och tusentals besökare sprang i en hal marmortrappa där många föll. Femtiotre människor trampades ihjäl. Pernilla rös vid tanken, både att bli trampad på men också att vara den som trampar.

Men olyckan på Roskildefestivalen, var den scenen som nu spelades upp i Pernillas öron medan hon ökade takten efter första svängen. En mamma förlorade sin son. Hon hade radion påslagen hemma i Tranås och det berättades om en festivalolycka som nyligen inträffat. Trettio ungdomar hade skadats och nio unga män omkommit. Mamman kände sorg och bestörtning över alla anhöriga som hade drabbats, utan att ha den blekaste aning om att hennes son var där. Än mindre att just hon tillhörde en av de drabbade.

Det här var år 2000 och sonen, som var ett stort fan av Pearl Jam, åkte till Roskilde för att se dem uppträda. Han hade precis flyttat hemifrån, och kanske med en önskan om att leva sitt eget liv eller kanske osäker över sin mammas reaktioner, hade han undanhållit henne kompistrippen till Danmark. Det var minst 40 000 till som var på Roskilde och den stora folkmassan rörde sig mellan uppträdandena på de olika scenerna. I princip alla som var där ville så klart se Pearl Jam på den orangea scenen. När musiken började spela, ökade trycket i publikhavet.

Den sammanlagda folkmassan kunde pressa varandra samman så till den grad, att fötter till slut inte nådde mark och armar som sträckts upp inte gick att ta ner. Så beskrevs trängseln. Föll man, och fick andra över sig, blev det omöjligt att komma upp. Det blev snabbt också svårt att få luft. Naturligtvis var läget värre ju längre ner man hamnat i högen av alla kroppar. Det var i en sådan situation som nio ungdomar dog, bland annat mammans 20-åring.

Eddie Vedder, sångaren i Pearl Jam, for så illa av dödsfallen och händelsen att han övervägde att sluta spela helt och att lägga ner bandet Pearl Jam. Han blev totalt knäckt. Efter bearbetning och stöd beslutade han sig senare för att hälsa på varenda familj som drabbats av Roskilde-tragedin. Varje familj som förlorat en son. Därför sökte han upp mamman i Tranås och det blev det första mötet i raden av många fler. Birgitta från Tranås och Eddie från världens coolaste grungeband fann varandra totalt och kom med åren att bli de bästa vänner. Birgitta bjöds på musikupplevelser på olika platser i världen och hela konserter dedikerades henne och andra drabbade. Det har snart gått tjugo år sedan olyckan men de har fortfarande kontakt. Sonen som inte hade vågat eller velat erkänna för sin mamma att han skulle till Roskildefestivalen och lyssna på rock, han skulle bara veta att mamman och hans stora idol Eddie idag blivit så fina vänner. Pernilla lyssnade och hela kroppen stormade av känslor. Hon sprang och hon grät, svetten lackade innanför lagren av tröjor och snoret rann.

Roskilde ansågs vara den säkraste festivalen i Europa redan före olyckan år 2000 men i polisrapporten påpekades brister gällande utbildning, överblick och kommunikation. Även denna gång var vädret en bidragande orsak till festivalolyckan. Det regnade ganska kraftigt vilket skymde sikten för dem som övervakade publikhavet. Efter olyckan blev det ett slags "år noll" för säkerhetstänket, inte bara i Danmark utan i hela världen. Nu var Pernilla säker. Tor skulle inte ens tillåtas gå på en vanlig flöjtkonsert.

Pernilla hade vid det här laget lyssnat på en och annan podd. Det hon kommit fram till är att många som berättar om sig, väljer att prata en hel del om sin uppväxt, framför allt om den varit av det sämre slaget. I stort sett verkar det finnas två slag av dålig uppväxt. Endera rent av kass. I vilken barnet har försummats, glömts bort eller gjorts osynligt. En form av revanschlusta och kreativitet blir ofta resultatet av det. Den andra varianten av dålig uppväxt som presenterats har legat närmare otrygghet, rädsla, förakt och hot. Då har ingen revanschlusta väckts. I stället menar de som berättat, att den sortens rädsla hämmar kreativitet och sätter käppar i hjulen för fri utveckling. Inte förrän efter åtskillig tid med terapeutisk hjälp har personen lyckats hitta rätt spår igen. Det blir liksom till att börja om från början där.

Det de kloka talarna ändå gemensamt framhåller är att de har mycket av det dåliga att tacka för sina framgångar. Det svaga självförtroendet, komplexen, motgångarna, olika grader av hemskheter och krokiga vägar har ändå tagit dem framåt och format dem till de personerna de är idag. De har lärt känna livet och sig själva. De säger också att livet ger kraft när det behövs men att mod, utbildning och förmågan att be om hjälp är viktiga framgångsbitar. Man *måste* inte vara bra på det man gör, utan hitta sitt eget DNA, försöka skapa det som inte redan finns och göra det bra.

Exempelvis framhålls vikten av att *passa på*, det vill säga ta chansen, samt att förkorta sina beslutsprocesser. Det finns inga dåliga idéer, bara dålig tajming. Tänk fort och sätt saker i processer. Det finns bara ett ja eller ett nej att besvara ett förslag med. Detsamma gäller för idéer, projekt och händelser. Ett ja eller ett nej. Ju längre tid man lägger på att logisk förklara ett svar, desto mer närmar man sig ett nej. Men det är inte alltid det logiska "ja" som ger den bästa tänkbara vägen.

"Ner med frön i jord. Små saker och idéer kan över tid göra stora skillnader i ens liv. Våga sätta små, små energier i rörelse; skicka in den där insändaren, skriv den där dikten, måla den där tavlan, sätt upp den på den där stolpen, skicka det där mejlet eller brevet, ring den där människan, ställ dig på det där torget, byt väg till jobbet... alla små sakerna du sätter i rörelse kommer över tiden att genera stor skillnad. För små saker växer", skrev Pernilla ner på ett lösblad.

Dessa ord var Per Holknekts och mycket bra grejer att lägga på minnet. Det är viktigt att följa sina drömmar och att ha ett långsiktigt tänk, samt ta vara på chansen till uppstarter. Vikten av förberedelser, god hälsa och rutiner nämns som recept på framgång. Fokusera på det du lyckas med och våga släppa det som inte verkar löna sig. När 20 procent av det man gör står för 80 procent av det man får, är det rätt balans.

Både Pernilla och Rut har Petter Stordalen som sin stora idol och givetvis hade Pernilla luslyssnat på hans podd. Stordalen menar att en god idé är att gräva där man står. Det finns inget annat att ta utgångspunkt i än det man har och därtill göra det man gör riktigt bra. Han kallar det för RMI = Rätt Mental Inställning och baserar det på sina egna erfarenheter som jordgubbsförsäljare. Denna försäljning var första pinnhålet i hans karriärsstege, inte i reda pengar men i inställning. Stordalen pratar om vikten av goda relationer, att sköta de kontakter man har, skaffa sig ett stabilt rykte och lägga tid på att utveckla sina sociala färdigheter. Man vet aldrig vilka människor man möter igen och på vilket sätt de kan komma att figurera i ens framtid.

Stordalen pratar även om fiaskon. Hur nära det är mellan succé och fiasko och att det i en god företagskultur ska gå att deala med dem båda. Man behöver lägga tid på att odla en fin företagskultur samt lära sig samverka och att lyfta andra. Vidare menar han att succé inte är något man har utan något man har haft och kan få igen. När man tror att man har gjort succé så har man i själva verket redan tappat det. Stordalen är en mycket framgångsrik miljardär och hans tips är något som Pernilla med råge kan skriva under på. Att jobba med små, små mål i sikte. Vara nöjd med det man har och inte det man missar.

Andra kan stoppa dig temporärt. Du är den enda som kan göra det permanent, lär amerikanen Zig Ziglar sagt. Vid sidan av att ha ett häftigt namn var han författare, talare och inspiratör. Något annat visste inte Pernilla men citatet var klockrent.

Nu var endast den sista delen av rundan kvar och hon började möta några lunchflanörer. Det gick att ställa klockan utifrån folk med hundar, de hade sina mönster och var ofta ute samtidigt eller överlappande.

Pernilla såg två personer i mötande trafik på lite avstånd, en lång och en kort som gick bredvid varandra. Förälder och barn, tänkte hon. Den ena gick lite ledigare och gängligare, den andra stelare. Jodå, absolut förälder och barn. Ju närmare hon kom stod det mer och mer klart och hon anade en åldersskillnad. Barnet var den som gick mjukt och ledigt gissade hon, den stela långa var nog föräldern. Till slut hade hon kommit så nära att ansiktena gick att urskilja, de var till och med lite lika utseendemässigt. Då såg hon att den längre av dem var yngre medan den kortare utan tvekan var äldre. Just så. Barnen passerar ju sina föräldrar i längd från ena generationen till den andra. Det konstiga var att det var den äldre som hade ledigare stil och som tryckte ifrån stegen med större muskelstyrka. Den yngre gick stelt med nacken böjd och ansiktet ner.

De unga blir längre och längre men också krokigare och krokigare, och stelare och stelare. Det beror på fokuset för deras uppmärksamhet, vars mittpunkt finns i telefonen. Genom evolutionens långsamma förändringar har människan sakta rest sig från sin fyrbenta position till en tvåbent upprätt ställning. Barn och unga däremot är på väg åt andra hållet. De håller på att tappa helt, tänkte Pernilla. Snart går de på alla fyra, med den skillnaden i jämförelse med våra förfäder att de totalt förlorat vidvinkelseendet. De ser mest bara mittpunkter i rutor och missar alla överraskningar i periferin. De skulle bli ett rov innan de ens hunnit stänga av mobilen.

Undantaget är den lille mjölkdrickaren Oskar. En åttaåring som är snabb som en oljad blixt och så full av energi att han aldrig i livet skulle sitta still tillräckligt länge för att bli krokig. Att gå och hantera en mobil samtidigt vore lika uteslutet. Han är en sån där liten grabb som hellre vill leka och hitta på egna spännande äventyrsvärldar i verkligheten än att sitta böjd över animerade världar. Och ingen skulle kunna fånga honom heller. Dessvärre hamnar han lätt i trubbel och kanske för andras ro och trivsel en iPad eller en mobiltelefon delvis vore lugnande.

En morgon när Pernilla kom till jobbet, hittade hon honom ute i kylan. Han såg både sur och trumpen ut, och säkert kall eftersom han saknade jacka. Det var helt uppenbart att han hade rymt från morgonfritids. Frågan var om han inte började se lite blå ut till och med. Hur länge hade han egentligen stått där?
"Jag hatar den här skolan och jag hatar alla som jobbar här", lät han meddela sedan Pernilla ställt frågan om varför han var ute och inte inne.

"Men du, vad är det som har hänt då?"
"Jag får inte vara på fritids. Jag får inte gå in."
"Nämen det kan väl inte stämma. Det är klart att du ska vara där inne, kom så går vi in. Jag följer dig." Oskar skakade på huvudet och var fast beslutsam att inte gå in igen.

"Fast jag fryser", sa Pernilla för så var det. Det kan inte ha varit många grader varmt denna morgon och Pernilla som ändå hade en jacka på sig frös.

"Jag fryser och tänkte höra om jag kunde få bjuda in dig till mitt rum. Du och jag smiter genom dörren tillsammans och in i mitt rum och sätter oss och pratar där inne i stället. Visst?" Jodå, det kunde den lille pilten gå med på. Pernilla tyckte till och med att det tändes ett litet hopp i ögonen på honom. Det sura slätade ut sig en smula.

De lyckades smita in tillsammans i hallen där de andra fritidsbarnen var, men slank sedan runt hörnet in till Pernilla och stängde dörren bakom sig. Oskar slog sig genast ner i Pernillas röda fåtölj. Han kikade sig omkring eftersom han aldrig hade varit i rummet. Sen började han berätta. Han sa att alla var så dumma. Han hatade alla och även de där hemma. Lillasyster allra mest men också mamma och pappa.

"Har det hänt något hemma idag på morgonen?" undrade Pernilla och var ganska säker på vad svaret skulle bli. Han skrynklade ihop hela ansiktet och började gråta. Öronen blev röda och kinderna varma. Stora, tunga tårar rullade ner över de ledsna, upphettade kinderna.

"De skyller alltid på mig. Så fort det händer något får jag skulden. I morse när min systers docka höll på att falla ner i golvet skulle jag rädda den och då skrek hon jättehögt att jag inte fick ta den. Då kom mamma och pappa på en gång och skällde på mig för att jag inte lät hennes saker vara ifred."

"Oj, det var tråkigt. Både mamma och pappa? Kanske det var så att ni var stressade på morgonen och ingen hann ta reda på vad som egentligen hade hänt?", föreslog Pernilla.

"Nej, så är det alltid. De lyssnar aldrig på mig. Och jag som var så trött också i morse."

"Hann du inte äta frukost?"

"Jo, jag drack välling", sa Oskar vars gråt precis dämpat sig. Han hade funnit sig väl tillrätta i fåtöljen och berättade gärna om hur han hade det. Han var lite lugnare nu.

"Bra, då har du fått något i magen i alla fall. Vet du vad jag tror?"

"Nej?"

"Vem pratar du helst med? Mamma eller pappa?"

"Mamma."

"Jag tror att du behöver prata med mamma när du kommer hem sen och berätta att du bara försökte rädda dockan och att du blev ledsen över att få skäll. Ni kanske behöver prata om det utan att vara stressade och trötta?" Oskar lyssnade och nickade.

"Mm, jag ska göra det."

"Bra!" Pernilla hörde hur de andra fritidsbarnen började plocka ihop och lämna rummet utanför.

"Vill du ha ett glas vatten och skölja ner det ledsna med eller ska jag hämta lite mjölk?"

Mjölken gick att hämta i matsalen och där var fritidsfröken som så klart hade undrat vart Oskar tagit vägen. Hon berättade att han hade bråkat med tre personal och några av barnen direkt på morgonen. Han hade förstört spelet på fotbollsplanen, haft ett ovårdat språk och kladdat runt med en penna i närvarolistan. Hans morgon hade varit minst sagt fullfjädrad. Vilken tur att Pernilla fick tag i honom och kunde tanka på lite i pluspoolen igen. Den stackarn var ju helt urladdad redan före åtta på morgonen.

Den lille mjölkdrickaren tittade gärna in hos Pernilla flera morgnar därefter. Han höll lite koll på hennes entré och bjöd gärna in sina kompisar att följa med in. Oskar slängde sig i den röda fåtöljen och talade om att det var den bästa stolen han visste. Han kallade fåtöljen för *sin* men bjöd ändå vännerna att dela den med honom.

"Jag tittade efter dig igår, jag läng...e", sa han. Pernilla hörde inte riktigt vad han sa så hon frågade om.

"Jag läng...e", upprepade han och tittade blygt på henne. "Va? Längtade du efter mig? Oj, och så kom jag inte i tid för att träffa dig. Hur gick det då?"

"Det gick bra ändå."

Så kunde det gå. Pernilla hade gjort skillnad och den där morgonen, den röda fåtöljen och mjölken skulle Oskar aldrig glömma. Det fanns en uppenbar chans att han om fem, sex år skulle vara en av hennes elever och då hade de redan nu något av en relation. Så skulle en slipsten dras, tänkte hon.

Det hade blivit lunchtid när Tobbe kom hem och de tog sig direkt ner till Laduviks kolada för att titta på konsten. Många laduviksbor var på plats och det var ett stillsamt mingel inklusive vin. Chans fanns att prata med konstnären om verken och vilka budskap de gestaltade. Konstnären visade en ny målarteknik, ett nytt sätt att blanda färger och media, en konst skapad av mycket sensitivitet och känslor. Flera av motiven föreställde kvinnokroppar. Starka och mustiga färger målade med struktur. Mycket turkost, som på vissa alster samsades med blodrött. Färgen låg som fjällande hud på tavelduken, skrovlig och i lager. Det finaste konstverket var ändå det bruna och murriga ansiktet som tittade ut ur bilden. Stod man nära var ansiktet nästan borta, backade man trädde det fram. Eventuellt kan det ha varit ett självporträtt. Konsten var ett utforskande av ljus, skuggor, färger, former och människors personligheter och känslor.

"Ja, det här var väl inget att se egentligen", hörde Pernilla bakom sin rygg efter att hon och Maja gått runt en stund tillsammans.

"Välja lite färg och sedan klafsa på den. Det kan väl vem som helst egentligen?" Pernilla vände sig om och upptäckte Bengt strax bakom sig. Han hade fångat upp Tobbe som han förde det aningen lite för högljudda samtalet med. Tobbe i sin tur såg hur obekväm ut som helst. Maja lutade sig mot Pernilla och viskade: "Hån goorm o pråta. Hä öngar fårstugo." "Ja verkligen", sa Pernilla utan att riktigt förstå vad Maja menade men en översättning följde: "Bengt saknar takt och ton ibland. Han saknar farstu som vi brukade säga hemma." De hörde hur Bengt fortsatte att ta kontakt med folk på besynnerligt vis. Han trodde tydligen att det var gångbart, att klaga på andra och genom det skaffa egen plats för uppmärksamhet. "Om du frågar mig så kan jag tala om att det är sånt här som gör att konst förlorar i värde", fortsatte han. "Det här var väl knappast tillräckligt bra för att hängas i ett galleri". Pernilla och Maja tittade på varandra. "Han bara gormar på, mot bättre vetande. Strunt i honom", sa Maja som förstod att Pernilla började bli riktigt irriterad.

"Bengt! Det är inte lämpligt att stå på ett galleri, i alla fall inte så länge konstnären är på plats och framför allt inte bland uppenbart intresserade konstköpare och prata strunt", fräste Pernilla. "Sluta genast!" "Åh, förlåt förlåt", sa Bengt samtidigt som han höjde armarna som för att värja sig mot något som flög runt i rummet. "Jag visste inte att konstnären var här. Jag har inte sett honom och jag har ändå gått här ett tag..." "Så?", undrade Pernilla. "Ja, det verkade inte precis finnas någon ände på besvikelserna så jag kunde inte hålla tyst. Och så såg jag Tobbe och..." "Schhhh!", fräste Pernilla till.

"Ha! Det är till att låta bitter", kom det från Bengt.
"Visst. Det brukar heta så från den som känner hur
sanningen nafsar i hasorna. Var tyst nu eller gå härifrån".
Pernilla kokade.

Bengt var otroligt krass. För Pernillas del stod det klart att
han inte lärt sig att vara bland andra, bara att samexistera i
mängden på underligt vis. Liksom röra sig runt men inte
med. Han hade ingen kännedom om särskilt många saker
och framför allt inte om hur man beter sig i nya
sammanhang. Uppenbarligen inte på ett galleri i alla fall.
Eventuellt var det så att han hade försökt imponera på Maja
genom att visa upp sig som konstkunnig. Eller så trodde
han det brukliga var att ikläda sig en juryroll och döma för-
eller emot. Att bara njuta, titta och låta fantasin få utrymme
var på tok för flummigt för Bengt.

I värsta fall kunde det vara så att han utövade den från hans
sida välbeprövade härskartekniken. Målet med den var
också medlet, det vill säga att med olika försök ta makten
över andra. Även om de allra flesta säkert någon gång
utövat tekniken mer eller mindre omedvetet, ägnade Bengt
sig åt den desto mer medvetet. Kanske till och med, med
viss njutning. Han gjorde det i första hand för att visa sin
makt och i andra hand för att sätta andra på plats. Män hade
han större respekt för om de förtjänade det, men kvinnor,
de behövde han ständigt mästra över. Pernilla hade
identifierat de situationer Bengt så ofta hade hamnat i och
trodde att han själv kanske inte visste om att det var en
teknik. Men Bengt var specialist och just osynliggörande var
hans paradgren.

Den första som skrev om härskartekniker var den norska
forskaren och politikern Berit Ås. Hon har forskat länge på
området och särskilde fem härskartekniker. Olika

härskartekniker går ofta in i varandra och kan användas samtidigt, det är då det rör ihop sig totalt. *Osynliggörande* handlar om att se till att andra blir bortglömda, förbigångna eller överkörda. Syftet är att frånta offret sin identitet eller att påminna dem om att de är oviktiga, mindre värda och betydelselösa. Till exempel genom att avbryta, byta samtalsämne eller inte visa någon som helst reaktion på det som sagts. Kanske inte ens kommentera det. *Förlöjligande* handlar om att håna, skratta ut eller avvisa den som pratar. Att förlöjliga andra med fåniga ljud, alternativt likna dem vid små och betydelselösa, löjliga eller pinsamma. Himla med ögonen, klappa den som pratar på huvudet, så att den upplever sig inkompetent och inte värd att tas på allvar. Vid sidan av osynliggörande hör kanske förlöjligande till Bengts favoritknep för att göra sig själv större och viktigare än andra.

Att ha tillgång till kunskap och information ger förståelse, makt och delaktighet. Utan information kommer känslan av att känna sig utanför. *Undanhållande av information* hade Pernilla utsatts för många gånger under sin uppväxt. Bengt blandade in både Pernilla och hennes syster i hans affärer men när de frågade eller undrade om detta gav han enbart kryptiskt flinande svar. Nästa gång de ställde frågor i försök att förstå, förlöjligade han deras frågor och klassade dem som mindre vetande och ointresserade. Genom att undanhålla information om viktiga saker hindrades de från att agera och ställa frågor. Det bidrog till missförstånd. Som kryddan på detta beteende användes den fjärde tekniken, nämligen *dubbelbestraffning*. Den gick ut på att visa att vad de än gjorde, eller inte gjorde, så blev det ändå fel. Det dolda budskapet blev att de skulle intressera sig och ta för sig men om de gjorde det, kunde de få höra att de var krävande och besvärliga eller alltför ifrågasättande.

Förlöjligande och dubbelbestraffning kombineras gärna med en femte härskarteknik: *Påförande av skuld och skam.* I den tekniken förmedlas att man inte är eller gör något tillräckligt bra och hur något borde gjorts i stället. Den som blir utsatt har inte haft möjlighet att skaffa sig tillgång till information. Saker ligger bortom ens kontroll. Skulden påförs utifrån men upplevelsen är att den kommer inifrån. Från en själv.

När det kom till Bengts beteende kände sig Pernilla osäker över vilket sätt som var det bästa att tackla honom på. Hon visste sällan vad det skulle resultera i. Hon visste än mindre vad som var ursprunget till hans blamager. Endera var det så att han helt oförskyllt bara danats av livet, liksom av livets hårda skola. En person som själv sällan fått uppmärksamhet och bekräftelse, som inte uppmuntrats och blivit sedd orkar naturligtvis inte bekräfta andra. I synnerhet inte dem som är duktigare eller som på ett eller annat vis utgör ett hot. Då är det enklare att håna, undanhålla, straffa och skuldbelägga. Pernillas styrka var att lokalisera andras svagheter och hade känselspröt som ständigt zoomade in hur folk agerade och reagerade. När det kom till Bengt gick hon fullkomligt bet.

Bengt var nog bara sin vana trogen. Kanske var det en slentrian att prata först och tänka sen. Han hade ägnat en del av sin tid ihop med människor som han avsett att behålla i sin närhet. Där hade härskartekniker eventuellt blivit receptet för överlevnad. Kanske hade han glömt bort alternativen. Slutligen trodde Pernilla att människor runt honom generellt inte protesterade eller visade sitt ogillande mot honom. Hennes åsikt var att människor lite grann är skyldiga att fostra varandra. Det skapar trygghet och bidrar till personlig utveckling. Runt Bengt har folk många gånger pratat om hur spännande, rolig eller möjligen hur udda han är, fast det i själva verket handlat om oförskämdheter och dåligt uppförande från hans sida. Hade han varit ett barn skulle ideliga tillsägelser kantat hans vardag. Den frizonen han alltid tillåtits att ha, var just den som Pernilla haft svårt för. I sin tidiga ungdom valde hon att säga ifrån och det kostade på. Både när det gällde relationen och fortsatt kontakt.

Pernilla såg inte längre Bengt i lokalen och anade att han hade rekommenderat sig. Säkert hade han fått med sig en känsla av att ha gjort bort sig, men det hade varit nödvändigt med en markering. Här fanns en utställare som var viktigare att skona än att måna om Bengt. Pernilla kunde inte låta bli att tycka att hon agerat rätt idag. I grund och botten trodde hon att det var Bengts vansinnigt dåliga självförtroende, och rädslan för andra som drev på honom. Att fäkta är bästa försvar, och dessutom oerhört effektivt för den som vare sig ville förlora ansiktet eller önskade särskilt nära kontakter med andra. Eventuellt trodde Bengt att utrymme och förlåtelse fanns för att bete sig, bara för att han tillhörde den äldre generationen. Ibland tänkte Pernilla att han kanske hade varit en sån där liten parvel på sin tid, som hade det tufft men aldrig tillåtits visa det. Hon kom att tänka på den lille mjölkdrickaren. Mest troligt hade Bengt varit en arg liten mjölkdrickare, fast en som aldrig fått någon mjölk.

Hur det än var, hade Bengt ändå lyckats i sin nisch. Han hade lyckats ta sig fram utan något mer än sina nävar och ett huvud fullt med idéer. Och allt jobb hade han gjort själv, utan att något gavs honom gratis. Han hade inte glidit fram på några räkmackor. Curlande föräldrar existerade inte, vare sig som begrepp eller företeelse, under hans uppväxt. Man kanske kunde bli knäpp för mindre, så att säga fyllas av storhetsvansinne och hybris.

Det finns fler exempel på män med framgång. Ingvar Kamprad var ett exemplar av liknande sort, fast mer lik en megaentreprenör. Han började arbeta redan som förskolegrabb och sålde tändsticksaskar och andra produkter framgångsrikt. Varulagret hade han i kartonger under sängen. Tänk så många askar, boxar, kartonger och lådor han därefter hade spridit i världen. Mr IKEA: "Ingvar Kamprad Elmtaryd Agunnaryd" lämnade efter sig ett mångmiljardimperium med nästan 150 000 anställda utspridda i 300 varuhus i 40 länder. Han startade ett imperium som byggde på leverans av kartonger och lådor och fick själv avsluta sina dagar i en låda. Han dog nyligen, 91 år gammal efter sviterna av en lunginflammation. Vad som kommer att hända med jättekoncernen efter grundarens död är planerat sedan fyrtio år tillbaka. Av Kamprad själv.

De flesta sextitalister har praktiskt taget vuxit upp med IKEA, tänkte Pernilla. De har gått vilse på IKEA, skilsmässo-shoppat på IKEA, suckat på IKEA, svettats på IKEA, ätit på IKEA, stått i kö på IKEA, jagat barn på IKEA, svurit över IKEA, reklamerat på IKEA, kompletteringshandlat på IKEA, längtat till IKEA och förhoppningsfullt dragits till REA på IKEA. Om man är född på sextiotalet har man lyssnat på sina föräldrars monteringsbråk, handlat inför första flytten eller för att flytta ihop. Handlat för att fräscha till eller för att stötta barnens första flytt. Man har trösthandlat, presenthandlat, säsongshandlat, storhandlat, småhandlat, spontanhandlat... minst av allt lite ljus och servetter. Eller bildramar. Rut hade låtit Pernilla ta del av Majas vilda planer inför sin förestående död. Hon kunde tydligen tänka sig en IKEA-garderob som en värdig plats för den sista vilan. Med garderoben Pax, Platsa eller kanske Bås, skulle cirkeln därmed vara sluten. IKEA från vaggan till graven.

Direkt efter titten i galleriet och innan det mörknade, åkte Tobbe och Pernilla ner till isen. Stärkta av ett glas vin hade de värme i kroppen och mod i benen. Dagen hade bjudit idel solsken så tidigare borde isen ha varit full av skrinnare. Nu var de nästan ensamma. Isen var så blank att den gick att spegla sig i. Lite blöt och ganska ny. De satte på sig sina långfärdsskridskor och körde ett par varv. Två ganska snabba varv eftersom eftermiddagen var snål med ljussättningen. De åkte hem till varsin stor kopp varm choklad. Till det blev det ett surdegsbröd med nyöppnad Herrgårdsost på. De balanserade iväg med det till vardagsrummet och satte sig framför teven.

Enligt meteorologen var något som kallades Sibirisk kyla på väg och stora mängder snö utlovades. Den stundande kylan skulle komma från norra Finland och Ryssland, det var detta som fått lågtrycket att omnämnas som Sibirisk kyla. Den kalla luften skulle ge minusgrader över hela landet, dygnet runt. Sådana 24-timmarsperioder kallades isdygn. Iskylan skulle kunna skapa uppemot 20 minusgrader och SMHI:s prognos var nu att temperaturen i hela landet skulle understiga noll hela kommande vecka. I så fall stod de mitt i ett unikt väderfenomen; en så kallad nationell isvecka, något som bara hänt sex gånger sedan 1950. Värst var det i februari 1970 då tio nationella isdygn i följd bitit sig fast.

Att vara meteorolog på teve kräver tre saker. Man ska vara snygg, alltså precis så snygg som om tidernas bankett väntade direkt efter sändning. Man ska också vara fantastiskt smal. Så smal att första bästa virvelvind, antagligen skulle ta meteorologen med på en flera meter lång flygtur. Det tredje som är väsentligt, är att på rätt sätt kunna handskas med utbildningens nyckelord *sannolikt*. Att hantera det med förstånd innebär att använda det ofta men inte tillräckligt ofta så att det sannolika kan komma att upplevas osannolikt.

Alltså; stora mängder snö väntades, eller snarare; *sannolikt* stora mängder snö väntades med stor *sannolikhet* komma. Pernilla log för sig själv och faktiskt, det hade redan hänt. Det snöade för fullt där ute. Som ett platt fall la sig snön över den skira lilla våren som redan vågat sig fram. Högst uppe i landet och strax nedanför gjorde det väl detsamma. De var vana att hantera kylslagna besvikelser. Längst uppe i Nikkaluokta exempelvis var det fortfarande kallt så ända in i märgen med uppåt 40 minusgrader. I Skåne däremot var stämningen nog inte för god när de fick tänka om och hyska fram dunjackorna igen. Meteorologiskt sett hade våren redan nått dem men nu låg temperaturen längst i söder nattetid på både 15 och 20 minusgrader. Med en kyla som höll i ända fram till morgonen.

Att det nu var synbart ljusare ute, att småfåglarna vaknat till liv och att de första snödropparna redan tittat fram är något att glädjas över så klart. Det händer varje år i februari men som sagt; med bakslag inkluderade. Viktigt att notera i sammanhanget är ljuset som håller orken ända till klockan sex på kvällen. Ingen snö eller kyla kan ändra på det. Sannolikt inte.

Kapitel 14
Om arenapitchen och magkänslan
samt det som är klassificerat, uppdelat och stulet

Klockan display visar 06:09 och Rut är alldeles klarvaken. Bredvid henne ligger två medvetslösa. En som snarkar och en som spinner. Nåja, spinnaren kanske inte är så medvetslös i ordets rätta bemärkelse men ändå klubbad av njutning. I madrassen bredvid Ruts huvudkudde på kattens plats har det genom åren kommit att bli en lega. När katten inte ligger där, syns ändå en grop formad av den varma kroppens tyngd. Det är i den gropen katten ligger nedborrad i ett överflödigt njutande.

Natten som passerade var jobbnatt på jourhem för Siri. Ruts rutin då, är att ha telefonen inom räckhåll. Siri plingar iväg ett SMS när hon har landat hemma, vanligtvis framemot halv två på morgonen. Rut anade att det var just avsaknaden av SMS:et som gjort att hon vaknade tidigt. Hon sträckte sig efter telefonen och konstaterade att det faktiskt fanns ett meddelande. Klockan 01:13 hade det kommit: "hemma!"

Rut skänkte en kärlekens tanke, dels till sin dotter som ger så mycket stöttning och trygghet för ungdomar som flytt krig och tragedier, men också till Pernillas dotter. I den pågående Sibiriska iskylan ägnar hon sig åt uppsökarverksamhet på stadens gator. Rut och Pernilla konstaterade att de båda har döttrar som gör skillnad. Fia har många gånger beskrivit hur det ser ut på gatorna. Förr var narkomaner och alkoholister var för sig och de psykiskt sjuka omhändertagna för vård. Nu när de sjuka hamnat utanför vården, har de beblandat sig med missbrukare av olika sorter. På alla sätt en mycket olycklig situation och givetvis riskfylld. Mitt i denna röra hade tydligen några av

Siris ungdomar också trasslat in sig. De gör så klart vad de kan för att finna gemenskap och olika typer av kontakter. De jobbar också för att få in pengar för att försörja sig själva men även sina familjer. Den kombinationen, det vill säga att knyta kontakter med andra i utanförskap och att försöka tjäna pengar leder dem många gånger in i droganvändande och kriminalitet.

Ett stöd som folket i ingenmansland tacksamt tar emot under de kalla dygnen på stans gator är plats i någon av de kyrkor som håller öppet nattetid så fort det blir kallare än sju minusgrader. Problemet är att det enbart finns plats för ett sextiotal personer per kyrka och flera hundra köar utanför. Så fort portarna öppnas blir det rusning. Fia jämför det med en rockkonsert och anser att det är en farlig plats att vara på då. Det är trångt och känns upprört. De behövande blir lätt stressade, besvikna och arga.

De som har eller har haft barn att ruva, och de som är av den vakande sorten, får aldrig lugn och ro. Rut trodde i sin enfald när hon planerade för barn, vilket hon i och för sig aldrig gjort eftersom de bara kom, att de närmaste åren skulle bestå av vyssning, passning, vak och välmenande förmaningar innan det hela var klart. När bebisen blivit barn som i sin tur blivit tonåring, sen ungvuxen och slutligen stor... ja då hade väl allt nått sin ände? Men icke. Funderingarna, engagemangen, oron, att vara tillgänglig, finnas nära och backa upp kan liknas vid en never ending support. Det är fortfarande en del vyssning, men också pepp, stöd och välmenande rekommendationer om vartannat som står på agendan. Inte för att det på något enda sätt känns betungande, bara det att insikten hade slagit Rut med öppen förvåning. Hon hade ingen aning om hur viktig hennes support även skulle vara för barnen som vuxna. Hon hade aldrig hört någon säga det eller sett det som ett område att utforska mer, utan bara hamnat i det.

210

Ibland slog det henne att: "Oj! Just precis nu är alla glada och tillfreds, det har gått två dagar utan någon som helst kontakt med någon av dem. De pysslar uppenbarligen med sina liv och jag med mitt. Det är stort!"

Rut, Siri, Fia och Pernilla kunde ha långa, intressanta diskussioner om tjejernas jobb och de människor och situationer de möter i och med det. Både när det kommer till arbetet på gatan men minst lika mycket i boenden där ensamkommande ungdomar behöver stöttning. Siri berättar om hur det fungerar för människorna i kontakt med myndigheter men också hur deras situation regleras i enlighet med svensk lag. De återger hur vardagen ser ut för ungdomar i boendena. Om hur starka och ambitiösa ensamkommande ungdomar har det i det nya landet. Utan föräldrar eller andra viktiga vuxna men trots allt de gått igenom, trots sina trauman, så fungerar de. De har ryggsäckar ingen skulle vilja, eller ens klara av att bära. Ändå både pluggar och jobbar de. Sköter skolgången, sina läxor, lär sig språket och försöker förstå hur allting fungerar. De handlar, lagar mat, tvättar och städar, ordnar både helgjobb och sommarjobb och beter sig hedervärt. Det är inte alla svenska ungdomar som skulle fixa hela det paketet utan knot. Och utan föräldrar.

De jobbar och skickar hem pengar till sina familjer för att i en framtid kunna återförenas. Så fort familjen fått ihop de pengar som behövs för flygbiljetter, har de möjlighet att komma till det nya landet. Det kan vara en mamma och en pappa plus två eller tre småsyskon. Familjen vill inget hellre än att återförenas. Trots det är det inte ovanligt att ungdomen, vars ekonomiska stöd möjliggjort för familjen att komma till Sverige, så småningom får ångra den efterlängtade återföreningen. För vad möts familjen av i det nya landet? Vilka situationer uppstår? Vilken hjälp finns att få? Familjen kliver av planet på Arlanda och ställs inför det

211

första problemet, nämligen hur de ska ta sig därifrån och vart de ska ta vägen. Vanligt folk som reser tar bara en taxi, ber om skjuts eller letar upp en buss. Vanligt folk, tänker Rut som mindes Sigges totalt avskalade yttrande en dag när han sa: "När man har hamnat på en av tavlorna på Arlanda mamma, du vet där det står *Välkommen till Sverige*, då är man fan klar med livet. Alltså kan man nå längre... kan man lyckas bättre än så?"

För de här människorna betyder Arlanda verkligen inte målet eller ens att vara klar med livet. I stället handlar det om att helt och hållet starta om. De har lämnat sitt trygga liv, sitt hem och sina älskade bakom sig och mot sina drömmars önskan hamnat på okänd destination. De har inte pengar till vare sig taxi eller buss och ungdomen, som bidragit till att de alls står där de står, är utblottad. Det är mars månad och familjen har inga vinterkläder och heller inga lämpliga skor. Flip flops och tunna skjortor eller blusar är det de är klädda i. På lånade pengar lyckas de ändå ta sig från Arlanda och med socialens hjälp placeras de i jourhem. Dessa jourhem ligger utanför de centrala delarna av stan. I samma hem placeras stadens narkomaner och alkoholister för tillfälligt omhändertagande. Där läggs alla människor samman lite hoven droven i rum med flera sängar. Hand upp alla svenskar som kan tänka sig att dela rum med utslagna andra. Hand upp alla som också känner sig trygga med att låta sina små barn göra det.

Det familjen också erbjuds är en kontakt på socialjouren där var och en kan få en buss- och en matkupong per dag. *Per dag* alltså, och de delas ut dagligen. Man måste personligen åka dit för att hämta sin kupong. Det går inte att få flera åt gången eftersom de då skulle kunna missbrukas och säljas. Man kan heller inte skicka en familjemedlem att hämta åt alla. Nej, var och en måste komma till soc personligen och hämta ut sin kupong. Så treåriga Meryem, fyraårige Gewargis och sexåringen Fadi eller vad de nu kan tänkas heta, hoppar i sina flip flops och åker tillsammans med sin mamma och pappa varje dag för att få sina kuponger. Det är i det läget som ungdomen, vars insamlade pengar återförenat familjen, funderar över om det verkligen var värt det.

Ett annat dilemma för samma ungdom är att när familjen återförenats är ungdomen inte längre ensamkommande utan tillhör en familj. Det finns en mamma och en pappa, visserligen utfattiga och traumatiserade, men ändå. Finns det föräldrar, ska de i första hand överta ansvaret över sina barn. Den tidigare högfungerande ungdomen tvingas såga av den gren hen sitter på. Boendet försvinner och med det kanske även pågående studier, beroende på var i Sverige familjen så småningom placeras. Från ett självständigt liv med boende, skola och arbete i en fungerande miljö... till att vara barn i en låggradigt fungerande familj på en ny ort. Det här var sådant som Rut hade saknat all vetskap om innan Siri började jobba med det. Nu hade hon fått inblick i hur skevt socialt arbete kan gå om man enbart följer lagar och riktlinjer. Och vad ska man annars följa?

Ingen i Ruts generation tillhör skaran av utsatta medborgare. Knappt heller någon i Majas generation. Däremot de som levde dessförinnan. Tänk Majas föräldrar och de som är ännu äldre, de har inte levt sina fulla liv utan svält, otrygga arbetsförhållanden och obotliga sjukdomar. De som klarat sig utan den erfarenheten kan inte förstå känslan av att vara otrygg, utsatt och utblottad. För inte alltför länge sedan fick egen lycka ses som en angenäm överraskning om den vid något enda tillfälle och i all hast kom att upplevas. Nu fullkomligt badar vi i lycka och välgång men har ändå aldrig varit vid sämre mental hälsa.

Ojämlikhet finns alltjämt. Så länge människor är utan arbete och skyddsnät, saknar bostad och lever utan mat för dagen är det långt ifrån jämlikt. För övriga, som lyckats skaffa både hem och arbete, kan det också vara ojämlikt även om det inte precis handlar om utsatthet. Det mänskliga behovet av att kategorisera och nischa tillvaron gör folk uppdelade. Uppdelningarna kan handla om att vara boende på ena eller andra sidan av centrum, på ena eller andra sidan av järnvägen, med eller utan sjötomt. I villor kontra lägenheter, bostadsrätter kontra hyreshus, arbetsgivare alternativt arbetstagare, chef eller underhuggare och så vidare. Tudelat, grupperat, klassificerat, fördelat. Där har vi också grupperna kvinnor och män.

Rut hade ibland diskussioner med sina båda söner om kvinnors jämlikhet med män och de förstod henne sällan. De tycker att det råder jämställdhet i deras generation. Hon minns särskilt ett samtal med Sixten för inte så länge sedan. Han var irriterad på några tjejer i skolan som gärna slängde ur sig kommentarer om män på sådant sätt att han ofta kände att han behövde be om ursäkt för sitt genus. Om han inte höll med, anklagade de honom för att vara mansgris och om han valde att hålla med, kände han sig bara irriterad. De hade sällan särskilt bra argument utan det hela landade mest i en massa irrelevanta åsikter. Känslan han beskrev var att de högljutt predikade för kvinnors rättigheter och att de därmed struntade i männens, så särskilt mycket jämlikhet verkade de inte vara intresserade av att uppnå.

"Fast det finns kanske en poäng med att hålla debatten vid liv, tror du inte?", hade Rut frågat.
"Vadå? Det är väl jämlikt, vad menar du?"
"Att det kanske inte är det helt. Jämlikhet handlar om rättvisa förhållanden mellan individer, alltså det som är kopplat till människors lika värde. Men så finns det något som heter jämställdhet också. Alltså mellan könen."

"Fast kom igen nu morsan. Är du feminist eller? Det är väl jämställt nu?"

"Jo visst är det, i all jämförelse. När drottning Kristina föddes i början av 1600-talet, hade en prinssalut förberetts från kanonerna, men sedan det meddelats att det blev en flicka ströps kanonerna. Det sköts inte ett skott. Så jo, jämfört med det. Vi har vi i alla fall hittat ordet kränkning..."

Rut beskrev vidare hur lite en flicka ansågs vara värd förr. Att hon knappt kunde betraktas som en människa. En flicka ansågs okunnig, besvärlig och något som skulle tyglas och uppföra sig. Hon snördes, friserades och kläddes i trånga kläder för att hålla sig rakryggad och orörlig. En flicka var någon som med tiden kunde bli en människa om hon på artigt vis lärde sin läxa. Exempelvis att konversera, brodera och underordna sig män. En flicka var inget annat än en svag varelse som låg andra till last. 1756 gick det att läsa i encyklopedin att ordet "kvinna" förklarades som följer: *kvinnor kan uppfatta saker och ting snabbare än män men eftersom de inte förmår fundera över något en längre stund utvecklar de aldrig den förmåga till eftertanke som krävs för ett sunt förnuft.*

"Kom igen, det var då. Nu är det väl ändå jämställt? Det har gått minst 250 år sedan dess", envisades Sixten.

"Man kan kanske se det på två sätt. Dels frågan om det finns en hyfsat jämn fördelning mellan män och kvinnor inom alla områden i samhället. Tänk utbildning och yrken, men även maktpositioner i samhället."

"Jaaa, och sen då?"

"Tänk också hur väl man tar tillvara både kvinnors och mäns kunskaper, värderingar men också erfarenheter för att påverka utvecklingen inom alla områden som finns i samhället."

"Gör man inte det menar du då?"

"Vi kan ju kolla lite hur stora chanser kvinnor har haft att skaffa sig erfarenhet historiskt sett, och så lägga barnafödande till det. Perioder då kvinnor helt knoppats av från alla tänkbara viktiga positioner och chanser till löneutveckling. Lägg *därtill* sjuka barn som, hur illa det än kan tyckas låta, hindrar kvinnor att både söka och anförtros särskilda karriärpositioner i arbetslivet. Vi kan väl stanna upp lite här"? Rut googlade upp en bra sida om jämställdhet mellan könen som de tittade på tillsammans.

Tvåhundra år efter drottning Kristinas födelse hade man äntligen förstått att kvinnan inte var mannens ägodel. Fast bara knappt. En ogift kvinna över tjugofem fick bli myndig efter domstolsbeslut, men om hon gifte sig, blev hon åter omyndig. Det innebar att hon förlorade alla tänkbara fri- och rättigheter.

1864 förlorade mannen den lagstadgade rätten att aga sin hustru och tio år efter det fick den gifta kvinnan äntligen rätt att bestämma över sin egen inkomst.

Sedan hände det grejer. 1921 fick kvinnor allmän rösträtt och blev även myndiga vid 21 års ålder. Kvinnan och mannen blev likställda i den nya giftermålsbalken.

"Just det", sa Rut, "jag kommer ihåg att Maja har berättat om en händelse på Bodens nyöppnade lasarett vid samma tid. Det hade tagits ett beslut att det första barnet som föddes där skulle få en silversked. Alltså i present. Och vet du, det var Majas kusin som föddes först, kul va? Snabbt som ögat, när det visade sig vara en flicka som föddes först, stuvades det om i besluten och klockslagen. De ville absolut att skeden skulle gå till en pojke."

"Åh fan". Sixten kunde inte låta bli att skratta till.

De läste vidare på sidan. Under första halvan av 1900-talet fick kvinnor så gott som samma rätt som män till statliga tjänster, och flickor fick lov att gå i statliga läroverk. Lika folkpension för kvinnor som för män infördes och förvärvsarbetande kvinnor fick inte längre avskedas på grund av havandeskap, förlossning eller giftermål.

Under andra halvan av 1900-talet, togs beslutet att våldtäkt inom äktenskapet skulle kriminaliseras. Rut tyckte att hon ändå var född i modern tid men när hon läste det här kunde de inte låta bli att undra. I slutet av femtiotalet togs också beslutet att kvinnor fick bli präster. Att bli kvinnlig biskop var inte att tänka på förrän 1997. Så sent som 1980 infördes en lag mot könsdiskriminering och en ny lag om tronföljd. Nu kunde även monarkens dotter ärva tronen. Ungefär här blev det också möjligt att välja kvinnans efternamn som gemensamt namn vid giftermål. Dittills hade det varit mannens namn som gällt.

"Före 1975 var det inte ens fri abort", läste Rut. "Blev kvinnan med barn var det bara att välkomna det. Så fort hon gav sig ut i arbete var det i arbete för låg lön. Kvinnor behövde inte längre vara hemma på samma sätt sedan barnen hade börjat gå i skolan. Vård och utbildning, med omsorger för andra, var arbeten skapade åt kvinnorna. Barnomsorg, åldringsvård och sjukvård. Där har vi exempel på vilket sorts försprång männen haft i vår gemensamma värld."

"Ja, vad är det för fel med det då?

"Kanske inget, men sett ur tanken att försöka ha en jämn fördelning mellan män och kvinnor inom alla områden i samhället blir det obalans. Eller hur?"

"Fram till 1982 förlorade kvinnor pensionsgrundande inkomst om de varit hemma med familjens barn. Ändå var det precis vad som förväntades av en nybliven mamma; det vill säga att släppa allt för att sköta hem och barn. Kvinnor som inte följde det, blängdes det surt på. Nu fick de alltså pensionspoäng även om de inte förvärvsarbetade, om de i stället skötte sina barn i hemmet."

De läste vidare och fann att det gjordes en ändring i brottsbalken, en lag om våld mot kvinnor. Så sent som 1998 skärptes jämställdhetslagen avseende sexuella trakasserier.

Ytterligare några år senare, 2005, stiftades en ny lag angående sexualbrott och tio år därefter la regeringen fram en handlingsplan för att bekämpa mäns våld och förtyck mot kvinnor.

"Det var ju typ i förrgår", insåg Sixten.

"Japp, och år 2000 inrättades ett nationellt råd för kvinnofrid. FN arbetar med jämställdhet, utveckling inför 2000-talet. Wow. Fatta! Vi pratar 2000-tal här."

"När man läser det här, känns det inte 2010-tal isch att det fortfarande tas fram handlingsplaner och jämställdhetspakter kring något så självklart som alla människors lika värde."

"Eller hur?"

"Ett europeiskt jämställdhetsinstitut inrättas. Europeiska rådet och europaparlamentet engageras och det tas omvälvande riksdagsbeslut. Alla stora apparater jobbar för fullt och ändå så långsamt."

"Man kanske inte behöver vara feminist för att förstå. Det kanske räcker med att bara vara lite historiemedveten", menade Rut.

"Jag känner mig glad åt att höra att du i din generation säger att ni är jämställda. Det gäller kanske bara att försäkra sig om att det är utsikten även ur den förtrycktas position. Det kan vara lätt att tycka att världen är rik om man nyss fyllt upp sitt eget badkar med champagne och kör runt sina badankor i det... om du förstår hur jag menar."

Ju närmare man kommer modern tid med frågor som dessa tycks de allra mest obegripliga tankegångarna vara som bortspolade. De som historiskt sett handlat om mannens rätt till kvinnans frihet, ägande och självtänkande. Dagens arbete för jämställdhet verkar mest handla om fördelning av föräldrapenning alternativt underskrifter av dokument för att förebygga våld och ojämlikhet. Det är kanske just det som Sixten har svårast att förstå, hur kvinnor idag kan känna sig ojämlikt behandlade. Sett ur ett historiskt perspektiv är det kanske svårt. Sett ur en mans perspektiv ännu svårare men som kvinna och dessvärre även som tjej eller flicka, inte alls. Jämställdhetsarbetet går trögt och debatten får inte dö ut.

Hur som helst, med den här bleka genomgången av historien kände Rut tacksamhet över dem som betalat priset för den frihet hon idag äger. För det är ett faktum, att några faktiskt har gjort det, liksom sopat vägen åt dem. "Kraften och passionen hos någon annan är resultatet av nästan allting som du har omkring dig", hade hon sagt till Sixten. Media ger ofta dystra profetior och dystopier av framtiden men totalt sett förutsägs världen bli alltmer jämställd. Och alltmer digital. Kanske, i takt med att den digitala tekniken utvecklas, kommer demokratin att gynnas när fler kulturer involveras. Med IT kan en transparent arena skapas, där alltfler kulturer involveras och där sådant som exempelvis IS inte får plats. Starka krafter i samhället kan se till att antidemokratiska element försvinner, men då måste man hålla ihop, kvinnor som män. Diktaturer kan komma att falla medan demokratin gynnas. Det känns rimligt och väldigt positivt.

Rut hade tydligen somnat om trots de engagerade tankarna. När hon tittade på klockan nu hade den rört sig framåt och visade 09:23. Snart var det dags att starta upp dagen. Katten hade slutat spinna och snusade bara svagt. En god frukost hörde till lördagens bästa. Dagens plan var att ta sig in till en av stadens arenor för att heja på Tobbe och Pernilla som skulle köra ett slags upplevelselopp. Fem kilometer inklusive hinderbanor. Ett jippo både Twist och Rut kunde avstå med lätthet men att titta på, kändes lagom ansträngande. Det var ju ändå OS-tider.

Utan att ha följt OS hade de ändå förstått så pass att det var tjejerna som fixat flest guldmedaljer medan männen kammat hem silvret. Sju guld, sex silver och ett brons. Därmed blev det medaljrekord för Sverige som hamnade på plats nummer 6 i medaljligan. Grannlandet Norge toppade samma liga med hela 39 medaljer. Rekord även för dem. För övrigt är OS tydligen en ren och skär förlustaffär för värdstaden. Turistintäkter, TV-intäkter och infrastruktursatsningar till trots, så överstiger kostnaderna dessvärre intäkterna. Det enda OS som har gått med vinst är OS i Los Angeles 1984.

Plötsligt skar ett larm genom tystnaden, det var Zipper som berättade att inkräktare hade anlänt. Det högljudda gnäggandet, förvånansvärt likt ett skratt, övergick snart i ett slags kurrande hummande. Utifrån detta drog Rut slutsatsen att endera Mini, eller Sigge var på plats vid fodringsborden. Ett helt nytt lugn hade infunnit sig på gården sedan laman kommit till dem. Han hade matchad fullt ut med flocken och kunde styra dem exakt dit han ville ha dem. Det märktes redan på julmarknaden då det var oroligt och ovant med mycket folk i rörelse. Zipper med sin blick långt över sina skyddslingar larmade vid minsta misstanke om fara och visade exakt var han ville ha sina getter och bockar. Laman är ett av få flockdjur som anfaller hellre än att vända rumpan till och fly. Det är just det beteendet som överraskar såväl vargar som rävar. På julmarknaden och efterföljande event, exempelvis när de haft vernissage, har han använt kroppsspråket som prioriterad vaktmetod. Genom att sänka och höja huvudet samt vinkla öronen hit och dit visade han sin kontroll och uppmanade de närgångna att inte försöka med något. Zipper var verkligen värdefull för gården.

"God morgon, jag hör att du är vaken." Twist hade vaknat.

"Mm, jag har sovit dåligt på morgonen. Haft en massa funderingar faktiskt. Byggt en värld av allt möjligt. Och nu har Zipper larmat som du hörde."

"Japp, vem kan missa det? Men varför bygger du hellre grejer än sover gott. Vad handlar det om?"

"Tja, om barnen förstås och om europeiska råd, riksdagsbeslut och jämställdhetsinstitut bland annat."

"Inget värre?" Twist lutade sig över henne och tryckte några morgonpussar över hennes kind.

"Fast jag är inte så mycket bättre kanske. Jag tänkte på bilar och poliser."

"Gjorde du? Berätta."

"Jag tänkte att om det nu är sådan brist på poliser, varför kan de inte få slippa simpla rutinuppdrag som att stå vid trafikolyckor?"

"Vad då menar du? Är inte det ett polisuppdrag?"

"Nej jag tänker att det inte är det. Om det varit en sammanstötning i en vägkorsning, varför ska just polisen komma då? Det handlar bara om att samla in information, göra en anmälan och skriva en rapport. Det borde annat folk klara av. Polisen ska utreda viktigare saker."

"Okej, då bestämmer vi det. Eller jag kanske kan få dra det i europeiska rådet och jämställdhetsinstitutet först innan jag tar det till riksdagsnivå eller vad tror du?"

De skrattade åt att de startade morgonen med allvarliga frågor och avgörande beslut redan i sängkammaren. Herr och Fru mycket lata lantgårdsägare som varannan lördag hade sovmorgon. Då var det i stället Sigge och Mini som tog morgonrundorna om djuren och ägorna. Rut och Twist klev upp ur sängen och startade dagen.

Lagom till frukosten ropade Rut in Sigge och Mini. Själva inropningen gick till så att Rut bankade så hårt på fönstret att glaset nästan gav vika under knogarna. Hon skar sedan i luften med en osynlig kniv och stoppade en lika osynlig gaffel med ingenting i sin mun. Sigge skakade på huvudet

och ville inget ha men Mini kom in och tog lite frukost i
deras sällskap.

Utanför köksfönstret hade de ett skatpar som byggde ett bo
i en gran. De hade hållit på i veckor och jobbat intensivt, för
att inte säga ivrigt. Lite grann kände Rut igen sig från de
tillfällena hon själv flyttat när det kom till viljan att snabbt få
allt iordning. Ett jäktande med att raskt packa upp och ställa
ut allt och snabbt få bort alla flyttkartonger.
Varje morgon såg Rut och Twist hur skatorna flög med
pinnar i olika storlekar in och ut ur granen. Pinnarna hade
de först ryckt bort från buskar, för inte nöjde de sig med att
plocka det som låg löst. De sargade bland annat
syrénbuskarna som växte i närheten. En del pinnar var så
långa som fyra decimeter och på skickligt vis lyckades de få
in pinnarna genom grenverken och upp till boet.

Rut och Twist följde det hela med spänning. Så oerhört
intressant att få följa arbetet under våren och att spana efter
skatbebisar... kanske få höra deras sköra pipande. Även Mini
hade noterat hur skatorna jobbat på bred front för att få till
det. Efter ett par veckors intensivt byggande gick Rut och
Twist ut för att inspektera boet. De konstaterade, utan att
äga en fågels omdöme, att bygget såg minst sagt för jävligt
ut. Alltsammans var mest bara ett glest trassel, som ett
skatornas svar på schizofrent arkitektarbete. Tunt och litet,
pinnar som låg hit och dit. Nu återstod att hålla tummarna
för att skatparet kanske hade bättre koll på äggläggningen än
självaste bobyggandet. Tanken slog dem att skatparet, när
redet väl blivit klart, kanske inte skulle ha orken, viljan eller
lusten att lägga ägg. I så fall hade de ju jobbat helt i onödan.
Rut hade målat upp en inre, ganska sorgesam syn av en
samling kraschade ägg på marken under. Själv skulle hon
aldrig komma på tanken att lägga ett ägg i det redet.

222

Samtliga värmeljus inklusive dess fästen gjorda av aluminium hade plockats ur ljuslyktan som stod på förstutrappan. Det var Rut som hade upptäckt stölden men Mini som löst gåtan. Först hade de pratat en stund om det hela, att det kunde tänkas vara Rut som inbillat sig. Hon kom säkert ihåg fel beträffande om hon placerat ut några ljus i lyktan eller inte. Mini föreslog att Rut kanske hade satt ut ljusen medan Twist tagit bort dem. Det skulle inte varit första gången i historien i så fall, att de omedvetet råkat motarbeta varandra. Mini tänkte senast på gårdstomten som Rut hade satt ut i staketnischen och Twist plockat bort. Eller faktiskt *tappat* bort. Mycket riktigt, hade Mini rätt i att det hände konstiga saker på och omkring gården. Tomten som försvann, utklädningsattiraljer likaså samt Twists plötsliga iver att plocka svamp och senare upptäckten av en lama i koladan. Några saknade värmeljus gjorde bara listan av skumma saker än mer komplett. Givetvis kunde det hela enbart avfärdas med en axelryckning men Rut påstod sig förvärvat större vaksamhet denna höst, liksom fått en starkare magkänsla. Hon vinnlade sig därför om att ha koll på saker och visste med bestämdhet att hon hade satt ut nya värmeljus i alla lyktor ute.

"Magkänsla?", undrade Mini, "vad exakt är det?"
Ibland behövde han få vissa sorters ord och uttryck förklarade för sig. Om de blev alltför generella eller satta i fel sammanhang begrep han inte riktigt vad som menades. Bara att tillgodogöra sig ett övergripande sammanhang kunde bli knepigt för honom. Han hängde gärna upp sig på att försöka förstå i detalj, så givetvis var det för sammanhanget orimligt vad Ruts mage hade att göra med några värmeljus och en lykta.
"Ja, det är liksom en undermedveten bedömning psyket gör av samlad information genom våra sinnen", förklarade Rut men tog snart ny sats i sina försök till förklaring.

223

"Vi pratar ofta om att det är hjärnan som styr oss som människor, där våra neurotransmittorer sitter. Det som avgör vad vi känner och där vi har någon slags logik och så vidare. Men vi har även neurotransmittorer i hjärtat och i delar av magen. De skickar signaler och samspelar med varandra."
"Låter lite som motsatsen till vetenskap om du frågar mig", svarade Mini. "Kanske som en blandning av intuition och erfarenhet, med inslag av cynism och generaliseringar?", föreslog han också.

"Ja, nåt åt det hållet. En slags bias, alltså ett sätt att värdera och reagera utifrån personliga erfarenheter. Ens egen tolkning, tankehandling eller värdering av en situation, sak eller person. Grunden är ens personliga sätt att betrakta omvärlden samtidigt som det omedvetet sker på bekostnad av andra alternativa synsätt.
"Det låter allvarligt."
"Nej då, inte alls. Magkänsla kan nog beskrivas som ett samlat resultat av våra tidigare erfarenheter, vår kunskap, våra personliga värderingar, känslor och möjligen även en medvetenhet om samhällets normer och värderingar. Men även omedvetna reaktioner, som våra grundläggande instinkter... exempelvis att undvika fara."
"Hm, jag fattar tror jag. Man kanske kan se det som en slags erfarenhetsbank bara? Vi lär oss kanske att fokusera på det vi kan lita på? Forskning och förnuft plockar upp det som länge funnits i oss som vi har svårt att sätta ord på och förstå. Där kopplas nog hjärnan in."
"Exakt! Som ett mycket diffust förlopp, som ett myller av olika intryck och processer hopkopplat med vår unika person."

"Åter till värmeljusen då. Vad är din magkänsla?", undrade Mini.
"Kanske att skatorna knyckt dem. De är ju små tjuvar."

Mini googlade efter information om fåglar och stearinljus och fick snart klart för sig att alla kråkfåglar äter stearin. Ljusmassan består av en väldigt fet blandning av olja och stearin som fåglarna gillar. Ljushållarna kom nog *inte* med av bara farten. De knycktes för att de var blanka. Mini var inte den första som hade försökt lösa gåtan med värmeljusens försvinnande. Han läste ett inlägg skrivet av en frustrerad lägenhetsinnehavare och log åt det han läste.

Jag kom hem efter jobbet och gick ut för att ta en cigg. När jag tittade ner i askkoppen för att fimpa, såg jag att ljusen från kvällen innan var borta. Jag är 100 procent säker på att ljusen fanns där kvällen innan och jag slängde dem inte. Det är helt omöjligt att vinden tagit med ljusen över balkongräcket. Det blåser knappt inne på själva balkongen, även om det är storm ute. Jag låser alltid båda låsen på ytterdörren så ingen kan ha smitit in den vägen och jag bor tio våningar upp så ingen som inte är extremt atletisk kan komma dit fasadvägen. Om man ändå försökt, och väl kommit hela vägen upp, varför skulle man då ta fyra värmeljus? Är lägenheten hemsökt? Det är den enda "logiska" förklaringen som jag ser det. Antingen det eller att jag gått i sömnen och slängt värmeljus på en okänd plats. Därför åkte jag även ner och tittade under min balkong, men inga ljus eller spår av ljus. Har också kollat soporna.

Även Rut hade letat sig in på Google men hon letade inte information om skator och stearinljus, förstod Mini.

"Här försöker jag hitta bra frisyrer för tunt hår och styrs gång på gång in på skötseltips för fruktträd. Jamen då får det väl bli det då. Vanlig beskärning verkar vara det som gäller!", sa hon.

"Jag kan beskära dig om du vill. Jag är bra på sånt", svarade Mini.

"Vi kör på det, men en annan dag. Nu ska jag och Twist åka och heja på Pernilla och Tobbe. De springer lopp idag."

225

Rut och Twist åkte till arenan där Tobbe och Pernilla säkert redan stod i startfållan inför att köra sitt lopp. Uppdraget för dagen var att först och främst heja på dem men också att skjutsa det svettiga paret tillbaka till Laduvik. Pernilla hade skickat ett SMS från platsen.

"Jodå", sa Rut. "Nu är det visst bara en halvtimme kvar till deras start, men jag fattar inte varför de håller på som de gör. Hör här vad Pernilla skriver". Rut läste högt för Twist. *Det går utför... fast utan skidor. Snart ska lumbagon, musarmen, hallux valgus, axel smärtus och hälsporren starta. Hälkoppen är placerad i skon och den supersexiga strassburgstrumpa är beredd vid målgång. Lagnamnet är "Tantåfarbror". Heja heja!*

"Duracellkaniner", svarade Twist med en gäspning.

När de var framme vid läktaren hittade de bra platser på den delen som var avsedd för publik. Övriga delar av läktaren ingick i loppet, likaså kulvertarna utanför och bakom arenan samt givetvis på hela arenagolvet framför dem.

Arenan var uppdelad i fyra stora zoner som var och en innehöll olika hinder. Rut och Twist hade precis missat Pernillas och Tobbes start men kunde följa de andra löparnas starter och studera dem när de sprang genom den första zonens hinder. Zonen bestod av olika ramper och krävde häcklöpning med höga knän, hukande under böljande nät och löpning genom ett område fullt av boxningssäckar. Därefter lämnades arenan och löparna sprang mot garaget för att sicksacka mellan bilar, fortsätta genom en kulvert för att sedan komma tillbaka in på arenapitchen igen. Då var det dags för zon två.

Den innehöll en slags pool med skumgummibitar, en hinderlöpning som gick ut på att ömsom ducka, ömsom hoppa. Därefter utsatte sig löparna för klättring och hopp samt ansträngning med att ta sig över höga hinder. Redan här började förmodligen flåset ge sig till känna och därpå följde trappklättring. Deltagarna skulle ta sig upp genom hela läktaren och vidare upp till våning sex... många tunga trappsteg upp. Där möttes de av en välförtjänt vätskekontroll. Uppe på plan sex sprang de först åt ena hållet, sedan åt det andra, innan det återigen var dags för ett trapprace tillbaka ner till marknivå och hinderzon tre. Ingenstans syntes Tobbe eller Pernilla.

"De kanske bröt loppet med tanke på hur ont de verkade ha både här och där. Det ser inte ut som en helt lysande plan att delta i det här", sa Twist.

Vare sig Rut eller Twist hade duckat, krupit, klättrat, hoppat eller joggat med höga knän, uppför ramper och över traktordäck, genom däckshögar och i skumgummihav. Nej, de hade helt andra saker på sin agenda och var fullkomligt ointresserade av alla former av klätterlekar.

"Det här är tydligen Nordens största upplevelselopp", svarade Rut.

"Jaså ääär... kolla där är de!" Twist pekade in i den bortre zonen av arenan. "Kolla där!"

I den tredje zonen studsade löparna fram mellan hindren, över höga traktordäck och ensilagebalar, taggade av adrenalin på väg mot mål. Skuttade var det sista Tobbe och Pernilla gjorde. Det såg ut som om Tobbe stod bakom Pernilla och puttade henne uppför hindren. Så klart, hur skulle en kort person annars komma upp? Det var ramper och nät att klättra i innan de lämnade arenan igen för att ge sig ut på en ny kulvertlöpning och ännu flera trappor upp till plan tre.

"Då kommer de att komma fram i den fjärde och sista zonen snart, om en kvart kanske", trodde Twist.

"Kan vi inte gå ner på golvet och titta, så vi verkligen kan heja fram dem mot mål?"

"Om de kommer så långt", svarade Twist.

"Jodå, det är klart att de gör. Om de bara orkar springa i den stillastående rulltrappan fyra våningar upp så blir det

227

vätska där innan den fjärde zonen ska avverkas. Den sista fighten."

Sportkrönikörerna Rut och Twist hade ett schema framför sig där de kunde följa loppets flöde och hur aktiviteterna var fördelade i alla tänkbara utrymmen av arenan. På turen ner, både från plan sex och fyra, ingick löpning bland stolsraderna på ena sidoläktaren. Väl nere på markplan igen, var det dags för den fjärde och sista hinderzonen innan målgång. Fler ensilagebalar att ta sig över, däckshögar att trassla sig igenom, krypa under bilar samt ytterligare hinder som löparna ömsom skulle ducka under och ömsom hoppa över. Slutligen var det enbart löpning sista biten in i mål. För flera av dem som sprang där, såg det inte så *enbart* ut. Så dags var benen helt slut. Fem kilometers löpning är faktiskt inte så långt, men med över tjugo hinder, i trappor och arenakorridorer, genom garage och på läktare borde det kännas mastigt.

Plötsligt dök de upp. Tobbe spurtade och Pernilla nära nog gick i mål, haltande. Den mindre effektfulla målgången från hennes sida grämde henne. Det förstod de snart eftersom det var det enda hon hade pratat om sedan de strålats samman efter mål.

"Heja hejaaa, hejaaaaa!" Pernilla och Tobbe stod och skrek som vettlösa på målrakan.

"Yeah", svarade Pernilla tillkämpat glättigt. Högröd i ansiktet och med lidelsefull blick. Hon hade aldrig känt sig opassligare.

"Ta mig bara hem", sa hon.

Kapitel 15
Om att jinxa och nedteckna överenskommelser
samt köra travbanor och göra premiärturer

Instruktionen för kärlek:
1 Ha ögonkontakt
2 Hitta nått gemensamt
3 Bjud ut hene
4 Borsta håret
5 Betala alltid själv
6 Pussas
7 Gift er
8 Dö tilsamans
9 Pussa i himlen

Nio viktiga punkter skrivna av en liten person som kanske
precis träffats av Amors pilar och förstått att detta med
kärlek är något som behöver listas upp och tas på allvar.
Pernilla har många gånger haft ambitionen att behålla god
styrfart i sina projekt och det har hon helst gjort med hjälp
av listor. Hon har gjort listor hela livet. Alla sorter. Listor
över exempelvis aktiviteter, prioriteringar, önskningar, kom-
ihåg, killar, inköp, resepackningar, maträtter, väder, resmål,
datum, presenter, budgetar, ord, biobesök och viktigheter-
som-för-allt-i-världen-eller-någonsin-aldrig-fick-glömmas...
Struktur, struktur, struktur. Kanske denne lille
kärleksorganisatör var likadan? Det här var nog bara början.

I och med att Hobie-säsongen startades upp hade en typ av
överenskommelse gjorts. Pernilla tyckte att det var lika bra
att göra en lista även av den. Listan skiljde sig inte särskilt
stort från tidigare års, bara det att den i år blivit nedtecknad.

Överenskommelsen gick ut på att den som spred dålig stämning ombord skulle bli skyldig att bjuda på fika efteråt. "Fikorna" kvadrerades enligt principen: En dålig stämning = 1 fika. Två dåliga stämningar = 4 fika (kan växlas mot en tvårätters). Tre dåliga stämningar = 6 fika (kan växlas mot valfritt plagg på Odd Molly). Fyra dåliga stämningar = 8 fika (kan växlas mot både tvårätters och valfritt klädplagg) ... Ja, och så vidare. Frågan dök upp från Herr Wanjelin om detta var något som gällde dem båda, alltså skyldigheter åt båda håll och svaret blev givetvis "Ja", ett löfte lika sannolikt som övertygande att avlägga eftersom ingen risk skulle finnas att några dåliga stämningar skapades från fören. Den dåliga stämningen kom oavkortat akterifrån, alltså från the Captain of the ship.

Efter sommarens krock på Nordsjön, hade Tobbe lyckats banka på ett nytt skrov på Hobien. Eller särskilt nytt var det inte, snarare både gammalt och lite förgulnat men det var i alla fall helt. Tobbe ansträngde sig å det yttersta för att få ihop båten. Han drämde i för kung och fosterland, upprepade gånger, för att få ihop skrovet med balkarna. Till slut lyckades han. Själva bankandet hade varit så kärvt att Pernilla ett tag trodde att hela skrovet skulle spricka. Därefter täppte Tobbe igen sprickor, la på ny gelcoat och polerade upp skrovet. Denna tidiga dag fick de ordning på resten och alla sommarminnen rann ur grejerna medan de jobbade. De liksom vecklade upp allt igen, där salt och sand från Nordsjön fortfarande satt kvar. Tampar, som skurits av för att sjöräddningen skulle kunna göra sitt jobb, byttes ut och båten lastades på trailer.

Lika envist som grävlingen håller sitt byte, lika länge höll vintern greppet om våren. Inte förrän i slutet av april förstärktes värmen och fick övertaget i kampen mot kylan.

Äntligen stabiliserades våren och temperaturerna kom att landa på mellan åtta och tio grader. Under några dagar var det till och med så varmt att det gick att sitta ute i shorts och linne. En explosion av vitsippor och blåsippor blommade nästan samtidigt som tussilago, krokus och pärlhyacinter. Allt startade upp på en och samma gång och det var minst sagt magnifikt utomhus. Om vårar upplevdes hektiska annars, var denna snudd på tidspressad. Likt alla tidigare vårar hade Tobbe och Pernilla så klart prioriterat att få ordning på båtarna inför stundande säsong. Detta år var det skönt nog en båt mindre eftersom motorbåten var såld. En sen kväll i början av april ställde de Vipern på plats på båtklubben. Självaste påmastningen utfördes i mörker så den fick de göra om inför den första torsdagsträningen. På premiärträningen sedan bjöds alla tänkbara väder från svinvind till laber bris. Regnbyar, hagel, åska och mot slutet en fantastisk solnedgång. Faktiskt ett ganska klassiskt väder att sparka igång torsdagsträningarna med. Lika vidrigt kallt som alltid vid säsongsstart men redan efter ett par veckor var det något mer behagligt ute på vattnet.

Som vanligt på våren planerade de alltför vidlyftigt med förhoppningen att hinna med så mycket som möjligt. En helg fylldes av flera händelser, det liksom klumpade ihop sig. Dels skulle det vara städdag på båtklubben där Vipern stod. Det skulle också köras premiärrace med Hobien på Baggen och de var även bjudna på kunddag på Gröna Lund. Det senare gällde alla som hade köpt en BMW under året, vilket Tobbe hade. Dessutom hade Rut och Twist bjudit dem till en ny konstutställning på Laduviks gård plus att de väntade en visit till helgen. Det var seglingskompisarna från Göteborg som skulle komma och hälsa på. Det kunde knappast bli mer på en och samma helg. Inte konstigt att Pernilla hade nattliga svettattacker.

"När man sover och drömmer att man sover och innehållet i den drömmande drömmen går ut på att man drömmer upphöjt till tre, då sover man ganska tredimensionellt va?". Pernilla ställde frågan. "Det kanske är det man kallar metasömn?" föreslog Tobbe. "Så kan det vara. Dessutom missade jag både tåg och bussar, plus att cykeln blev borttransporterad. Av SL." "Låter som om du är stressad eller nåt." "Kanske. Jag är också grymt trött på de nattliga svettningarna. Jag läste lite om svettningar och vet du vad det stod?" Pernilla hade gjort en skärmdump som hon nu bläddrade fram och läste.

Den vanligaste orsaken till överdriven svettning är överaktiva svettkörtlar. Överdriven svettning kan också bero på övervikt, klimakteriebesvär, pubertet, rubbning i ämnesomsättningen, biverkning av mediciner eller någon sjukdom. Då svettas man oftast över hela kroppen. Det finns ingen klar gräns mellan vad som är normal eller överdriven svettning. Det är hur du själv upplever svettningarna som avgör.

"Rocket science om du frågar mig", avslutade hon.

De löste buffén av helgens händelser på smart vis. Göteborgarna bjöds givetvis in, ett tillfälle de inte ville missa. Det var alltid så kul att ses, vilket inte hände alltför ofta. Premiärracet på Baggen skulle de hinna köra på samma tid som göteborgarna behövde för att ta sig de dryga femtio milen upp genom landet. De kallade seglingsevenemanget för Tune up och tidigt på morgonen krokade de på släpet med Hobien efter bilen och styrde mot Baggen. Äntligen dags för säsongsstart och avrostning efter vinterns vila. På klubben mötte de några okända ansikten. Två nya båtägare och annat nytt folk var på plats och de inledde dagen med en gemensam frukost. När det blivit dags att rigga båten behövde Tobbe och Pernilla leta fram båtdetaljer som hade försvunnit och låna ihop lite utrustning innan de kunde hissa segel igen. De tog sig ut en stund på Baggen för att känna på båten och formen på sig själva. Alltså, denna fantastiska lilla båt, den går som ett lok. Hur tålig som helst och back on track efter krocken på Nordsjön. En kul dag att träffa både nya och gamla sailors.

Städdagen på Viperklubben var enkel att lösa. De struntade helt fräckt i att närvara med löfte om att jobba dubbelt upp på hösten i stället. Kunddagen på Gröna Lund, dit skickade de Tor och två kompisar till honom. Han var hur nöjd som helst med att slippa Tobbe och Pernilla så länge swish fungerade. En heldag han sent skulle glömma. Kul och gratis, det kunde knappast bli bättre. Konstutställningen tackade Tobbe och Pernilla nej till men visste att det skulle komma fler chanser.

Den händelserika, så kallade bufféhelgen, låg redan flera helger bort. Nu var det lördag och den enda planen för dagen var att dra fram grillen och köra en riktigt god barbeque framåt kvällen.
"Om du frågar mig så var det nästan Odd-Molly-läge på stämningen ombord sist", sa Pernilla.
"Hmmm..." svarade Tobbe medan han gned grillgallret rent med en halv citron.
"Jag blev ju anklagad för myteri", fortsatte den klädsugna.
"Det är jag som ska ha en fas-tre-gottgörelse", utbrast Tobbe.
"Aldrig! Det enda jag sa var att skota, det kunde du göra själv. Och det menade jag också så mycket som du kör med mig ombord. Plus att du hyschade mig."
"Fast du ska skota när jag säger så. I´m a catsailor", sa Tobbe och log brett. De båda visste vad han refererade till, nämligen en tecknad film på Youtube som illustrerar fördelningen ombord. En manlig styrman förbereder en kvinnlig gast på allt som hon måste göra ombord för att seglingen ska fungera. Själv låter han meddela, eftersom

hon undrar, att han inte ska göra något annat än att styra. Tobbe och Pernilla skrattar lika gott åt den varje gång den förs på tal eftersom poängen med filmen ligger farligt nära sanningen.

"Okej, jag kan följa med dig till Odd Molly och se vad du väljer att ta på dig av det som finns", sa Pernilla.

"En liten volangkjol eller en Singoallablus i siden. Kan bli snyggt mot dina håriga ben och armar."

"Äh, jag går ut och blaskar av bilen", meddelade Tobbe som ofta tog till den sysslan vid behov av reträtt.

"Gör du det, jag tar en promenad till affären och handlar lite under tiden."

De skulle inte ha särskilt mycket till kvällsgrillningen men Pernilla behövde hämta ett paket på posten så hon pinnade iväg.

På ICA var det ganska mycket folk och det var sig likt förutom på en punkt. Bengt jobbade inte där längre. Han hade fått sparken när han förra året plötsligt fått för sig att göra egna inköp av spännande sorter till butiken. Av nya *arter*, om man nu vill hålla sig närmare sanningen. Han hade läst att pensionärer blev allt magrare och illa nog nästan undernärda eftersom de successivt tappade intresset för att äta. Detta eftersom de saknade matsällskap och därtill mat som smakade, doftade och såg ut som förr. Mat tillagad på sådant vis att de kände igen den. Så långt var ingenting konstigt men vad som sedan gick snett är det få som förstått. Bengt har ofta goda intentioner med det han startar upp, men lika sant som att solen går upp varje dag, går saker ofta åt helvete för Bengt. Så också denna gång.

Pernilla passerade posten och fick ut sitt paket, tog sin runda om matvarorna och stannade till vid disken för pålägg. Där fanns det två kandidater att välja på. Båda från Jacobsdal. Endera *Bror Jakobs gallerrökta skinka*, som enligt den lockande beskrivningen var rökt och saftig. Det andra alternativet var *Bror Jacobs svartrökta gallerskinka* som enligt den beskrivningen skulle vara extra rökig och saftig. Jisses vilken produktutveckling. Tänk att folk jobbar med sånt.

Pernilla hade kommit fram till kassan och la upp potatis, färdigt vitlöksbröd från bageriet, sallad, körsbärstomater och fläskfilé på bandet. Hon avslutade med "pinnen", något hon som standard misslyckades med nio gånger av tio. Pinnen har faktiskt inget officiellt namn men går under epitetet kundpinne. Kassakloss, varu(bergs)avskiljare, kundavskiljare eller kassapinne... alla vet vad man pratar om. Enligt populärhistorikern Fredrik Lindström är kundpinne det mest etablerade uttrycket, men kassakloss verkar även det vara ett gångbart namn för tinget. Inte bara namnet har debatterats, utan också vem som har ansvar för att lägga pinnen på plats. Det finns egentligen bara två att välja på: den som lagt upp varor på kassabandet eller den som väntar på att göra det. Majoriteten anser att det är den första personen som ska avsluta sin rad av matvaror med pinnen. Kundpinnen har en särskild historia för laduviksborna. Det var just på Laduviks stormarknad som kundpinnen infördes. Året var 1974 då en kassapersonal på B&W, före detta Coop, klagade över svårigheten att hålla isär kundernas varuberg. Patentansökningen för pinnen hade emellertid redan lämnats in av en man i Schweiz fyra år tidigare, men för folket i Laduvik hade idén kommit från en av dem. Om de fick bestämma, kunde den lika gärna heta laduvikspinnen.

Pernilla la pinnen på plats och log samtidigt åt mannen bakom henne för att markera att kusten var klar. Han började genast skyffla upp sin fångst. Den bestod av potatis, färdigt vitlöksbröd från bageriet, sallad, körsbärstomater och fläskfilé. Pernilla tittade till och jämförde. Märkligt att de hade handlat så lika. Hela affären var fullkomligt späckad av mat och ändå utgjorde varorna på ena sidan pinnen nästan en spegelbild av varorna på den andra. Pernilla nickade åt mannen, tittade menande mot hans varor och sa: "Oj då! Vi har visst lite lika smak när det kommer till middagsmat."

"Eh?"

"Jo, jag ser att du också gillar kött och potatis."

"Pardonnez-moi, mais je ne comprends pas ce que vous dites. Je ne parle pas suédois."

"Eh, never mind", svarade Pernilla och kände hur en svettattack bröt sig loss utefter ryggraden. Sedan när, tittar man på vad andra har köpt? Sedan när, kommenterar man vad andra har köpt? Sedan när, jämför man vad andra har köpt med det man själv har köpt? Hon kokade av återhållen genans.

På vägen från affären stötte hon ihop med Pia-Carin och Yahoo som var på promenad. Pia-Carin vinkade åt henne på långt håll. Hon verkade glad. De två utgjorde en mycket glad duo, även Yahoo hade en svans som gick i ett. Ja, alltså inte för att Pia-Carin hade svans, men idag var hon så uppenbart glad att det sannerligen inte hade suttit fel med något att vifta med.

"Hej lilla vovven, är du ute på promenad. Så skönt att slippa gå med husse på jakt eller hur, din lilla sö..."

"Vad sa du? Vadå på jakt?" Pia-Carin avbröt henne.

"Eller nej, ingenting. Jag menade inte jakt. Sa jag verkligen jakt? Jag tänkte nog bara på att hon är en tax och taxar är jakthundar och så."

"Ljug inte för mig nu Pernilla. Nu har du sagt jakt fyra gånger och det måste betyda något. Har Yahoo varit med i något slags jaktsammanhang? Känner du till något som jag inte vet?"

"Nej, inte jakt Pia-Carin, jag lovar. Men kanske som rekvisita i jaktsammanhang. När Twist sköt den uppstoppade räven du vet?"

"Jag vet ingenting. Bara att Yahoo kom hem med lamaspott i pälsen men jag vet ingenting om någon jakt. Jag får väl prata med Mac igen då och se vad han har att säga."
"Gör det, bra! Men du, vad glad du såg ut när du kom på vägen. Berätta, har det hänt något?" Pia-Carin böjde sig ner och lyfte upp Yahoo i famnen som ett tecken på att det här nog skulle ta en stund. Pernilla ställde ner sin matkasse på marken bredvid sig.

"Jag fick sådan inspiration av allt vårt tidigare prat om att gräva där man står, ta ett litet steg framåt, knyta kontakter, samverka, vara modig, tänka *yes*, våga ana en succé och att våga vara lite crazy så jag gjorde en kupp", började Pia-Carin.
"På bokhandeln där borta", fortsatte hon och gjorde en nick med huvudet bort förbi ICA, "smög jag in ett exemplar av boken *Skrot och Korn* under bokstaven W i en av deras bokhyllor."
"Äh, gud vad kul. Gjorde du?"
"Ja! Men det tokiga är att deras pockethyllor är lite för låga för storpocket så jag fick lägga in den uppe på några andra böcker. Den hamnade över Colson Whitehead's romaner. Precis när jag hade berett en plats för boken kom en expedit tillsammans med en kund och började rota runt bland relationsromaner, vilket kunden var ute efter. Hur stor är chansen att de hamnar bland böckerna i samma sektion som min bok nyss placerats i, bara sekunderna innan?"
Pernilla skrattade och applåderade hänfört.
"Grattis! Du lät dig fullkomligt övermannas av hybris. Sånt gillar jag!"

"Hör här. Kjell Westös roman, precis intill plockades fram och det hela var såååå spännande. Expediten kunde ju ha upptäckt min bok, undrat vad det var för bok och omedelbart slängt den i soporna. I så fall hade mitt experiment bara varat i en knapp minut."

"Fast jag tror inte att man kan slänga böcker i soporna om man jobbar med böcker. Faktiskt inte", sa Pernilla.
"Hoppas inte. Jag hade skrivit ett meddelande också på bokens första sida. Vänta, jag har det här". Pia-Carin bläddrade fram ett foto som hon tagit och hade på telefonen. Hon läste högt för Pernilla:
Hej! Du deltar just nu i en liten kupp, varmt välkommen! Jag är författare utan förlag och det här är ett sätt att sprida mina alster. Du håller i bok nummer fem ur serien om folket i Laduvik. Bokserien består av sju böcker, snart åtta. Läs gärna mer på laduvik.jimdo.com TACK för att boken får stå här, tack för att du läste det här och för att du hjälper mig att sprida länken!"

"Alltså du är så underbar! Och tänk att det är en åttonde bok på gång. Har du mycket kvar?"
"Visst är jag busig. Njae jag har väl två, tre kapitel kvar eller så. Men nu måste jag pinna vidare. Är det inte lite kallt idag? Yahoo fryser nog."
"Jo lite. Visst, gör så. Vi hörs!"

När Pernilla kommit hem och påbörjat middagen hade Tor fortfarande inte hört av sig, för vilken gång i ordningen...? Hon visste att han kände sig mest-busy-i-hela-universum-inklusive-omnejd men det återkommande mönstret störde henne. Det enda riktigt viktiga var en gemensam middag. I övrigt hade alla kanske fullt upp, men så mycket som en samfälld middag kunde väl alla ställa upp på i en familj tyckte hon. Pernilla skickade ett SMS, inte en smula överensstämmande med sanningen, men en liten "känga": *Åh vad synd att du inte kom hem. Ikväll äter vi oxfilé, bakad potatis och massor av bea. Typiskt.*

Tor kom in i köket. Han hade suttit i sitt rum och pluggat.
"Blir det oxfilé?"
"Nej."
"Men du skrev ju?"

238

"Jag skickade fel."

Tor skakade på huvudet och det blev tyst ett tag.

"Förlåt", sa Pernilla sedan. Vi kan äta oxfilé nästa helg. Jag lovar."

"Okej. Vad skulle du välja av kokt potatis och pommes?", frågade han.

"Kokt potatis absolut."

"Vad skulle du välja om du var ute och cyklade. Massor med knottsvärmar eller en enda fågel i ansiktet?" Pernilla tittade upp på Tor.

"Knott."

"Vad skulle du välja av tio råttor, tjugo kackerlackor eller två grizzlybjörnar?"

"Tio råttor."

"Vad skulle du välja? Hår i munnen eller tänder på huvudet?"

"Tänder på huvudet."

"Gå runt hela livet och lukta skit, eller gå runt hela livet och tycka att alla andra luktar skit?"

"Tycka att alla andra luktar skit."

Pernilla gjorde sitt yttersta för att försöka hänga med men började svara alltmer okoncentrerat medan tankarna ägnade sig åt annat. Hon behövde lägga fokus på att få middagen klar. Tor lämnade strax köket och Pernilla kom att tänka på resan de gjorde förra helgen. Tobbe hade lagt fram det så här:

"Ta M2:an och en baddräkt, passet plus en tandborste. Vi ses halv tre i Solna, vi ska mot Arlanda".

Arlanda... wow vart ska vi? Med badkläder? Och pass? Spännande! Sagt och gjort. Pernilla packade. Instruktionerna ökade i detaljrikedom ju närmare resan de kom och till slut hade hon god överblick över allt som skulle med. Hon plockade upp Tobbe i Solna, lämnade över ratten till honom och så körde de iväg.

I stället för att åka mot Arlanda vek de av mot Bromma. Hm, Bromma... inrikesflyg och pass, och badkläder i mars? Vart var de egentligen på väg? Strax senare fick hon veta. Det skulle till Töcksfors, och sedan till Norge i ett så kallat bilärende. Pirret, orsakat av ovissheten, lade sig när hon fick veta att det skulle bli en mysig liten minisemester.

På vägen gjorde de ett par stopp, bland annat på en plats vid Tillinge kyrka där en djurminneslund finns. Det var dit deras hunds aska hade förts fyra år tidigare, och dit de inte tagit sig förrän nu. Långt ute på landet vid gamla E18 mellan Hummelsta och Enköping, bland hästhagar och gårdar. Ett större träd och en minnessten fanns på platsen och givetvis massor av andra minnesvärda saker förknippade med alla de husdjur som fått sin sista vila där. Det fanns stenar med budskap och en uppsjö av leksaker, koppel och halsband. Några hästskor, lite blommor och lyktor. Det kändes fint att ha varit där och att äntligen få veta hur det ser ut på platsen. För att nå minnesplatsen behövde de lämna den lite större landsvägen och köra in på en mindre väldigt lerig grusväg mellan långsträckta staket.

När de senare skulle lämna platsen kunde de ta samma väg tillbaka, eller välja en helt annan. Utan att veta varför valde de en helt annan väg. De fortsatte längs den leriga och smala vägen mellan staketen och kom snart upp på en större, om möjligt ännu spårigare väg. Vägen var doserad och slående lik en travbana. Det visade sig snart också *vara* en travbana, tillika en oändligt lång travbana. Varje korsning de kom fram till erbjöd bara nya travbanor. Ännu en, och en till och ytterligare en. Och alla tävlade om att vara lerigare eller sandigare än den de sist körde på. Den lilla grönblåa bilen som de färdades i snurrade runt i cirklar på ägorna och de som bodde på gården måste ha betraktat hur de irrade runt, runt, runt utan att lyckas komma ur härvan av alla travbanor.

Med kännedom om att travkuskar manar på sina hästar i den snabbaste trav som går att köra, spreds en nervös stämning i bilen. De kände sig hysteriskt livrädda för att möta ett tränande ekipage. I händelse av frontalkrock, var det omöjligt att avgöra vem det skulle bli mest synd om, men i deras inre dök bilder upp som inte var helt angenäma. Pernilla, men absolut inte Tobbe, skrattade så hon kved. Till slut fick de be om hjälp med att hitta ut därifrån för att kunna köra vidare.

Minnesplatsen var stopp ett. Stopp två var att stanna på en mack och skölja bort den värsta sanden från underdelen och fronten av bilen, men också sand som letat sig in under bildörrarna och landat på trösklarna. Pernilla drog sig till minnes den äldre herren hemma för några veckor sedan på Circle K. De skulle fylla på luft i hjulen och hamnade bakom den äldre mannen och hans bil. Han hade parkerat så illa att det inte gick att komma åt luften. De förstod snart att han nog skulle bli stående ett tag också. Nogsamt, metodiskt och ambitiöst tvättade han nämligen större delen av bilen med hjälp av svampen på fönsterskrapan och vattnet i hinken. Tobbe och Pernilla suckade och funderade över vad mannen egentligen höll på med. Han tvättade och tvättade. Först alla rutor och sedan lamporna. Därefter gick han över bakluckan, nedre delen av bilen, motorhuven och så vidare. Varför köpte han inte ett tvättprogram och för övrigt, varför behövde han stå precis där?

Nu hade det blivit Tobbes tur att tvätta bilen med samma metod. Med hjälp av fönsterskrapa och vattenhink. Han försökte med alla medel att få bort travbanesanden från bilen. Rutor, lampor och runtom hela nedre delen av bilen. Stopp två alltså. Det tredje stoppet var ett middagsstopp längs vägen och stopp fyra var natthärbärget i Töcksfors i Värmland. De var då drygt fem kilometer från den norska gränsen.

Töcksfors har 1200 invånare, och ändå finns fem stora matkedjor representerade samt ett enormt köpcentrum. Förklaringen till det är just Töcksfors närhet till Norge i kombination med människors omistliga behov av att shoppa och bunkra upp.

Tobbe och Pernilla checkade in på ett fint litet vandrarhem på ena sidan av Dalslands kanal. Ortens kyrkogård och kyrka, en korskyrka uppförd i liggvirke, syntes på andra sidan av kanalen. Medan Tobbe checkade in i vandrarhemmets reception kikade Pernilla runt. Hennes ögon landade ganska omgående på en liten bok. Det var just storleken som fångade hennes uppmärksamhet, och även det faktum att det fanns två exakt likadana små böcker i närheten av varandra på i hyllan. Hon tog upp den ena och började bläddra i den. En mörk fyrkantig fläck syntes kvar på hyllan som skvallrade om att boken uppenbarligen legat orörd ganska länge. Det visade sig vara ett tysk-svenskt litet lexikon, tryckt 1961. Måtten kan ha varit lite drygt fyra gånger fem centimeter men trots sin litenhet så full av många ord. På två språk.

Mannen i receptionen såg inte ut att ha en aning om att det var hans lexikon när han nyfiket undrade var Pernilla hade hittat den. Mannens fru stack in huvudet i sammanhanget och såg ut som ett frågetecken även hon. På Tobbes fråga om de kunde få köpa den ena, svarade han ja och tyckte att det var en himla fin idé. Det fanns ju ändå två, så varför inte? Då skulle de kunna ha den andra boken kvar.

Pernilla kände sig som Fanny tillsammans med Zack i filmen Änglagård. Där kom de från storstaden och pillade i något som för mannens del väckte uppriktig förundran och nyfikenhet, medan det för kvinnans del mest väckte bekymrad misstänksamhet.

Vi som hade det så bra här innan ni kom med era idéer.

På bokens första sida stod namnet *Maja*.

"Aha" sa mannen, "det måste vara Maja Uppmans bok. Hon som vi köpte vårt bostadshus av och som drev ett annat vandrarhem här förr. En himla bra kvinna det." Ord som säkert väckte ännu mer misstänksamhet hos hustrun. Pernilla blev omedelbart nyfiken och googlade senare vidare på namnet. Maja Uppman gick att hitta men i stort sett inget mer än att hon konfirmerades i Töcksfors 1945. Nåväl, den tysk-svenska parlören i miniformat blev Pernillas och historien som följde med den var kul att minnas.

Efter en kväll med skumpa, nötter och skön sömn, vaknade de till ett snöigt landskap. Alltså, tänk att det aldrig slutade snöa? Den här vårvintern var faktiskt som ett långdraget skämt som vägrade släppa taget. Tobbe och Pernilla slirade bort i nysnön mot receptionsbyggnaden då det blivit dags för frukost. När de hade satt sig till bords noterade Pernilla att den andra lilla tysk-svenska parlören var borta. På hyllan där den legat kvar syntes ytterligare ett fyrkantigt märke i dammet. Mannen log åt dem och berättade uppsluppet att hans hustru tyckte att boken var så spännande och fin att hon ville ta den med hem. Så med det kan man säga att Majas lexikon inte bara fick uppmärksamhet utan tillika ett litet värde helt plötsligt. På ett sätt fick boken också komma hem igen, till sitt hemman i Töcksfors.

Stopp fem på resan till Norge, var just i Norge. I Aremark närmare bestämt. Efter ett par mil på en slingrande och snöklädd alpväg med kurvor och backkrön... på vägar som hette Djupedalsveien, Rakkestadsveien och Ormtjernhytta, kom de fram till bilverkstaden. Där lämnade de in bilen för omprogrammering och i utbyte fick de en lånebil. Med den körde de ytterligare några mil innan de stannade i norska Halden. Hamnstaden med 25 000 invånare och med utskeppning av trävaror. En plats där även en av Norges två forskningsreaktorer ligger. Det var i Halden som Karl XII stupade 30 november 1718. Fast egentligen sket de i såväl kungen som träindustrin och reaktorn. Även i Fredrikstens fästning vilken ståtade högt uppe på berget. I stället satte de sig i solen en stund nere i hamnen och därefter på Erlandsens konditori där de drack kaffe och åt varsin croissant. Tre timmar tidigare hade de lämnat in sin BMW M2 på verkstaden och plockade sen ut en M3 i stället. I kapacitet alltså, annars var det samma bil. Pernilla hade dyrt och heligt lovat att inte avslöja hur många hästkrafter som bilen nu hade men hon såg decimalerna på datorskärmen ---,7058823529412. "Siffrorna gäller bara i teorin", hade Tobbe sagt fast det trodde inte Pernilla på. I så fall var det väl konstigt, dels att de var hemliga och dels att ha färdats så långt bara för att få lite teori. Något var skumt här, tyckte hon. Efter blixtvisiten i Norge, lämnade de vinterväglaget bakom sig och styrde mot nästa stopp; Loka Brunn i Bergslagen.

Under 1700-talet etablerades Loka brunn som kurort, så i mer än 300 år har stället skänkt livskraft åt människor. Carl von Linné, Adolf Fredrik och Gustav III har alla kurerat sig där. Och så Pernilla och Tobbe då. Under hela 1800-talet blomstrade verksamheten och människor kom från stora delar av landet för att "dricka brunn" och bada gyttjebad. Kurorterna, eller brunnarna som de även kallades, var vanliga i större delen av landet vid denna tid. Varje sommar runt sekelskiftet 1900 kom cirka 500 gäster till Loka brunn. Tre fjärdedelar av dessa var drabbade av reumatism eller led av sjukdomar i muskel- och ledsystem. Brunnsverksamheten pågick på somrarna och vistelsen innebar för många lika mycket rekreation och semester som medicinsk behandling. Patienterna, eller gästerna som de kallades, fick ett strikt schema för vattendrickning och bad.

Det finns totalt 54 hus på Loka Brunn, byggda från 1700-talet och fram till nu. Alla hus är unika och bär på en historia värd att uppleva. Kyrkan så fantastisk! Skev och vind, gles i virket och enkelt inredd. På varje bänk ligger renfällar för besökarna att sitta på. I förrummet kan man ta en mugg och smaka på det iskalla brunnsvattnet som leds i ett rör från källan och in i förrummet. Smakrikt vatten, smakfullt inrett och otroligt vackert.

Tobbe och Pernilla åt en underbar middag när de kom fram. Menyn bestod av saltbakat, krämigt, flarnigt, rivet, rostat, friterat, sältat och torkat. De kände sig både välmatade och nöjda. Dagen efter det proppmätta läget SPA-badade de i fantastiska vattensalonger invid sjön Norra Loken. Där fanns bad, bastu, behandlingsavdelning, gym och en servering att tillgå.

Allt detta tänkte Pernilla på medan hon färdigställde middagen. Tobbe skötte grillen ute och när middagen slutligen blivit klart ropade de på Tor för att sätta sig och äta. De åt det som inte var oxfilé och under tiden hade Tor fortsatt att underhålla dem med kluriga frågor. Den här gången vände han sig till Tobbe.
"Vad skulle du välja, av att ha hicka resten av ditt liv eller lock för öronen så länge du lever?
"Vad är det för typ av frågor?"
"Men svara då, vad skulle du välja?"
"Jamen lock för öronen då."
"Vad skulle du välja av att ha armar som ben eller ben som armar?" En nästan ljudlös suck slapp ur Tobbe.
"Eh, ben som armar kanske det får bli, men måste vi hålla på med det här?"
"En sista; att alltid säga vad du tänker eller aldrig prata igen. Vad skulle du välja?"
"Jag vet inte. Det sista kanske, nej jag vet faktiskt inte."

"Vad skulle du välja av att jinxa eller affirmera?" Tobbe och Tor tittade båda på Pernilla som tydligen övertagit stafettpinnen.

"Affi... vad?", undrade Tor.

"Affirmera. Det är ett positivt laddat påstående eller en önskan som man upprepar ofta. Man behöver inte tro på affirmationen men genom att upprepa den kan man till slut tro på den."

"Men det är ju att jinxa", sa Tor.

"Vad är jinxa?" undrade Tobbe.

"Det är också att påverka framtiden och liksom självsäkert säga vad som ska hända men risken finns då att det motsatta händer i stället. Exempelvis ska man inte säga att det kommer att gå bra på matteprovet imorgon för då kommer det inte att göra det."

"Aha, som att ta ut glädjen i förskott alltså?"

"Typ."

"Så, vad skulle ni välja av att jinxa eller affirmera då?" frågade Pernilla igen.

"Affirmera", sa Tobbe och Tor i munnen på varandra.

"Så klart!"

Direkt efter maten när Pernilla började skölja av tallrikar rusade Tobbe plötsligt till hallen och prasslade med något.

"Stå stilla nu, stå stilla nu", sa han till Pernilla.

Åh, hon hörde hur han vecklade av papperet från buketten och tänkte: han vill inte att jag ska se, men jag känner doften... undrar vad han valt. The flower effekt. Han är så bäst! Vilken man jag har.

Plötsligt kom ljuden i tät sekvens FRAS-PRASSEL-SMACK, följt av ett klart uppvaknande och en svidande träff över ryggen.

"Ha! Jag fick den! Den lilla jäveln."

Tobbe hade drämt till flugan som gjort en blixtvisit på Pernillas rygg. Fram tills precis alldeles nyss hade den suttit kvar. Nu låg den delvis avsvimmad, men fortfarande svagt sprattlande på golvet intill Pernillas fötter. Tobbe dök på

246

flugan igen och slog mot golvet ytterligare två gånger med den hopvikta tidningen.

"Never argue a success", utropade han triumfatoriskt eftersom han lyckats med det nästintill omöjliga; att träffa en fluga. Samtidigt som han hojtade, klippte han till det lilla flygfäet en tredje gång. Pernilla fortsatte skölja av tallrikarna. Övervåld var det ena ordet som studsade runt i hennes tankar. Taskmört var det andra, osäkert om det var flugan eller hon själv som ansågs vara det största offret.

Norge var mest troligt sista sucken av den långa vintern och nu stundade härligare tider. Cykelvägen var nysopad och Tobbe vågade lämna hemmet utan mössa. Pernilla var modig på ett annat sätt. Hon tog numera enkel jacka i stället för dubbla lager. Välkommen vår!

Kapitel 16

Om de lille diskaren och den sanna lärarkompetensen
samt de fulla sma gråååådårna gåackackack

Laduviksborna hade firat en regnsur och blåsig Valborg.
Pernilla försökte tjata sönder Tor i fråga om att följa med till
elden. Tobbe suckade och tyckte att hon skulle låta honom
vara, medan hon motiverade själva gnatandet med att barn
behövde vägledning. Hon hade nyligen tagit del av en
undersökning som sa att barn och ungdomar med tjatiga
mammor blev framgångsrika. Mammors tjatande ökar
nämligen barnens möjligheter att lyckas i skolan och i
kommande studier på högre nivåer. Tjatet bidrar även till
ökade chanser för ungdomen att få jobb. Man hade till och
med kommit fram till att risken för tonårsgraviditeter
minskar. Uttrycket "tjat ger resultat" har aldrig varit sannare.
Inget av detta bet på Tor som valde att vara med kompisar i
stället. Tobbe himlade med ögonen åt Pernillas redogörelse
för studien och menade att det kanske inte var hänga-med-
familjen-på-Valborgs-tjat som genererade dessa framgångar.
Han tipsade henne i förbifarten om att det, gällande Tors
eventuella graviditeter, säkert fanns andra bromsande
effekter än just hennes käbblande. Till exempel de rent
biologiska. Även han hade hört studien nämnas och råkade
veta att det var mammors tjat på 15 000 döttrar som hade
studerats. Inte ett ord stod om hur tjat kunde påverka söner.
Kanske tvärtom, vad visste de?

Vid samlingsplatsen nere vid sjön lyssnade de på kören,
träffade folk och tittade på elden. Fast det blev mest rök, för
i år ville brasan inte riktigt ta sig. Fackelbärarna kämpade
och slet. Det hördes uppgivna suckar, lite lynchstämning
och burop som om det var någon särskild som bar skulden

för det regndrypande och sura vädret. Minnet av kvällen kom att sitta djupt inpyrt i kläderna och Pernilla skänkte en uppskattande tanke till Tobbe som stöttat Tors ovilja beträffande att hänga med.

När pärlhyacinterna hade blommat ut och shortsen blivit mer av ett allroundplagg, då stod en sak klar; de var redan en bit in i båtsäsongen. Båtarna hade varit riggade och uppställda på plats sedan ett tag och de hade redan varit ute på vattnet flera gånger.

Dels med fikatermos ute på Ägnöfjärden. Det är en mysig och lagom liten utfärd med Hobien som utgår från Baggen, körs via Saltis och Fällström bort mot norrsidan av Ägnöfjärden. Det blåste bra på Baggen denna dag så de fick flera goda stunder i trapets på vägen ut men ju närmare Ägnö de kom desto mindre vind bjöds. Väl framme på platsen finns ett vassparti som är perfekt att landa i och utsikten från berget är fantastisk. Den fick de njuta av medan de fikade, åt varsin äggmacka och vilade en stund.

För att komma i form är det bara timmar på vattnet som räknas. Så tänker de varje år och försöker segla så mycket som möjligt. Den elfte maj 2008 var första gången Pernilla seglade med Tobbe på hans Hobie16, och det hade blivit en bit över tusen timmars segling sedan dess. Det vet de eftersom de alltid skriver loggbok. Många runt dem kommenterade ofta hur kul de själva skulle tycka att det vore att dela hobby med sin respektive. Det var nog bra för Pernilla och Tobbe att bli påminda ibland eftersom de oftast tog situationen lite för given. Det var verkligen en otrolig lycka att dela intresset för segling och allt som följer med i paketet. Sammanhållning, motion, styrka, skärpa, glädje och längtan ingår i båtlivet. Även resor, upplevelser, mental träning och vila, nya kontakter, beslutsfattande och en hel del teambuilding. Likaså ett visst mått av risktagande och spänning. Sist men inte minst; en upplevelse av att någon endaste gång vara här och nu, utan tankar på annat än det som behöver manövreras för stunden. Väl ombord känner sig Pernilla uppkopplad och sladdlös på en och samma gång, en ganska ovanlig känsla gissar hon.

Något som är bra med att segla katamaran är enkelheten och klädseln. Alltså kläder efter väder. De visste inför varje segling att de skulle bli blöta, att man inte kan lägga saker ombord utan att surra eller häkta fast allt. Båten kan välta, de själva kan åka överbord och saker gå förlorade. Vattentätt, stängda fickor och allting fastbundet är det som gäller. Termos och äggmackor läggs inte prydligt i en korg utan trycks ner i en sjösäck. Efter två timmars segling halas platta och knäade mackor upp men där och då finns inget godare. När en känd katamaranseglare som inte behöver nämnas vid namn, för första gången på evigheters evigheter klev ombord på en kölbåt inför en seglats, föll saker överbord direkt. Typ ganska viktiga ID-handlingar och annat smått och gott. Prylarna liksom bara hällde sig ur fickor och händer. Sådant slipper de på Hobien. Det är inte mycket som kan packas med, men allt uppskattas och finns kvar. Keep it simple.

Helgen efter mysseglingen till Ägnö hade det blivit tid för årets upplaga av Booregattan. Tills dess hade de en ny startklocka samt nya linor att komplettera riggen med i stället för det de hade lånat ihop tidigare. Äntligen var båten helt återställd efter förra sommarens krock. Fem båtar stod på startlinjen i den högst varierande och vridande vinden. Fyra race genomfördes i makligt tempo och kraftiga placeringsväxlingar. Det är roligt med fighterna på vattnet och ingenting är riktigt givet, särskilt inte på Baggens vatten. Pernilla och Tobbe fick en tredjeplats i kampen om årets första lilla buckla.

Vårmånaderna som åtminstone i kalendern består av tre, blev meteorologiskt sett nästan inga alls i år. Det gick från vinter till sommar på ynka arton dagar. Därefter sa det *pang* och allting började blomma på en gång. Först låg de flera veckor efter, och efter majexplosionen var de plötsligt flera veckor på väg och redan i en känsla av högsommarvärme. Maj är en underbar tid och årets maj hade varit fantastisk! Ovanligt varm, ovanligt solig och ovanligt strålande på alla vis. Så här tidigt hade de aldrig hoppat ur torrdräkten och in i våtdräkten. Vindarna var också ovanligt jämna så träningen på Bosön hade på alla sätt och vis varit givande. Månadens sista begivenhet, Lidingö Runt, stod på agendan. Den kappseglingen är Pernillas favorit eftersom många olika båtar möts på samma bana. Tävlingen har blivit lite av ostkustseglarnas säsongsstart och både familjeseglare och professionella kappseglare brukar delta. I år var det 70 år sedan tävlingen arrangerades för första gången.

Pernilla och Tobbe hade tidigare varit med fyra gånger med Hobien och i år var det fjärde chansen med Vipern. Det var alltid lika spännande att få till logistiken runt det hela. De ville inte segla till starten eftersom de då skulle behöva starta *väldigt* tidigt från klubben och bli både nedkylda och blöta redan innan start. De löste det med bogsering bakom en klubbkamrats motorbåt. Förutom Tobbes och Pernillas båt bildade ytterligare tre båtar från klubben släptåg efter motorbåten. På så vis var de på plats vid starten efter 50 minuter.

Inför starten hade de bara ett fokus i huvudet och det var att placera sig långt fram och få fri vind. En fråga störde deras koncentration. Var fanns vinden? Så långt de kunde se över vattnet var det lugnt som i en stilla skogstjärn. Den lilla vind som fanns vred och konstrade och hur mycket de än sökte chanser till fri vind, fanns det inte någon för stunden. Starter är alltid lika nervkittlande. Deras lilla femmetersbåt skulle tampas på startlinjen mot monster, nära dubbelt så långa. De var omgivna av höga master, stora segel och breda plattformar. I startens sista minut kom en stor trimaran och hävdade plats, vilket inte var rätt agerat men Tobbe och Pernilla hade inte mycket att sätta emot. Den största oron vid starten var att fastna bland de stora båtarna och sedan förlora fart, så det var bara att satsa om. De kom iväg bra och positionerade sig längst fram i fältet. Alla båtar gick mycket långsamt.

Efter två timmar kunde de fortfarande se startområdet vid Lidingöbron och vattnet var hur lugnt som helst. Allting gick i slow motion. Med så lite vind vågade de knappast andas ombord. Plötsligt kom ett femtiotal vattenskotrar från ingenstans och plöjde igenom fältet. Det upprörda vattnet efter dem dödade den lilla fart som båtarna hade byggt upp. Efter ytterligare någon timme dök en arrangörsbåt upp och meddelade att banan blivit avkortad på grund av den svaga vinden. Årets Lidingö runt var en av de kortaste i tävlingens historia. Strax efter kom en gnutta vind så med några försiktiga pustar fick de ändå mer styrfart och nådde slutligen fram till mållinjen. Målet hade flyttats och hamnat precis utanför klubben, så det var bara att glida upp på rampen och ta upp båten efteråt. Det hela kändes lite snöpligt med tanke på alla förväntningar och förberedelser innan.

Ute på banan hade två trimaraner passerat dem, likaså klubbkompisarna på sin katamaran samt en Farr40. De fyra teamen kom först i mål och som femte båt, sju minuter efter den första båtens målgång, kom Pernilla och Tobbe. Då hade de varit på banan i nästan fyra och en halvtimme. En av de två trimaranerna som legat före dem i stort sett hela seglingen diskades eftersom det var den som trängde sig i starten. Efter segling och avriggning tog de varsin äggmacka och lite kaffe. Fikat var efterlängtat och mackan vare sig platt eller knäad.

Prisutdelningen var som vanligt kvällen därefter på terrassen till Foresta. Där högt upp över vattnet bjöds de på hamburgare med dryck och en skön utsikt. Och som det blåste. Flaggorna viftade med hög frekvens i vinden och flaggstängerna stretade emot för att hålla balansen. Det var vindar som verkligen hade behövts dagen innan. Att gå på prisutdelning känns lite som att knyta ihop säcken efter en tävling, även om de själva inte lyckades nå prispallen detta år. I år deltog 158 båtar men enbart 125 av dem gick i mål, resten bröt. Pernilla och Tobbe kom på 6:e plats bland 19 båtar i flerskrovsklassen och fick en totalplacering på 117:e plats. De var ändå nöjda över insatsen under rådande förhållanden. Med den absolut minsta båten på Lidingö Runt, var de också den snabbaste katamaranen av fyra möjliga. För att sammanfatta läget; en superkass dag för flerskrovarna med sina höga SRS-talen.

"När börjar jag?"
"Ska jag bara diska?"
"Va? ... både fredag och lördag?"
"Va? ... ska jag åka buss dit? 30 minuter!? Åh, vilken lång resa!"
"Vad får jag för lön?"
"Får man ha nån som jobbar gratis?"
En piké? Måste man det? Spelar det nån roll vilken färg den har?"
"Kan ni skjutsa dit så kan vi äta glass innan?"
"Ska jag vara där 17?"
"Måste jag äta med dom innan, det vill inte jag. Jag tänker gå runt bara i väntan på att jag börjar."
"Hämtar ni sen?"
"Fan om jag inte får sittplats på bussen."

Frågorna var många när Tor skulle börja på sitt första riktiga arbete. Han hade visserligen jobbat lite på Dimitris pizzeria tillsammans med Bengt, men den här gången var det mer på riktigt. Han hade kallats in för att provjobba hela helgen. Alltsammans hade sin upprinnelse under jullovet då Tor skrev ett CV och ett personligt brev som han skickade runt till olika butiker. Ingenting hände och det antyddes att han var lite för ung och behövde växa på sig något år till. Plötsligt kom ett anrop från oväntat håll. På Facebook. Det var en sportbar som skrev:

Vi söker diskare för helg och sommarjobb. Är du 16-20 år, med god fysik, bra samarbetsförmåga och är boende i närheten så maila din ansökan till oss. Flytande svenska är ett krav. Föräldrar undanbedes att söka åt sina barn.

Blixtsnabbt sökte Pernilla åt sitt barn. Förutom boendet, det vill säga närheten till arbetsplatsen, var det check på allt: åldern, fysiken och språkkunskaperna.

Tor kom iväg. Han jobbade under provhelgen, fick jobbet så klart och allting blev verkligen en lyckad tillställning. En bra matchning; ett coolt ställe, en cool kille och ett coolt jobb. Efter att ha arbetat den första helgen, bokades han upp på fler och fler pass och när skolan senare slutade blev det ännu mer. Ibland fick Tobbe och Pernilla hämta eller leverera "den lille diskaren" och då bredde en kompakt, jolmig och något flottig lukt ut sig i bilen. Tor avancerade snabbt från enbart diskjobb till bordsservering och avplock eller en kombination av allt det. Det blev en hel del dricks också. Ena kvällen 120, nästa kväll 200 och så vidare, med andra ord en blandning av snabba cash och en långsiktig självförsörjning. Många tusenlappar rullade in under vår och sommar och många dyra klädinköp med anledning av det. Han var antagligen en av få diskare som tyckte sig bada i pengar, och ett uppdämt behov av slösande drabbade honom.

Ibland hände det att Tor drog iväg hemifrån utan att vare sig ha ätit eller fått med sig sina grejer. När Pernilla kommenterade det, svarade han sin planeringsfascist till mamma:

"Äh, om något saknas är det väl bara att köpa det på vägen." Det upplägget var lyckligt och stort.

Högtryck, överljudsfart, brandsläckare, avfallskvarn, stötdämpare, hagelbrakare, dörrmatta, bredsladd, quick fix, schizofreni och slutkörd. Det är bara några av de ord som är möjliga att kombinera med det mentala jobbtillstånd som råder i slutet av läsåret. Som väl är har Pernillas sedvanliga räkna-ner-tiden-remsan funnits inom räckhåll på hemmaplan och en penna i anslutning till den. Pernilla stryker beslutsamt en dag i taget. De kommer allt närmare terminsslutet vilket varje år mynnar ut i en vecka i Lefkas, på Greklands västkust. Hon tänker på platsen lite då och då under året och längtan dit är stark, det är knappt att den bleknar med tiden.

Enligt Lärarnas riksförbund finns det utifrån en undersökning femton kompetenser listade som en lärare ska/kan/bör/måste ha. Pernilla var osäker på vilket. Enligt listan från förra året var det allra mest nödvändiga lärarlegitimationen. Åtminstone tycker 77 procent av arbetsgivarna att det är viktigast för att bedriva läraruppdrag. Den minst viktiga lärarkompetensen är att vara inspirerande. Endast sex procent av arbetsgivarna värdesätter det. På näst sista plats, strax ovanför inspirerande, kommer förmåga att inta ledarskap. Därefter, och i tur och ordning kommer att vara strukturerad, social, lyhörd, initiativtagande. Kunna bemästra ett tredje språk och slutligen att vara ansvarsfull.

Dessa mindre viktiga egenskaper, samtliga under en 20-procentsnivå när det gäller graden av viktighet, utgör en lång lista. Att vara nyfiken, driven, flexibel, kreativ, positiv och slutligen pedagogisk värderas endast med 24 procents viktighet. Från 24 procent är det tomt en bra stund bland procenten och först efter ett jättehopp kommer man upp till 77 procent. Här är arbetsgivarna helt överens. *Lärarlegitimationen* är det som gör en lärare bra, det är det absolut viktigaste att ha.

Hur tänker man här och vad är det som verkar vara så otroligt fel? När Pernilla begrundade listan med de olika procentsatserna, insåg hon att hon gör det mesta av det lågprocentiga. Hon är inspirerande, och intar ett gott ledarskap åtminstone i relation till det elevunderlag hon har; alltså elever med låg motivation och stundtals avsaknad av styrförmåga. Hon är strukturerad, initiativtagande och ansvarsfull. Hon är definitivt driven, flexibel och kreativ. Framför allt positiv och känner sig förhållandevis pedagogisk. Med andra ord: en lärare i riksgenomsnittet. En sådan som enligt studien av arbetsgivarens önskemål inte var så mycket att ha.

Pernilla hade givetvis lärarlegitimation, men den kunde inte på något vis matchas mot det uppdrag hon hade i sin tjänst. I stället pekade den åt ett helt annat håll; mot en tjänst hon inte haft de senaste 15 åren. Ändå var hennes arbete uppskattat av både elever och kollegor. Ingen, så vitt hon visste, hade en blekaste aning om hur hennes lärarlegitimation såg ut. Ingen har heller bett att få se den. Jo så klart, den är insamlad och sitter i en pärm någonstans, men det är liksom inte den som gör att Pernillas arbete fungerar. Däremot, om hon slutade vara inspirerande, strukturerad, initiativtagande, ansvarsfull, driven, flexibel och kreativ... om hon dessutom backade helt beträffande sitt ledarskap eller ett pedagogiskt förhållningssätt... då skulle det bli liv i luckan. Mer behöver inte sägas om de sjuttiosju procenten.

Det var förra årets lista. Pernilla satt nu med årets lista av särskilt goda lärarkvaliteter framför sig, nyfiken på hur den skulle skilja sig från den förra. Som det nu verkar vill arbetsgivarna se ett något mer inspirerande kollegium och plötsligt efterfrågas samarbetsvilja, den egenskapen var inte ens med på förra årets lista. Att vara strukturerad, lyhörd, ansvarsfull, och driven ligger fortfarande på ungefär samma mittenpositioner men initiativtagande är numera helt bortplockad som önskad förmåga. I topp ligger fortfarande lärarlegitimation på en oantastlig topposition bland *egenskaper.* Ja för så står det. Lärarlegitimation räknas som en egenskap och arbetsgivarna är fortfarande överens. Men det är inte längre 77 procent av dem som tycker att det är det absolut viktigaste, utan endast 48,3 procent.

"Det är något som inte stämmer", sa Tobbe en morgon.
"Det är väl mycket som inte stämmer, vadå menar du?"
"På vardagarna kan man vara vaken ända till halv ett utan problem men på fredagarna känner man sig som ett vrak redan klockan nio."
"Håller med, men snart är semestern här och då kan vi vända den trenden."
Det var inte långt kvar nu. Studenttider och sommarlov hägrade, semesterplaner skräddades, ledighet och nedvarvning fanns på programmet. Bara några få arbetsdagar återstod och det hade blivit dags för att avrunda läsåret som passerat. Det gjordes genom att skriva läsårsreflektioner, utvärdera mål och städa klassrum, men också genom idel festande och finlunchande i olika konstellationer.

Om förra årets maj sa man att det inte varit så kallt på 36 år. Om årets maj säger man i stället att det är det varmaste maj sedan mätningarna startade någon gång på mitten av 1700-talet. Innan månaden var slut, dokumenterades ett värmerekord med 29,5 grader. Rekordet uppmättes i Majas hemort Boden och Pernilla påminde sig om att kommentera det nästa gång de träffades. Snart slogs Bodenrekordet av ett nytt rekord. Då var det över 31 grader, men var någonstans kom hon inte ihåg. Tänk 18 till 24 grader i två veckor runt Kristi Himmelsfärd, sen uppåt 30 grader. Värmerekorden både fortsatte och stod sig ända till i mitten av juni. Då passerade visserligen något svalare luft men fortfarande var all form av nederbörd borta. Vädret hade blivit något så ovanligt som något att lita på. Frågorna i hallen på morgonen följde ett vant mönster, men däremot inte svaren. En dialog tärd av erfarenhet och misstro mot vädrets makter.

"Ska du ta jacka?"
"Nej."
"Kommer du att ta en tröja?"
"Nej."
"Är det smart med långbyxor tror du?"
"Nej."

Några månader utmärker sig särskilt väl i en lärares årshjul. Dels augusti, uppstartsmånaden, då alla är utvilade och taggade. Dels december, då alla räknar ner men samtidigt gör sitt bästa för att hålla liv i det som ännu lever. Och så juni. En månad som går ut på att målmedvetet spurta mot mål men samtidigt tygla den uppsluppenhet som framkallas av tanken på kommande veckor av ledighet. Det var dit de kommit nu och det kändes i kollegiet. Det låg som en aura i personalrummet.

"Om man slår iväg en baseboll med nittio procent av ljusets hastighet. Vad händer då?", sa en av NO-lärarna medan han såg smått överlycklig ut. Pernilla snappade upp delar av den pågående diskussionen medan hon höll på att städa ur sitt personalskåp. Ett överförfriskat resonemang följde och något kul skulle tydligen hända, obegripligt vad.
Till slut delades svaret ut som den finaste present och de andra skrattade hejdlöst. Resonemanget och fnittret fortsatte men oavsett graden av ansträngning gick det inte

att hänga med på exakt vad det var som var så roligt. Pernilla hörde inte hela svaret men det verkade handla om pulverisering, explosioner eller möjligen implosioner. Hon insåg hur lite av allt det föreslagna som var något hon hade kunnat lista ut. För henne strandade det redan på frågeställningen. Ingen kan väl ens slå så hårt att bollen, oavsett sort, skulle slungas iväg med nittio procent av ljusets hastighet. Inte för att hon egentligen visste hur fort det var, men något sa henne att det var väldigt fort. Om någon ändå skulle göra det, ja då skulle väl bollen fara åt fanders och omöjligt gå att studera för att samla ihop ett resultat av. Nästa resonemang påbörjades och utgick ifrån en pinne och en bit kartong och mer skratt och flams, men då lämnade Pernilla personalrummet och NO-lärarna efter en underhållande stund med dem. Det sista hon hörde var något om särskilda bajsbanker som skulle komma att gynna mänskligheten i framtiden. En ganska fin start på dagen.

Med start i mars. Nu var delarna i fem ämnen av de nationella proven utförda enligt konstens alla regler. Sist ut hade matten varit och Pernilla inledde dagen med att ställa i ordning möblemanget i sitt rum som tillfälligt ställts i annan ordning för att gynna provsituationen. I efterdyningarna av gårdagens prov fann hon ett par hörlurar, portionssnus (i soporna så klart), ett äppelskrutt, en mycket argt hopskrynklad pappersboll (rutigt papper, behöver det sägas?) och en kapsyl. Hon samlade ihop suddsmulor, ett uttuggat tuggummi, ett kladdpapper med ordet "HATA" på, lite sot från pennvässaren samt en lösnagel. Hon slängde allt i soporna. Förutom detta, hade eleverna producerat massor av tankar och idéer för att nå sina resultat. Alltså, vilka ungar! Vad de hade visat på. Pernilla skulle aldrig glömma den eleven som mitt i ett av delproven plötsligt sa: "Jag mår fan illa, så här mycket brukar jag inte tänka."

Strax efter allt detta, och mitt i bryderier om pollendamm, rådande hetta och stundande torka, raskades avslutningen av. Med utmärkelser och diplom, rosor och applåder, tal och sång. Inga schemalagda dagar och inga mer förkortningar på ett tag. Nu skulle Pernilla pausa från upprutade dagar där varje ruta hade en egen förkortning. Kortformen för dokument, möten eller ämnen. Borta skulle nu Sv, Eng, Ma, SvEn, SO, NO och KF vara. Bort med PK, PU, HP, ÅP, EHG, EHK, LG, NP, schemaomläggningar, matriser, konferenser och löften för ett tag. Det här var en sommar som Pernilla längtat efter extra mycket. 43 dagars vila för att vara exakt.

Och nu så vill jag sjunga
att sommaren är skön
och träden är så fina
och marken är så grön.
Och blommorna är vackra
och höet luktar gott
och solen är så solig
och vattnet är så vått.
Och lilla fågeln flyger
i boet ut och in
och därför vill jag sjunga
att sommaren är min...

Värmen fortsatte fast den såg lite olika ut i landet, åtminstone nattetid. I början av juni uppmättes två nattextremer. Dels på västkusten där man mätte upp strax över 20 grader på natten. I norr däremot var det så svalt som 6,8 minusgrader. Lite skillnad alltså, men dagtid var det närmast panikhett, utom just runt midsommar så klart. Hettan var nästan lamslående med temperaturer över 30 grader under 20 dagar bara i Stockholmstrakten. Sett i hela landet var det alltid på någon plats, någonstans samma höga temperaturer i 40 dagar. Det måste sägas vara väldigt ovanliga förhållanden för att kallas svenskt väder. Under månaden hade också närmare 40 bränder spridit sig runtom i landet och eldningsförbudet utökades till "totalt". Detta omfattade även grillning på egen tomt.

Va? Vad är det för sommar? Att inte få grilla och ta en grillbärs nu då, på sin egen tomt?, sa en del. De förorättade fortsatte att grilla, elda och slänga fimpar. Till slut brann det på så många ställen runtom att Sverige fick ta hjälp i räddningsarbetet från flera länder. Frankrike och Italien ställde upp med flygplan i skogsbrandsbekämpningen. Tyskland, Norge och Litauen satte in helikoptrar och markpersonal anlände från Polen, Tyskland, Frankrike och Danmark. Även Finland hjälpte till på ett hörn. Pernilla, Tobbe och Tor lämnade allt detta och åkte till Grekland, Lefkas, Vassiliki. Även Fia följde med i år.

Trots att de hade tillbringat så många veckor på platsen sedan den första resan 2011, blev varje vecka ändå som ett eget minnesmärke av upplevelser. Precis som alla andra år anlände de till hotellet i mörker. De klev av bussen, plockade ur sitt bagage och möttes upp av de svenskar som redan var på plats och av personalens hjärtliga välkomnande. Intrycken var desamma. Syrsornas filande på sina strofer, olivträdens dofter i den ljumma vinden och det svagt sköljande ljudet av vågor som lojt rullar in mot stranden. Efter att ha insupit det första intrycket och pustat ut en stund installerade de sig i sitt rum. Alltid rum nummer tre med utsikten över bukten och båtarna. De packade upp, gjorde sig hemmastadda och noterade att rummets badrum var nyrenoverat. Ett lyft högst nödvändigt sedan flera år tillbaka. Dagen efter upptäckte de att både hotellområdena och stranden hade fått lite av en ny look. Under de första åren på platsen hade omgivningarna och området varit så enkelt, oregelbundet och naturligt men ändå fullt funktionellt. Med åren hade fler och fler ytor restaurerats och fräschats upp. Det hade bidragit till en snyggare bild, och om möjligt ännu högre funktionalitet, men kanske mindre charm.

I år var stranden tömd på skjul och de provisoriska hyddorna som fungerat som samlingsplatser var bortstädade. Alla båtar var också uppflyttade från vattnet. Ett nytt bevakningstorn stoltserade på stranden och en nybyggd länga av skjul för förvaring och båtverkstad stod på plats. Gångvägar var nivåjusterade och allt grus ersatt med stenplattor. En helt ny offentlig toalettlänga bakom hotell Kavadias hade byggts upp och allt såg väldigt fräscht och snyggt ut. Myset, stämningen, folket, servicen, båtarna och hotellen var i skick som tidigare. Med andra ord alldeles perfekta.

Tobbe och Pernilla gick sina morgonpromenader, en sträcka på fyra kilometer, alla morgnar utom två. Därefter fylldes dagarna av frukost och segling, lunch och segling, after beach och eftersnack. Eftermiddagarna avrundades givetvis vid poolen.

Med nya instruktörer var seglingsteorin och förmiddagsmötena ännu mer givande. De fick flera bra övningar på vattnet och många seglingstimmar varje dag. De två första dygnen hade de en hel del åska, lite molnigt med regn till och från, vilket betydde att några seglingstillfällen kapades bort. Det var inga dova smällar långt borta, utan flera riktiga urladdningar. Det snudd på knastrade och fräste om åskknallarna. Även på natten vaggades de till sömn av åskmuller som rullade runt precis i närheten.

Två event var det seglarna laddade för under veckan. Det ena var torsdagens "Round the rock race". Ett långdistansrace ut ur bukten, följt av en rundning av en liten stenö där tusen vindskiften alltid busade, och så tillbaka.

Från start till mål tog det i år en och en halv timme och var ett drama i två akter: Ingen vind och mycket vind. Banan kortades av på grund av för svag vind men på väg tillbaka mot mål var det full fart. Tobbe och Pernilla var den absolut snabbaste Hobie16 av fyra och låg etta från kryssmärket och hela vägen tillbaka ända tills 100 meter återstod till mål. Då blev de omkörda.

Det andra eventet de gemensamt laddade för var fredagens race day. Då körs en serie av race i bukten runt en bana. Många av dem som deltar, seglar enbart under deras Windy Bay-vecka och beter sig lite som söndagsåkare i trafiken. Den glada entusiasmen men också en slags skräckblandad förtjusning är det som styr teamen runt banan. Tuta och kör, framgång eller fall. Tävlingsansvariga känner till detta och lägger ribban därefter, *utom* just på svenskveckan. Då jädrans får de putsa upp sina RYA-certifikat och kamma skägget. Svenskarna har nämligen rykte om sig att vara såväl duktiga som seriösa och instruktörerna gillar det. De säger att de uppskattar att träna gänget och studera det som händer på vattnet för att diskutera det hela efteråt. Pernilla och Tobbe tyckte att de lärde sig en hel del nytt varje år tack vare de proffsiga instruktörerna.

Men hur gick det med racen då? Ja, Team Wanjelin vann både långdistansen och banracen. Även Tor vann sitt första pris; en tredjeplats i "Round the Rock race" och fick en shot som belöning vilken han slukade snabbt som ögat innan hans alkohollagspredikant till mamma ens hunnit forma första stavelsen i förmaningen *Stopp och Belägg*.
Priserna i de här sammanhangen är just öl, drinkar och shots. Någon gång har det varit en t-shirt, men nu är det inte precis priserna man seglar för utan för spänningen. Windy Bay-style är nämligen detsamma som hög grad av förvirring. Både när det gäller starter, vindar och

kappseglingsregler. Också gällande SRS-tal och antal varv runt banan. Kort sagt; vad som är vad och vem som är vem.

På midsommaraftonen ordnade de knytis som vanligt i svenskgänget och alla hade tagit med sig typiska midsommardelikatesser hemifrån. Sill, hårt bröd, nubbe, kaviar, hårdost med mera. Hotellägare Ilias stod för souvlakin och för övrigt erbjöds full tillgång till hans kök och grillplats. Alltsammans avrundades med jordgubbar och vispgrädde. Tjugotalet instruktörer hade bjudits in. Deras miner när de tuggade i sig sillen, vilken de först lagt en stor klick yoghurt på, var obetalbar. Även ansiktsuttrycken när de sköljde ner det hela med nubbe. Några fick kväljningar av sillen och frossade i brännvin, andra bet av nubben men slukade sillen. Även deras försök att sjunga svenska nubbevisor och slutligen dansa runt "stången", med andra ord baren, var tämligen underhållande. Med lika delar obligatoriska som nyvunna inslag dansade och sjöng de: "Sma gråååådårna, sma gråååådårna gåackackack"... varvat med "Hälaaan gaaaar". Faktiskt en ganska så kul lekstuga. Men allting har ett slut och dessvärre även denna resa. Fortare än de hann med, var de på väg hem igen. Pernilla och Tobbe hade tur och kunde trösta sig med att de skulle vara tillbaka i september igen. För att köra Ionian Regatta.

...Och jag är brun om bena
precis som det ska va
och därför vill jag sjunga
att bruna ben är bra.
Och jag har nya fräknar
och prickigt sommarskinn
och därför vill jag sjunga
att sommaren är min.

Kapitel 17
Om PIRLS, PISA, TIMMS och Jill
samt skrikskrattet och etapp 56

Med så många varma dygn i rad, så tidigt på säsongen, skapades allmän förvirring. Varför kunde det inte vara regn och försommarkallt som vanligt så att det gick att vädergnälla på invant vis? Det traditionsenliga gnället som räddade inledningen av de flesta samtalen, det vill säga konsten att ständigt kommentera vädret, ändrade skepnad. Nya begrepp inom genren, exempelvis allt som kunde sägas om torka, grundvattenbrist, eldningsförbud och smygbevattning, räddade läget någotsånär. Lägg därtill evighetslånga samtal om pollenexplosionen från buskar och träd som alla, på grund av värmen, slog ut samtidigt. Samtalsämnen om de varma nätterna som bidragit till sämre sömn samt myggen som inte längre dog nattetid utan överlevde. Så nog fanns det saker att prata om gudskelov.

Fredagen den 13:e upplevdes eller kanske överlevdes, men det var verkligen ingen otursdag. Tvärtom. Det visade sig vara tidernas Happy Friday, fast inte först. Bengt var på väg från besiktningen, dit han åkt med sin inte allt för alerta bil, med samma nöjdhet som om han precis öppnat riksdagen. De som arbetar på bilbesiktningen är mycket ojämna i fråga om kontaktskapande. Vanligtvis gjorde de bara sitt jobb och höll mun, vilket var exakt vad Bengt föredrog. Ibland, med lite otur, fick han en snackepelle som oavbrutet tuggade på tills översynen var klar. Fördelen med en sådan besiktningsman var den att han snackade mer än han jobbade. Resultatet som följde var att bilen, av bara farten, dunkade ut med tummen upp på andra sidan smörjhallen.

Just denna dag stod det klart att det var en snackepelle som hade vinkat in Bengt i besiktningshallen. Trots det faktum att besiktningsmannen startade snattrandet ganska omgående, kom dagen överraskande nog att utvecklas åt rätt håll.

"Tja! Välkommen, Valle här". Bara den inledningen gjorde att Bengt anade vem, eller snarare *vad*, han hade att göra med. "Det var så kul här nyss", fortsatte Valle, "vi hade en bil här inne där ingenting stämde. Proportioner var fel och ingen av oss hade sett en liknande skapelse. Till slut knäckte jag gåtan", fortsatte han samtidigt som han knäppte med två fingrar i luften. Medan han pratade gjorde han en snabb och van kontroll av reflexerna, backspeglarna och lamporna på Bengts bil. Han skrev också upp bilens mätarställning. "Jag märkte att det var bildelar som inte tillhörde just den bilen som satt på plats. Det visade sig vara bildelar från flera bilar. En import faktiskt. Ett hopplock av tre bilar."

"Åh fan", sa Bengt som insåg med allsköns tydlighet vad som verkligen hade drabbat honom denna gång. *Både* en snackepelle och en noggrann felsökare allt i ett, som det verkade. Kunde man ha mer otur, tänkte han. Samtidigt som det oförtrutna babblet fortsatte, hamrade besiktningsmannen bort lite rost inne i hjulhusen och under balkarna på bilen. För varje knackning på bilen grimaserade Bengt av somatoform smärta. Han led med bilen. Vant, för att inte säga blixtsnabbt, flyttade sig Valle till lyftanordningens manöverpanel och hissade upp bilen några meter.

"Men du, vad är det för något i en bil som *är* själva bilen? Alltså som definierar bilen? Vad tror du?" frågande han, men innan Bengt ens förstått att han borde svara, började pratkvarnen själv formulera ett svar.

"Bottenplattan där alla förberedelser gjorts för balkfästen och annat, där krockzoner byggts in och så. Där har vi originalet tänker jag."

"Tycker du att det ser bra ut?" frågade Bengt som nu ställt sig under bilen tillsammans med den pratglade.

"Som människan. Vad är det egentligen som definierar en människa? Är det hjärtat eller hjärnan?", fortsatte Valle utan att göra någon notis om Bengts närvaro. Han knäppte igång sin pannlampa och checkade av underredet. Han och hans hammare for fram över balkar, fästen och de synliga delarna av bromsarna och Bengt grimaserade än mer. Även denna gång svarade Valle på frågan han själv ställt.

"Nej det är det inte... för både hjärtat och hjärnan kan bytas ut och du är ändå en människa, till och med samma människa. Vad definierar egentligen dig?"

"Ja vad ska man sä..." började Bengt men blev snabbt avbruten av hobbyfilosofen.

"Själen kan det vara. Tror du inte det? Den kan banne mej inte bytas ut, eller vad säger du?" Bengt hoppades hinna ge ett snabbt svar, och hann precis forma munnen till ett nej, men avbröts utan att chans gavs att lägga på det fonologiska. Valle började skratta lite och fortsatte.

"Fast å andra sidan är livet en ständig själavandring. Du har inte samma själ idag som när du var två år. Eller det kanske du har?" Den sista meningen nästan stöttes fram i högljudda skrattparoxysmer. Medan han lugnade ner sig, kontrollerade han att hjulen satt fast och att fjädringen fungerade tillfredsställande. Han gick igenom fram- och bakvagn samt drivknutar och drivaxlar. Lite då och då överfölls han av små krampanfall av återhållet skratt och Bengt bad till sina andar att det inte var bilens status som bidrog till de underhållande inslagen.

"Jag kollade av styrsystem och bromsledningar så att du inte riskerar ett haveri på grund av skador, slitage eller glapp. Det såg bra ut", sa Valle medan han hissade ner bilen.

Äntligen, tänkte Bengt. Nu kanske det snart är klart. Han började slappna av en smula och precis när han kände pulsen gå ner kom en ny fråga.

"Tror du själen väger nåt?", undrade kropp-och-själ-frågelådan samtidigt som han fäste en slang på avgasröret för kontroll av bullernivån samt koloxid- och kolvätehalter. Han bad Bengt sätta sig i bilen och starta upp den. Medan Bengt satte sig på plats hörde han: "Själen sägs väga 17 gram. Tror du på det? Kan man verkligen beräkna vikten på själen. Eh, du kan komma ut nu. Bilen får stå och gå ett tag så kan vi snacka lite under tiden."

Åh vad Bengt önskade att han hade fått sitta kvar. Eller helt ärligt, sedan han sett till att alla dörrar och fönster var stängda, helst velat erbjuda Valle platsen i bilen och själv ställt sig utanför. Bengt blixtfantiserade om att han då kunde rikta avgasslangen in genom vindrutan till Valles babbel och satt rejäl fart på den där avgaskontrollen en gång för alla.

"På tal om viktökning. Såg du Mellon?" Bengt ryckte till och förträngde genast sina morbida tankar.
"Nä näe...", sa han, en smula förvånad över att ha hunnit ljuda åtminstone så pass.
"Jag tycker Österrike, England, Albanien och Bulgarien var bäst. Vilka tyckte du? Just det! Tjeckiens lekfullhet och Estlands klänning gick inte av för hackor heller, eller vad säger du? Skrattet som nu fyllde hallen hade ändrat karaktär från skränigt till drömmande.
"Jag skulle dessutom göra precis vad som helst för Cyperns hår. Ja hela Cypern faktiskt. Med ett midjemått på nitton tum och en håruppsättning på en fot. Säger bara; Oh My God". Pladdret som saknade både början och slut rundades ändå av med ett tillägg som fick Bengt att bli generad. Valle himlade med ögonen och stötte samtidigt armbågen i sidan på Bengt.

Nu visste inte Bengt vart han skulle ta vägen. Vad var det här för en idiot? Stå och prata om själavandring, midjemått och melodifestivalen. Fanns det verkligen inga gränser? Plötsligt hörde han en lågmäld röst anförtro honom världens sanning så alldeles rakt in i örat att det nästan blev fuktigt. "Men, pssst... Ungern behövde hjälp. Fy fan vilket skräp."

Slangen som var kopplad till avgasröret togs bort i förbifarten och innan Bengt hann fråga om motorn skulle stängas av, var den redan avstängd. "Så där. Nu ska du och jag ut på en liten biltur. Kolla av lite bromsar och så. Hopp in! Nej din tok... på passagerarsidan så klart. Jag kör!" Bengt kände sig helt slut. Om det nu visade sig att bilen inte gick igenom kontrollen, skulle detta vara den värsta dagen i hans liv. Den absolut värsta. En riktig fredag den trettonde. Inte i första hand för besväret eller kostnaderna utan för den överhängande risken att Bengt, om bilen behövde kontrolleras igen, skulle få Valle som besiktningsman. "Jag är hundra procent säker på att du skulle vilja vara puffskyddet på Jills mikrofon. Eller okej då, nittionio procent säker. Jag känner ju inte dig helt och hållet." "Vilken Jill?" Äntligen fick Bengt säga vad han hade tänkt utan att avbrytas. Detta var något han i samma ögonblick ångrade hårt. Ett känsloutbrott av sällan skådat slag startade. Valle vred sig av skratt och slog med båda händerna på ratten. Bengt stirrade stint ut genom framrutan, plötsligt så orolig att skrattanfallet skulle stoppa dem från den avslutande delen av besiktningen. Kanske han ändå skulle ta över ratten, för hur skulle de lyckas komma vidare nu? Skulle de alls kunna ta sig ut från hallen? Jodå, även om skrattet inte på minsta vis klingade av körde Valle dem ut genom dörrarna och ut på området. "Vilken Jill!?! Jag dööööör! Finns det mer än en Jill?", skrikskrattade Valle samtidigt som han pumpbromsade med både fot- och handbroms. Han manade på bilen i full fart, pumpade på med bromsarna igen, innan han slutligen tvärnitade och slängde sig ut. På bråkdelen av en sekund hade han öppnat dörren åt Bengt och gestikulerat åt honom att kliva ut. Allt var klart. Äntligen vågade Bengt andas igen.

Förvånansvärt nog, eller kanske givetvis, beroende på hur man ser det hade bilen passerat alla kontrollpunkter med godkända resultat. Happy Friday, tänkte Bengt men kände sig ändå helt matt. "God Jill och gott nytt år!" var det sista han fick med sig förutom en godkänd bil. I backspegeln såg han, medan han lämnade området, hur Valle omväxlande vinkade och körde tummen upp. Den påfrestande besiktningsmannen blev mindre och mindre och Bengt bad en tystlåten bön om att Valles tjänst hade upphört till nästa år.

På vägen hem lyssnade Bengt på ett radioinslag om skolan. Inte skolan i Laduvik alltså utan skolan som institution, som fenomen. Det kändes neutraliserande och bra efter den upplevelsen han nyss haft. Man ställde frågan om vad som varit det viktigaste spörsmålet i skolan under det senaste skolåret. Frågan ställdes till landets lärare, forskare, studie- och yrkesvägledare, politiker och andra personer i skolans värld.

Det man gemensamt kommit fram till var hur avgörande lärares ledarskap är för elevers utveckling och lärande såväl för skolklimat som mobbning. Kvinnofrågan lyftes. Att flickor och kvinnor i alla tider utsatts för sexuella trakasserier och kränkningar. Med anledning av det anser man att "MeToo-uppropen", "tystiklassen" och "räckupphanden" är det viktigaste som hänt skolan, och för samhället. Samtliga upprop inkluderade tankar om flickors och kvinnors ständiga förtryck; alltid bakom, under och möjligen bredvid... men sällan vare sig framför eller ovan pojkar och män. Man tyckte också att en högre kunskapsnivå om exempelvis ADHD och autism behövdes. Utbildning om neuropsykiatriska funktionsnedsättningar föreslogs bli ett obligatoriskt inslag för alla som läser till speciallärare och specialpedagog.

Årets styrkebesked anses vara att PIRLS, den internationella studien som undersöker läsförmåga och attityder till läsning hos elever i årskurs 4, visar att svenska elever har god läsförståelse. Dock tillhör Sverige inte toppskiktet i världen. Landets fjärdeklassare är bland de bästa på läsning och åttondeklassarna bland de bästa på samhälls- och demokratikunskaper. Tillsammans med de förbättrade resultaten i de andra två stora internationella kunskapsmätningarna, PISA och TIMSS, stärks bilden av att den svenska skolan är på rätt väg. Landets lärare, forskare, politiker med flera uppskattar också att fokus lagts på behovet av en jämlik kunskapsskola. Skolkommissionens samlade förslag för hur man kan nå dit uppmärksammas. Regeringen har lyssnat på skolkommissionen och visat att ojämlikheten är ett prioriterat område att åtgärda. I och med det finns en bred enighet från professionen men också ett rejält steg framåt för jämlikheten. Det anses värdefullt att likvärdighet utifrån kunskapsresultat hamnat på agendan för att säkerställa alla elevers rätt till en god utbildning oavsett bakgrund eller framtidsdrömmar.

Bengts tankar började sväva fritt och då kom att tänka på Tors berättelse om vad hans storebror sagt som liten, nämligen att när han blir stor skulle han bli brandbil. Helt galet, men om han inte mindes fel hade Tors mamma ganska stora drömmar hon också som liten. Hon ville bli smålänning. Hellre det senare då, tänkte Bengt som åter fokuserade på radion och hörde en lärare fråga en elev i årskurs åtta vad hon ville jobba med senare i livet. Utan

271

minsta tvekan eller betänketid svarade eleven:
"Jag ska bli legend."
Bengt skakade på huvudet. Folk är inte kloka nu förtiden.
Det var visst inte bara besiktningsmän som blivit alldeles
kollriga. Bengt kände till, med anledning av skolans uppdrag
med att utbilda framtidens kompetens, att det finns fyra bra
ledarroller för att komma någonstans i livet. Legend är
ingen av dem.
Det behövs producerare med genuina kunskaper inom sitt
område och med förmåga att se till att nå resultat. Det
behövs också entreprenörer som tänker nytt, är kreativa och
risktagande. Administratörer är också viktiga framtida ledare
som kan planera, samordna och kontrollera arbetet. Även
integrerare som lägger ner stor omsorg på relationerna i
gruppen och betonar samverkan. Var och en av de fyra
ledarrollerna är nödvändiga och tillsammans är de fullt
tillräckliga för ett gott ledarskap. Men som sagt, legend är
mest troligt inte ett yrke som leder någon vart. Vad får de
egentligen lära sig i skolan?

Om man skulle tro media verkar det som om barn och
ungdomar bara stökar runt i skolan och vad beror det på?
Är det för trångt? För trist? För obegripligt? Är strävan att
vara unik för stark eller försöker alla vara likadana? Kan de
inte stå för sig själva? Har de unga i detta virrvarr bytt själar
och blivit som dåliga blandraser? Ja, vad skulle man tro, och
som sagt, vad lärde de sig egentligen? Om Bengt hade fått
styra upp verksamheten hade han delat ut rollerna
producerare, entreprenör och administratör. Rollen som
integrerare skulle han vara lite försiktig med, det finns en
överhängande risk att den skulle störa ordningen. När
rollbesättningen var klar skulle han ge varje elev en dator
och adressen what-if.xkcd.com där de på egen hand hade
möjlighet att läsa mer om det som intresserade dem. De
skulle stöta på frågor i flera ämnen då. I exempelvis
matematik och filosofi: Vad händer om det fanns en

272

robotapokalyps? Hur länge skulle mänskligheten vara? I biologi och laboration: Hur länge måste man ligga med öppen mun innan en fågel skiter i ens gap? I fysik: Finns det tillräckligt med energi för att flytta hela den nuvarande mänskliga befolkningen utanför planet? Och i idrott och laboration: Vad skulle hända om alla på jorden stod så nära varandra de kunde och hoppade, och landade på marken samtidigt? Eller i religion: Vad händer om alla hade en själskompis, en slumpmässig person någonstans i världen? Bengt svalde hårt och tänkte på hur hans liv skulle utformas om den utsedda själskompisen blev just Valle. Han rös till när hans tankar plötsligt tangerade besiktningssituationen igen. Skulle han förångas i ett moln av molekyler eller bara långsamt förgöras? Eller, skulle han kanske transformeras till en helt ny sorts person? Liksom uppföra sig som en Valle men se ut som en Bengt. Vad förvirrat.

På tal om själskompisar, vem är det som hade stannat på macken där framme?

"Hej på er!"

"Men hej på dig Bengt!" Det var Rut och Twist som höll på att tanka upp bilen.

"Är du ute och åker. Vart ska du?"

"Jag har besiktigat bilen, och den gick igenom, så nu är jag nöjd som få. Och ordning har jag fått hemma också. Ni kommer väl till helgen?" Mycket blev sagt i ett och samma andetag och strax kom fortsättningen. Den som signalerade att intresse även fanns för själskompisarnas göromål.

"Ni har lämnat gården ser jag."

"Ja, faktiskt", svarade Rut. "Vi, fast mest Twist, har först storröjt hemma på förmiddagen. Putsat fönster, vårdat altaner och kapat gräset en första sväng. Ingen lätt grej med tanke på allt det gröna och knoppiga som tittat fram."

"Äh, vad säger du Twist. Du är väl ingen kärring va', som kör försiktigt runt blommor och krafs i gräsmattan? Du kör väl på bara, liksom kapar skiten? Det växer upp igen ska du se". Twist som stod en bit bort och tankade bilen, låtsades som om han inte hörde, vilket han bitvis inte heller gjorde med tanke på den skränande bränslepumpen. "Bengt, nej. De sköra Kungsängsliljorna i gräsmattan, det är mina små älsklingar och massor av vitsippor gör dem sällskap. Här kapas ingenting. Kommer det inget regn snart blir det nog ingen mer klippning. Mer hömatta än gräsmatta, tänker jag", sa Rut.

"Karma! Ni har ju skaffat er en alpacka så det kanske är välkommet med lite ökenvärme." Bengt skrattade åt sitt eget skämt.
"En lama", påminde Twist som precis blivit klar med tankningen.
"Jaja, det må väl vara sak samma", svarade Bengt.
"Visst är det underligt", fortsatte Rut rädd för att Twists fåordighet kunde ha väckt Bengts inneboende tjurskalle. Någon syra dem emellan ville hon inte veta av idag så hon pratade på.
"Att trots värmen, drog vi på oss varsin världens förkylning som underligt nog råkade sammanfalla med en period då vår morgonsup tagit slut", sa hon och gjorde ett citationstecken i luften samtidigt som hon sa *underligt*.
"Morgonsup? Tar ni sånt? Tänk att det har jag också alltid gjort. Min lille rackare som jag kallar den. Ett glas O'boy med konjak i."
"Mm, vad gott det låter klockan sju på morgonen, fast vår sup består av ingefära, citron, honung, gurkmeja och lite sådana goda grejer", sa Twist och såg retsamt nöjd ut. Rut sparkade till honom på foten. Hon visste att Twist var superless på Bengt. Vad var det Twist hade uttryckt härom dagen? Att Bengt var lika karaktärsstark som ett utsvultet rovdjur.

Twists tvivel över Bengts person hade börjat redan med äppelkriget för några år sedan, då han var anställd på ICA.

274

När han vägrade att ge Rut ett bra kilopris på äpplen som hon skulle musta i deras nya musteri. Därefter skottet som fällde deras sura men mycket tillgivna bock Ulvar. Att Bengt sedan hade snattat en katt gjorde honom inte till en bättre människa, för att därefter stjäla deras gårdstomte. Som löken på laxen var den stackars tomten sedan utsatt för något som kunde liknas ett hedersmord. Bränd med religiösa förtecken. Däremellan roade sig Bengt med att förstöra för Tobbes lag när de hade ö-kampen i somras. Karl var inte att lita på, det stod klart för den annars i så många stycken förlåtande Twist.

"Nä, vad säger du Twist. Ska vi kanske ta och åka vidare?"

Rut vände sig mot Bengt igen.

"Vi är på väg till Trosa faktiskt. På lite minisemester, men visst ses vi på lördag. Hos dig alltså?"

"Ja jo just det. Ni är så välkomna."

För till Trosa skulle de och faktiskt för andra gången. Förra året vid samma tidpunkt lyckades de komma loss från gården för ett dygns minisemester på Trosa stadshotell med tillhörande omgivningar. Twist som fyller år i februari hade då som nu, överraskats av Mini, Sigge, Mac och Pia-Carin. Gåvan var att de fyra skulle ta hand om och ansvara för gården under Ruts och Twists bortavaro. Betala kalaset fick Rut och Twist däremot göra själva.

Trosa stadshotell är verkligen inget dåligt ställe att landa på eftersom det dels finns ett SPA, dels en massa god mat och dels en uppgjord plan för dag nummer två. Årets plan var att gå en liten sträcka av Sörmlandsleden. De skulle starta med att varva ner på hotellets uteservering i eftermiddagssolen med varsin öl. Var det någonting som dagshettan förde med sig så var det ljuvliga eftermiddagar och kvällar. Efter en öl och lite chitchat, skulle de plumsa runt på stadshotellets SPA under ett par timmar och därefter äta en tvårättersmiddag. Ljuvligt läckert och mysigt.

Sörmlandsleden består av cirka 100 mil kulturbygd och historia och är en av Sveriges längsta natur- och kulturvandringsleder. De olika etapperna har olika svårighetsgrader och varierande rastplatser, alltsammans markerat med orangefärgade ringar runt träd och stolpar. Leden går genom djupa skogar, över öppna landskap, upp på bergknallar, på stigar och landsvägar, förbi kuststräckor och glittrande sjöar. Längs leden finns rundslingor i olika längder, från någon timmes vandring till en dagstur. Det finns flera iordningställda rastplatser, ofta med murade eldstäder och skärmskydd eller så kan man välja vandrarhem som sovplats. Ruts och Twist var varken ute efter skärmar, kojor eller vandrarhem. De behövde stadshotell inklusive SPA.

Sedan de sovit SPA-värmen och mättnaden ur kroppen skulle de angripa en sträckning av Sörmlandsleden. De siktade in sig på etapp 56, och för enkelhetens skull samma som förra året. Den startar vid Tullgarns slott, det som en gång i tiden var kung Gustav V:s sommarresidens. Sträckan de därefter skulle gå innan de skulle vara tillbaka i Trosa igen var 21 kilometer lång. På deras väg skulle de passera Tullgarnsviken och Anderviken, hästhagar, badplatser, uddar, utsiktsplatser, en fornborg och en kalkugn. En fikapaus skulle de ta i Stensund. I upplägget ingick en matsäck från hotellet med mackor, frukt och energibarer samt vatten och kaffe. Allt detta hade de nu framför sig vilket var alldeles underbart och väl värt att rekommendera. De visste att det skulle bli många steg på stegmätaren innan de var hemma i Laduvik igen nästa dag. Närmare 35000 steg.

När de kommit hem kikade Rut in på Facebook för att se om Pernilla och Tobbe rapporterat något från semestern. De var nu inne på sin tredje semestervecka i Europa efter två veckor i Tyskland och hade precis startat upp en veckas

EM-segling i Holland. Jodå, det fanns en hälsning där på Messenger:

Hej på er! Vi har det superbra och vill bara skicka en snabbrapport. Idag fick vi två riktigt dåliga starter men en av dem omformades till en så kallad "Wanjelinare". Hör här: Vi fastnade helt i starten och beslutade oss för att köra en babordsstart vilket innebär att man behöver korsa hela startfältet. Det gick sådär... Vi höll på att krocka med en båt, men slog precis framför så de i stället körde in i oss. Så får man inte göra. De skrek åt oss och vi skämdes, gjorde en straffsnurr och var SÅ ABSOLUT SIST som någon kan i starten... dessutom utan fart.

Därefter seglade vi den bästa kryssen två idioter kan göra, helt i fri vind och nästan totalt ensamma på styrbordssidan av banan. Trumvirvel.... Vi rundande kryssmärket och offsetmärket som 7:e båt. Vi rundade f.ö som topp 10 två gånger i det racet. Amazing! Tappade visserligen några placeringar på undanvinden men vi var med!

Kryssen har vi skött galet bra under veckan men undanvinden sämre. Den gick i och för sig bättre idag men den höll också på att sätta oss på näbben. I övrigt inga superfarter, båtfart som max 16 knop. Vi fick två protester på oss under dagen men ropade själva ut två. Det går hett till, men inga protester gick vidare till juryrummet. Nu ska vi packa ihop oss, både båten och tältet. Ses snart, om inte så hos Bengt nästa helg. Kul... och spännande, hehe... Kram!

Kapitel 18
Om stjärnorna, sandkornen och den gröna smeten
samt tanden som försvann

Lite drygt tre veckor hade passerat sedan de som bäst höll
på att packa och få ordning på allt. Nu var de redan på väg
tillbaka.

Semesterförberedelserna krävde massiv planering under
flera dagar. Båtpinaler och campingprylar skulle samlas ihop
och det mesta skulle packas i trailern. Allt de kunde komma
på skulle ner där innan nästa steg vilket var att ta den
fullastade trailern till klubben för att hämta båten. Där
tvättade de båten, trädde på transportstrumpor över
skroven och gjorde allting resklart innan båt och mast
surrades på plats på trailern. Därefter var det inte särskilt
enkelt att öppna lådan igen så det gällde att var sak hade
hittat sin bästa plats innan. Sist av allt packade de sina
personliga prylar, det vill säga seglargrejer för alla väder och
vanliga kläder utifrån samma tanke. Behövde det sägas?
Bilen var proppfull. Dagen efter drog de iväg med näsorna
pekande söderut. Då undrade de vilka äventyr som skulle
möta dem. Nu satt de på väg hem med facit.

Sista natten på campingen regnade det och på
hemresedagens morgon var det rejält blåsig. Om de haft en
seglingsdag framför sig, skulle det ha killat ordentligt i
magen. I stället var det dags för hemgång. Halv 9 vaknade
de i tältet och sträckte ut sina utsövda kroppar. En och en
halv timme senare var de puts väck från campingen. Spiken
i kistan i den minutiöst perfekt packade bilen var som alltid
att få med trailerhjulet. Det är hårt och oformbart, väldigt
skitigt och lite för stort, men på underligt vis kom det med.

I mörkret genom bilrutan syntes en lång rad med lampor som blinkade i fjärran. Det måste vara vindmöllor långt, långt där borta. De blinkar som fyrar. Frågan är om de faktiskt blinkar eller om de släcks tillfälligt varje gång ett propellerblad passerar. Svårt att veta, och går faktiskt inte att googla upp. Det finns knappt en sak man inte kan googla på, inte en detalj man behöver undra över. Svar finns att hitta på alla intryck och uppkoppling finns mot allt. Var och varannan själ har kommit att bli en egen "Youtuber". Det som inte går att ta reda på nuförtiden, alltså de få frågorna utan svar, blir nästan filosofiska oavsett innehåll och grad av komplikation. Nutidens filosofi = det o-google-bara. Pernilla var trött. Medan bilen susade fram på autobahn summerade hon det som varit, och det som nyss passerat. Ännu en vecka med fantastisk segling, härliga event, mysiga människor och spännande dagar. I Holland denna gång, eller rättare sagt, i Holland *även* denna gång. De hade varit lite längre söderut nu, fyra mil från Rotterdam i sydvästra Holland. Detta år seglade de inte på Nordsjön utan i dess stora inlopp precis intill. Haringvliet lake som sjön heter. De reste inte heller med två båtar som förra året utan hade valt F16 Championship framför Hobie EM.

För mindre än ett dygn sedan var alla deltagare i färd med att plocka ihop sig från stranden. De bytte om och hängde allt blött på tork, riggade av och demonterade båtar. Vilken värme... de behövde gå och duscha många gånger för att kunna fortsätta riva båt. Pernilla och Tobbe arbetade systematiskt och det visste exakt i vilken ordning saker skulle göras. Med sand runtom höll de tungan extra rätt i mun. De fällde mast, rullade segel, och sorterade pinaler. Stuvade, packade och fyllde trailern. Till slut var allt klart och bara transporten från stranden återstod.

En glädjefull prisutdelning inklusive lite snacks avbröt dem tillfälligt, därefter demonterades hela EM-arrangemanget även på land. Tälten, sittplatserna, alla dekorationer, vepor och flaggor togs bort. Den gemytliga lilla katamaranklubben Hellecat blev avmaskerad och återfick sitt ordinarie utseende. Hellevoetsluis, så dags hade de nästan lärt sig att uttala namnet på orten. Så dags hade de till och med börjat vänja sig vid den kompakta lukten av förmultnat sjögräs. I ett brett band från strandkanten och en bit ut låg nämligen en tjock, slemmig, hal och illaluktande sörja av sjögräs. I denna gegga hade de varit tvungna att leda båten, och själva gå i, för att komma ut på vattnet. De första dagarna kändes det äckligt, kanske också dag två men sedan vande de sig. Det var bara att trycka sig igenom skiten som de sa. Walter på klubben gjorde vad han kunde för att få bort lite av geggan. Han körde en bred skrapa med hjälp av en traktor och lyckades flytta ut massorna en bit i vattnet. Resultatet av det blev att alltsammans sakta, sakta gled tillbaka på sin ursprungliga plats igen. Övningen krävde samma strävsamma uthållighet som den att försöka dränka olja i vinäger.

Men nu hade de lämnat alltihop. Det sista de gjorde var att surra båten på trailern och vänta på att få traktorskjuts med hela ekipaget från stranden till bilen. Vägen däremellan lämpade sig inte för vanlig bil på grund av mängden sand och den dåliga vägen. Även här var Walter den som stod för servicen. Han körde iväg ekipage efter ekipage med en förbluffande effektivitet, samtidigt som han vinkade hej då och på återseende till dem alla.

När de hade lämnat klubben bakom sig pratade de om alla som de träffat. Deras europeiska nätverk sedan tidigare seglingar i Tyskland och Schweiz. Den franska mätmannen Antoine och spanjoren Alfredo. Det belgiska paret Gill och Kathleene, tyskarna Thomas och Katrin, Andy från Schweiz och Floris från Belgien. Och så deras nya bekantskap; holländska Walter och hans fru. Det hade varit ett varierat och roligt umgänge och de hoppades på återseende nästa år. I Frankrike, på en sjö i trakterna av Bordeaux.

"Vet du om det finns lika många stjärnor som sandkorn på jorden?" Pernilla bröt tystnaden i bilen.

"Hur kan man veta det?"

"Det gör det. Jag har googlat på frågan."

"Viktiga grejer."

"Jo men det är det, hör här: Varje stjärna är ungefär lika stor som solen, det vill säga drygt en miljon gånger jordens yta. I vår galax finns ungefär 100 miljarder stjärnor, alltså de stjärnor vi kan se om vi tittar upp mot Vintergatan. Utanför dessa finns lika många till i galaxer längre bort och där utöver lika många igen. Man kan säga att det är cirka hundra miljarder stjärnor per galax vilket sammanräknat blir ungefär tusen miljarders miljarder stjärnor."

"Fast det är väl inte riktigt svaret på din fråga?"

"Kan tyckas så men enligt dem som *vet*, är svaret 'ja'. Om man räknar volymen sand på alla stränder, öknar och andra sandiga områden så..."

"Typ Hellevoetsluis" avbröt Tobbe henne.

"Japp, exakt!" Pernilla log åt det klandervärda uttalet, "så beräknas lika många sandkorn finnas som antalet stjärnor."

Tystnaden bredde ut sig i bilen på nytt. Tobbe hade fullt upp att tänka på bilkörningen och Pernilla försjönk i egna tankar.

Tidningen Catsailing News hade rapporterat de flesta dagarna av EM och Tobbe och Pernilla hade varit med på bild flera gånger. Inte för att de var bäst, men de passerade ofta det första kryssmärket som topp 10, och det var tydligen där fotograferna uppehöll sig. Totalt sett hade seglingen varit fantastisk. Dock hade de förföljts av noll självförtroende vid starterna. De var grymma på kryssen men gjorde dåliga undanvindsben och kassa rundningar inför nästkommande varv. På kryssbenen kunde de visserligen plocka tillbaka det de förlorat, men med det upplägget tappades placeringar efter varje varv. Även målgångarna lämnade allt övrigt att önska. Visserligen korsade de alltid mållinjen, men inte förrän de hade släppt förbi ett stort gäng först. Den värsta rundningen under veckan var den när fem båtar sammanstötte och klumpade ihop sig vid gaten. Tobbe fick styrpinnen i kläm, någons pek höll på att träffa Pernilla i huvudet och en båt fastnade totalt på märket. Tänk plockepinn och förstå att inget av detta på något vis var enkelt att komma loss ur. Fast som de satt i denna härva var det bara att räkna in antalet båtar som passerade förbi dem, både där och då och bland resultaten.

Trots pågående värmebölja kändes vindarna avsvalkande och luften friskare ute på vattnet. Med seglingen följde så klart även uppiggande stänk och det behövdes, särskilt när det blev många timmar på vattnet. En dag blev riktigt lång. Då lämnade de inte vattnet förrän halv åtta på kvällen, stela och ömma som efter en heldag med rodeoritt. Som tur var hade de samma förmiddag bjudits på brunch på klubben. Bröd, skinka och ost, juicer och pannkakor med sirap fanns att äta. Det var när de åt som bäst som tävlingsledningen informerade dem om att dagens två planerade race, hade blivit fem. Tydligen låg det mycket vind och lurade så de beslutade att lägga in ytterligare tid på vattnet. Deltagarna ombads ta med sig extra proviant ut.

Seglingen hade i det stora hela gått bra, eller de var nöjda, så kanske det kunde sammanfattas. De lämnade Holland med en 18:e plats av 37 möjliga. Efter 20 timmars segling hade de fått till en snygg och jämn serie av race:
14 – (32) – 22 – 15 – 21 – 22 – 22 – 21 – 14 – 15 – (23) – 16 – 15 – (27) – 13 – 7. Nöjdast var de med den allra sista dagen, där de gjorde en copy paste på förra årets EM-avslut, och gled över mållinjen på en sjunde plats.

På klubben den sista seglingsdagens morgon, rådde full aktivitet. Alla var uppslukade av sitt och helt fokuserade. Några team såg chansen att ta sig uppåt i resultatlistan, andra var nöjda med de insatser de gjort. Tobbes och Pernillas inställning låg nog lite mittemellan. I förra årets EM på Genevesjön knep de en 19:e plats bland 42 båtar. I år hade de hoppats på en 15:e plats eller bättre men insåg att de nog skulle få lämna EM långt under det satta målet. De hade gjort bort sig ordentligt dagen innan och cementerats i mitten. Plats 21, eller möjligen ännu sämre, var nog vad de kunde hoppas på. En fransk och en tysk båt hade tagit sig förbi dem i resultatlistan på grund av gårdagens fiasko. En schweizare som de också hade tampats med, låg hela tiden nedanför dem bland resultaten, men den båten kanske skulle lyckas tränga ner Tobbe och Pernilla ytterligare bland resultaten om de inte skärpte sig.

Morgonproceduren på klubben startade alltid enligt en viss rutin och saker gjordes i en särskild ordning. Det första som prioriterades var att öppna trailerlådan och plocka upp saker som kanske inte riktigt hunnit torka på torklinan dagen innan. Därefter plockade de fram allt de behövde för dagen. De trimmade och riggade. De fyllde på vatten i sina dricksflaskor och la ner energibarer i trampolinfickan. Samtidigt höll de koll på flaggor som signalerade när det var dags för start, alternativt om starten blivit uppskjuten. Två race var planerade och de var beredda inför ombyte. Seglingen hade som sagt blivit utdragen dagen innan så det mesta i klädväg var fortfarande fuktigt. Under tiden kläderna torkade började de rigga båten i lugnt tempo. Ingen längtade efter att sätta på sin våtdräkt, flytväst och övrig utrustning i den trettiogradiga värmen. In i det sista dröjde de sig kvar i shorts på stranden och hissade storseglet så sent som möjligt. När de närmade sig tiden för start började de sätta focken men då fastnade dragkedjan på något sätt och Tobbe ryckte till. Först en gång och så en

283

gång till ganska hårt och då släppte det. Dessvärre släppte inte bara det som satt fast, utan också en mycket viktigt liten detalj på en halv centimeter... nämligen en av tänderna i dragkedjan som är tänkt att hålla linan till förliket på plats. Utan fungerande dragkedja gick det inte att hissa focken, och utan fock ingen segling. Ibland hänger det verkligen på de små detaljerna och frånvaron av en enda liten tand höll på att ställa in all fortsatt segling. Dessutom började det bli bråttom, starten var tidsbestämd och klockan gick.

Med på mästerskapen finns ofta återförsäljare som promotar sina båttyper. I Hellecat fanns representanter på plats för att kunna serva dem alla. Tobbe sökte upp representanten för Viper och delade med sig av team Swedens "zipper problem". En hel trailer med grejer öppnades upp och där fanns en sprillans ny fock till salu. "Pjuhh!" sa Tobbe.

"Bra!" sa Pernilla och tänkte att med en ny fock skulle det bli mindre att skylla på om det inte var driv i båten denna avgörande dag. Det hade blivit en grej att skoja med visst allvar om att allting, precis allting, var antingen fockens, gennakerns eller gastens fel. Nu skulle det äntligen bli fart på skiten. Se så, skynda på. Ut på sjön.

Fast riktigt så enkelt var det inte. De sumpade det helt. Starten gick åt pipsvängen och vindförhållandena var inte precis bäst. Den lilla vind som fanns hade vänt och massor av sjögräs hade kommit i rotation. Sjögräs i stora sjok och av olika sorter lämnade stranden och hamnade ute i vattnet i stället. Detta hängde sig fast på sticksvärd och roder och grundade för det som kom att bli en katastrofdag. Känslan som infinner sig efter att ha kommit i mål och sett sig över axeln där enbart en handfull båtar finns kvar på banan, är ingen skön känsla. På dagens enda race tog en 27:e plats.

Nåväl, det var bara att ta nya tag som de så ofta sa. På mästerskapets allra sista dag var endast två race inplanerade. De riggade den nya focken och storseglet samt såg över trapetser och knopar. De kontrollerade att linorna löpte som de skulle och rullade därefter ner båten till sjön. De trampade sig igenom det tjocka, hala lagret av halvt förruttnat sjögräs på stranden och ledde båten ut en bit. Sjön var otroligt långgrund. Man kunde gå cirka hundra meter ut och sedan segla första biten utan roder och sticksvärd innan det blivit djupt nog för att fälla ner dem. Denna dag hade ett ytterligare band av sjögräs parkerat en bit ut. Ett band som behövde passeras och en rensning av roder och sticksvärd till följd av det. I denna rensning och just där krockade de med spanjoren. Han hade, på grund av allt sjögräs, tillfälligt förlorat styrförmågan på sin båt och körde rakt in i Pernilla och Tobbe. Sammanstötning gick inte att hejda och resultatet av det blev en buckla och en spricka i skrovet. Osäkra på om sprickan skulle komma att ta in vatten behövde de hitta någon slags tejp. Något, precis vad som helst, som skulle hålla i två race under dagens vind- och vågförhållanden.

Ingen av de andra dagarna hade det varit vågor, detta var ett av de plattaste vatten de seglat i. Men denna dag minsann, när de skulle försöka tejpa skrov, gick det vågor som försatte båten i världens berg- och dalbaneläge. De vinkade till sig en coachbåt och fick, efter lång stunds väntan, låna en handduk och en tejprulle. De visste att startproceduren snart skulle påbörjas. Pernilla gränslade skrovet och försökte torka det torrt mellan vågorna för att tejpen skulle fästa. Varje gång hon lyckats torka torrt, kom en ny våg som blötte ner skrovet. Pernilla fick dit en tejpbit som inte fäste helt utan lossnade. Det var bara att riva bort och börja om, och så höll det på. Torka, tejpa, riva loss. Ett försök, två försök...

När startsekvensen gick igång under den tredje tejpövningen, visste de att de bara hade fem minuter på sig att bli klara. Startsignalen tjöt och på märkligt vis hade de lyckats positionera sig på startlinjen och fick till en riktig guldstart. Med ett tejpat kryss på styrbordsskrovet och galen revanschlusta körde de som kungar och äntligen seglade de ifatt dem de jagat under veckan. Två varv senare körde de in på en 13:e plats.

Den allra sista starten för årets EM följde strax senare. Efter femton race och med lika mycket vemod som lättnad, skulle det snart vara slut. Starten gick superbra, likaså kryssen, den var amazing! De valde en helt egen väg, faktiskt helt rätt väg, och kom förbi ett stort gäng båtar. Plötsligt var de tre båtar som körde i en klunga mot mål och Sverige gjorde slarvsylta av de båda andra.
I förra årets EM körde Tobbe och Pernilla över mållinjen i det allra sista racet på 9:e plats. I år på 7:e plats. Det gjorde att de lyckades med det omöjliga denna sista dag, nämligen att plocka upp sig tre platser i resultatlistan.

Tobbe och Pernilla hade nu kommit fram till en vägtull. En röd lampa lyste skarpt i mörkret och grinden var öppen. Inte en själ i sikte. På grinden hittade Tobbe en knapp på stolpen och något som liknande en mikrofon. Han tryckte in knappen och böjde sig fram mot stolpen.
"Hello is there anyone here?" Att det inte fanns någon just precis i stolpen gick att räkna ut, men tydligen fanns ingen någon annanstans heller eftersom inget svar kom. Förutom det surrande, svävande högtalarljudet var det alldeles tyst.
"Hello?", försökte Tobbe igen. Han tittade på Pernilla och de resonerade helt kort om huruvida det skulle anses lämpligt att köra, att lite snyggt bara glida igenom tullen. De tog beslutet att det var okej, grinden var ju ändå öppen. Ett högljutt larmande skar genom luften i samma stund som de passerade grinden. Pernilla skrek till och de tittade på

varandra som om en av dem satt med svaret på vad nästa steg skulle bli. Nästan samtidigt kom de på vad det var och började skratta. Tobbe hade glömt sätta på sig säkerhetsbältet så det var bilen som larmade. "Nerverna på utsidan eller?", retades Pernilla som visste hur viktigt det var för Tobbe att göra rätt. Att passera en stolpe utan att få svar hörde definitivt dit.

Campingen de hade bott på var bra men den långa infarten var väldigt smal. Att resa med trailer skapade verkligen spänning på olika sätt varje resa. Dels var deras ekipage långt och dels var det brett, att mötas eller trängas var svåra grejer. På ena sidan av infarten fanns en hög vall med får som betade i uppförsbacke och på den andra en hage med getter. Som tur var som slapp de möte på den smala vägen och de kunde köra hela vägen in till receptionen. Bakom djurhagarna syntes det gigantiska campingområdet Camping 't Weergors. Stora gräsfält för tältare och markerade platser för husvagnar och husbilar. Det fanns bungalows, villavagnar och generösa platser för långliggare. De som långcampade krävde utrymme för såväl husvagn och partytält som utomhussoffor, gasolgrill och blomkrukor. På området fanns också stora servicehus med duschar och toaletter plus rum för tvätt och disk. Till och med toalettinredning anpassad för barns höjd samt särskilda hundduschar. På området rymdes också en liten shop, flera lekytor och en restaurang. På restaurangen åt de vid ett par tillfällen. En av gångerna var när de firade sin bröllopsdag där. Det blev en lite arg och stressad lunch som förutom trötta miner inkluderade ett bröd inklusive texmexad kyckling och varsin öl. Very delicious. Less romantic.

De skulle aldrig glömma den hetta som följde under hela veckan. Folk slogs om platser i skuggan, även Pernilla som älskade att lapa sol var de än var, behövde skugga. De var på campingrestaurangen ytterligare en gång och då

287

tillsammans med seglarkompisarna sista kvällen. Ett långbord dukades upp och de delade detta bord med en spanjor, två schweizare, en tysk och en holländare. Den enda som saknades var Bellman annars gestaltade sällskapet vilken Bellmanhistoria som helst. De åt ett skrovmål pasta och summerade veckan innan de tog farväl för denna gång.

Medan Pernilla satt i sina tankar hade Tobbe kört dem till nästa vägtull. Där var det också bara en stolpe. Skillnad här var att stolpen pratade.
"Ticket please."
Tobbe tittade åt Pernillas håll och såg sammanbiten ut. Pernilla ryckte på axlarna och kände sig samtidigt spänd av förväntan. Tobbe lutade sig ut genom bilfönstret och nästan viskade:
"We don't have any".
"Why?", undrade stolpen.
"Well because the gate was open and there was a button and we said hello". Pernilla kvävde ett skratt.
"So you just went through?"
"Eh well, not at first. We really said hello many times. No one answered." Stolpen var helt tyst, så Tobbe fortsatte.
"We're sorry, what do you want us to do?" Det blev tyst igen och Tobbe tittade undrande på Pernilla.
"You can pass", sa rösten i stolpen. Tobbe tycktes som om han andades ut, la i ettan och körde. Pernilla fick äntligen chans att skratta med hjälp av lite luft.

Genomgående när de reste på detta vis, med bil och tält, hade de för det mesta tur. Allt fungerade tillfredsställande även om platserna de campade på varierade en aning. Samtliga var utsedda av arrangörerna för mästerskapen och de var måna om att det skulle upplevas funktionellt. Seglingen som sådan anses nog inte höra till den mest bekväma sortens segling och generellt gäller detsamma även med campinglivet. Det är ett krypande och hukande. Lite hårt, en gnutta besvärligt, ett uns trångt och en aning rörigt. I Australien 2014 hade de den lyxigaste campingen, med en camper van och ett eget toalett- och duschhus. Vid Garda året efter hade de också en sagolik tur, med camping i en olivlund. Förra årets camping i Morges vid Genevesjön var helt klart i klass med Australien och även Noordwijk samma år om man bortsåg från vädret som förstörde intrycket. Det var nämligen en stunds regn varje dag. Sämst camping hade Kellenhusen erbjudit i fårhagen, speciellt 2011 då regnet övermannade hela situationen. 2013 var det bättre men lik förbannat en fårhage. Näst sämst i denna sämstutmärkelse kommer Travemünde med den överfulla toalettlängan. Plats tre får nog tilldelas Neusiedler See i Österrike 2016 på grund av alla mygg. Också på grund av raddan av proppfulla bajamajor på campingen samt den arga tanten som syrligt tilldelade dem duschmöjligheter.

På årets camping hade de fått en plats längst ner på det enorma gräsområdet, och där hade de det bra. Visserligen var det i hundavdelningen anade de, eftersom det fanns hundar vart de än tittade. Det var alltid någon av dem som behövde säga "voff" och alltid någon som behövde besvara detta voff med ett eget voff följt av flera voff. Tobbe och Pernilla hade varit oroliga att skällandet skulle störa nattsömnen men i det stora hela hade det fungerat bra. Efter campingen i Noordwijk förra året slängde de sitt tält i en container. Det hade gjort sitt efter många förtjänstfulla år. Detta år hade de investerat i ett nytt tält och en tjock, välpumpad madrass. De hade också preppat sig med torrmat: nudlar och något som senare visade sig vara potatispulver. "Kartoffelbrei mit Röstzwiebeln & Croutons". Av med cellofanlocket och i med vatten... fyll på till strecket. Vattenkokare hade de så klart packat med sig. Varje morgon bakades det visserligen bröd på campingen men Tobbe och Pernilla hann aldrig riktigt med det. Starterna var ofta tidiga och det var en bit att köra till båtklubben. Kaffe och kubbar, samt nudlar alternativt potatismos fick bli frukost och ett par nöt- och fruktbarer med i packningen för senare intag.

I gräsmattan på campingplatsen hade det, med hjälp av vit sprayfärg, gjorts försök att markera upp någon slags ordning. Från Tobbes och Pernillas tält och bort mot servicehuset gick det därför ett svagt vitt och ganska brett band i gräset. Perfekt för Pernilla som utan linser, och med lampor som knappt lyste upp vägen, hade svårt att hitta till toaletten i mörkret. Just follow the line. Ingen skulle behöva höra fjonget i tältlinan och sedan uppleva hur det känns att vakna när en sextiokilostant kraschar genom tältduken. Nej, på campingen hälsade de skötsamt på dagtid, det fick räcka. Ingenting saknades på campingen och de trivdes som två fiskar i vattnet, om det inte var för en detalj; värmen. Den var obeskrivlig och märkligt nog svår att vänja sig vid. Morgonens dusch inklusive hårtvätt var lika onödig som att vattna gräset när det regnar. Direkt efter frullen, och särskilt efter en terrin med potatismos, började de flyta bort av värmen igen. Svettattackerna var omöjliga att hejda och snart efter att de lämnat campingen var de ändå på båten där de genomsköldes av sjögräsvatten. Så, onödigt var bara förnamnet.

Hemma brann det i skogarna och det var uppenbart att många av seglarna kände till situationen med bränderna i Sverige. Som det vanligtvis gick till när de träffades inför EM, hälsades det runt i gänget och särskilt på dem de haft mycket kontakt med tidigare år. En kindpuss på vardera kind var seden och några välkomnande fraser utbyttes. Många förundras över Pernillas och Tobbes ambitioner att åka så långt för att segla. Nästan exotiskt långt. Sverige har gott rykte och skapar en grund för många samtalsämnen men i stället för att prata om Zlatan eller ABBA i år, pratades det om bränderna. Européerna visste allt om läget, eller i alla fall mer än Pernilla och Tobbe, eftersom de hann både åka och komma hem igen medan bränder härjade och eldningsförbud gavs.

"Vad bra vi har haft det", sa Pernilla efter en lång stunds tystnad.

"Håller med. Jag sitter och skrollar igenom mitt inre medan jag kör."

"Gör du? Jag med. Jag trodde du mest höll koll på surrningen och spänntampar, satt och lyssnade på ljud och observerade trafikrytmen."

"Jag tänkte på practice race", sa Tobbe.

"Å ja! Vi seglade som gudar och knep en 6:e plats! Igen."

"Vadå igen?"

"Samma grej som i förra årets EM på Genevesjön. Då kördes två practice race och vi placerade oss på en 6:e plats då också."

"Ja det kommer jag ihåg när du säger det."

"Jag minns inte hur vi lyckades men nu fick vi i alla fall till en drömstart!"

"Ja, och det är så mycket roligare att vara på öppningsceremonin senare på kvällen om man hamnat närmare toppen än botten."

"Sant!"

Varje mästerskap inleddes alltid med ett practice race. En bra och intressant aktivitet för att känna på båten, kolla av banan och komma ut på vattnet. Vindförhållandena på den aktuella dagen var perfekta. Tre till fem meter per sekund, några vindvrid men inte särskilt byigt. Alla båtar ställde inte upp men 31 båtar var startklara för att vara med på dagens race. Det kördes två varv på banan och allt löpte på bra. Därefter var det öppningsceremoni och varje land och dess deltagare presenterades med en snutt av nationalhymnen. Som vanligt var Tobbe och Pernilla ensamma representanter för Sverige. Med det underlaget gällde att de inte bara var det bästa teamet från Sverige. De var också det yngsta, starkaste, skickligaste och snabbaste. Ingen kunde ändra på det. Det hade bjudits på pasta och spanskt rödvin, en sponsring som spanjoren Alfredo hade ordnat. Vinet hette Coto de Hayas Garnacha Centenaria och var otroligt gott. Förresten, vad som än serverades av mat och dryck under mästerskapsdagar smakade som det godaste de någonsin ätit. Samma vin fanns kvar i mängder även till den thaimiddag som klubben serverade en annan kväll. Thai och rödtjut. Den kvällen var het, skön och tropisk.

En eftermiddag när det, i väntan på Captains dinner, uppstod ett vakuum mellan seglingen och maten började Tobbe och Pernilla spela sällskapsspelet Kludd. Ett spel med sju tärningar där uppgiften är att bygga ihop olika figurer. Snart fick de nyfikna andra runt sig. Först Alfredo, sedan Andy och hans gast Keli. De ville vara med och spela och gjorde det med fullt engagemang, tränade på svenska ord och hade kul. Captains dinner är i stort sett ett stående event när det är mästerskap. Årets middag bestod av superfina pizzor i obegränsad mängd från en foodtruck. Därefter rikligt med efterrätter. Chokladmousse, fruktsallad och sugrörsdrinkar av juice och glass samt fyra olika sorters pannacotta. En mysig, mycket glad och svettig kväll till långt efter middagstid. De somnade i tältet som vanligt alldeles proppmätta.

Tobbe och Pernilla kom fram till Travemünde vid halv åtta där de ställde av sig bil och båttrailer på ett gräsfält de känner till sedan tidigare. I staden var det full aktivitet denna ljumma kväll och dessutom sista dagen på den årliga återkommande Travemündeveckan. Pernilla visste, eftersom de varit där för ett antal år sedan, hur innehållsrik veckan kunde vara. En crêpes, en Aperol plus en lång och härlig strand- och pirpromenad var det de hann med innan färjan skulle gå. Kunde det bli ett bättre avslut på deras

Europaturné? Färjan mot Sverige avgick klockan 00:30. Hytt och dusch väntade och på andra sidan Östersjön hela gänget i Laduvik. Pernilla hade hållit kontakten med Rut under resans gång. Rut berättade att en fest var planerad kommande helg. Inte helt spontan men eventuellt lite hemlig, precis som värden själv. Festen skulle nämligen vara hos Bengt.

"Till helgen är det fest hos Bengt. Enligt Rut kallade han den visst för dammadagen."

"Jaha, ska han ha storstädning eller?"

"Vet inte, men Rut berättade att Mac hade varit där och röjt en massa skrot, så har vi otur får vi hjälpa till med resten. Tänk om det blir storstädning?"

"Fy fan. Ja ja, vi får väl se. Det ska bli kul att träffa dem igen. Men du, nu är det visst vår tur att köra på färjan."

De satt och väntade på att färjekön skulle börja rulla och Pernilla kände att hon ville dela med sig av den sinnesstämningen hon hade i kroppen. Hon skrollade på Youtube efter en låt att spela och hittade *Down by the River* med Milky Chance. Inte lika känd som hiten *Stolen Dance* men bra på sitt sätt. Framför allt passande. Hon ökade volymen i samma stund som Tobbe körde uppför fartygsrampen.

Pernilla och Tobbe lämnade Europa via Travefloden tillsammans med sina nyvaskade och upplevelsemättade själar.

293

Kapitel 19

Om liftdumperbehållaren, långbordet och Bodhiträdet
samt nagelbitar och skägg i en liten ask

"Å hej å hå", pressade Bengt fram samtidigt som han
slungade en ny sten på högen intill sig. Berget av stenar
växte sig allt större och han hade hållit på ett bra tag nu med
spade och spett. "Å hej å hå", pustade han igen men snart tyckte han nog att
högen innehöll tillräckligt många stenar. Spaden var
tillfälligtvis nedstucken i marken medan han med spettets
hjälp försökte trycka upp den sista stenen ur jordlagren.
Även den visade sig vara ganska rejäl. Innan han hade börjat
bryta marken, lyfte han försiktigt upp två lock av det övre
markskiktet. De låg nu en bit därifrån för att så småningom
utgöra själva kronan på verket.
"Å heeeeeej". Ett långdraget stön följde och därmed var den
sista stenen uppe. På marken framför sig hade han nu en
stor hög med stenar och därtill två rejäla hål. Dessa började
han bearbeta genom att skyffla upp all lös jord och de
småstenar som låg synliga. Sist av allt mätte han upp
groparna. Femtio centimeters djup per grop fick räcka och
raka fina kanter som inte rasade. Även bredden på groparna
skulle vara minst femtio centimeter. I anslutning till de två
större groparna grävde han ytterligare ett hål, i storlek av ett
smörpaket ungefär. Han formade till kanterna och kände sig
sedan fullt belåten.

Bengt lämnade arbetet för en stund och gick för att fånga
upp mossan som så dags legat i vatten flera timmar. Den var
helt genomdränkt och behövde därför ligga och droppa av
sig något. Näverbitarna som också hade simmat runt i
hinken var fortfarande aningen styva så de fick ligga kvar i

vattnet ett tag till. Därefter gjorde han upp en eld i en av groparna och så fort den tagit sig, la han ner stenarna där. Nöjd som en humla i en honungsburk lämnade han alltsammans och gick in i köket.

Det är ingen lång resa mellan att ge förslag och manipulera, tänkte Bengt som tyckte att Mac var den som bar skulden till dagens bestyr. De två tillsammans hade hjälpts åt att städa upp på Bengts tomt. Medan det hade pågått, och utan att Bengt riktigt förstått hur det ena följde det andra, började han anförtro sig åt Mac. Han berättade om sin önskan om att göra upp med sitt manér en gång för alla. Han var så less på sig själv. Att jämt och ständigt fara ut i vredesmod, gå för långt och sedan behöva leva med ångesten över vad han ställt till med. Han ville bli kvitt sina fasoner och later, till och med de egenheter han hade. Ja, alltsammans. Han ville börja om från början men begrep inte hur det skulle gå till. Medan Bengt rörde sig runt bland mossor och stenar spelades deras samtal upp i hans inre.

"Är det sant att man inte kan lära gamla hundar sitta?" hade han frågat Mac.
"För i så fall... du och jag är ju nästan lika gamla, hur kommer det sig att du kan sitta?"
Han kom ihåg hur dum han hade känt sig, eller ovan kanske, både över att ha ställt frågan men också över sin öppenhet. Särskilt mycket bättre hade det inte känts när svaret sedan kom.
"Hmmm", lät det från Mac. Ljudet var hans standardvokabulär medan han tänkte, men på tok för tunt som svar i det här känslosvallande sammanhanget.
"Jag trivs så bra med er alla och försöker göra mitt bästa men det går åt helvete gång på gång. Vad beror det på?" fortsatte Bengt.
"Jag vill vara med i gemenskapen, och får vara det, men straffar ut mig själv hela tiden."

Mac hade inte svaret på en enda av Bengts frågor men förklarade vid ett senare tillfälle att han inte trodde att det förväntades. Han antog att han gjorde bäst i att bara lyssna. "Jag har varit en usel man, en dålig far, en kass posttjänsteman, en tjafsig morfar och en svekfull granne. Lägg därtill en vresig ICA-handlare, en opålitlig arbetskamrat, en tjuvaktig husse, en tråkig svärfar, en impulsstyrd vän och nu senast; ett spirituellt fiasko. När ska alltihop egentligen ta slut. Finns det någon ände på skiten?" Det var då som Mac kom med den briljanta idén att Bengt skulle samla alla, ordna någonting att äta åt dem allesamman och en gång för alla berätta vad han faktiskt kände. Först skulle de gemensamt röja upp all bråte på Bengts tomt och sedan bjuda in hela gänget.

Bengt släppte sina funderingar och såg sig om. Han var otroligt tillfreds med det han skådade, var hans ögon än landade. Om nu Mac fick bära skulden för dagen, behövde han få minst lika mycket upprättelse för de senaste dagarna, tänkte Bengt. Borta var högarna av tegelpannor, stenplattor, sand och jord. De sönderblåsta presenningarna, som inte till ens en bråkdel täckt dessa högar, var likaså borta. Det rådde frid och harmoni på tomten. De rostiga rören, allt metallskrot, bildäcken, cyklarna och hammockställningen. Allt var som bortblåst. På platsen där allt detta tidigare legat, staplat och utspritt, var det nu krattat och plant. Tjugotalet gamla fälgar till lika många däck som aldrig någonsin matchat, plankhögar som för länge sedan nått bäst-före-datum, träskivor och fönsterbågar. Allt var kört till tippen. När de kört oräkneliga vändor började Mac yra om ineffektivitet och tittade efter andra lösningar för att kunna tömma tomten fortare. Bland annat trodde han att de behövde vara två man till. Minst. Dag nummer två hade han tagit med sig Mini som inför den tredje dagen ombads ta med så många människor han kunde hitta av starkt virke. Med sig fick han Sigge och Tor.

Herregud, tänkte Bengt. Det var ju en riktig skrotstation. Undrar om någon känt till att det funnits två skrotupplag i nejden. Typ kommunens återvinningsstation och den här. Kunde det varit så att någon trott sig hittat kommunens skrotstation, dumpat sitt avfall här och åkt hem? Nej, alltsammans var hans eget. Samlat under lång, lång tid. Att han inte hade fattat. Att han inte sett det Mac såg. Det var Mac som förstod, som tog initiativ, som insåg att något behövde göras. För detta var han Mac ett stort tack skyldig. Hans vän i nöden.

De gamla gräsklipparna, ekan, allt kraschat glas, toastolar och handfat, tjockteven och dynor till utemöbler plockades bort. Ruttna och delvis pulveriserade järnvägsslipers sågades itu och mattor som legat ute i ett par decennier lyftes upp från bråten. Under dem grodde en fullvärdig svampodling. Det var tavelramar och gamla båtdynor, en kärra med punkterade hjul, en trehjuling och flertalet skidor och stavar. Inga stavar fanns i par och en eventuell match mot skidorna var i det stora hela obefintlig. Av detta fanns inget längre kvar och Bengt saknade inget av det. Tre liftdumperbehållare fylldes och kördes iväg. Kvar på tomten stod enbart eldningstunnan och inget annat, precis det som han en gång startat med innan allt började spåra ur. Hela tomten var alltså rensad, men också gallrad, krattad, klippt och ansad.

På bänken i köket hade Bengt plockat fram aluminiumfolie och kryddor. Rosmarin, vitlök, timjan och oregano. Köttet, både fläskkött och nötkött, var redan preparerat. Lax och vit färsk fisk likaså. Han hade kokat upp vatten med salt och lite socker i som svalnat nästan helt innan kött och fisk lagts där i. Under de senaste två dygnen hade köttet legat där för att laken skulle tränga in. Saltningen var grunden, det visste han, men även örter och andra kryddor. Han hade snuddat vid tanken att låta köttet dra i vin i stället för vatten men beslutade sig för att ta vatten denna gång. Grönsaker fanns det i massor. Lök, champinjoner, bitar av majskolvar och paprika, allt var skuret och förberett. Likaså kålrötter, selleri, betor och palsternackor. Alltsammans perfekt för foliepaketen. Femhundra gram grönsaker beräknades vara lagom för fyra personer och en lika stor mängd potatis. De skulle bli långt fler än fyra, förmodligen så många som femton stycken. Det var Rut, Twist, Sigge, Mini, Pia-Carin och Mac. Tobbe, Tor och Pernilla och så Dimitri och han själv. Eventuellt skulle också Emil ta sig hem till Laduvik och kanske även Fia och Siri. Det var lika bra att räkna i överkant på maten, här skulle det inte snålas.

Bengt började riva stora stycken av aluminiumfolien och la kött, fisk och grönsaker på dessa. Han la på smör och hällde lite olja högst upp, slängde på kryddor och paketerade alltsammans väl. Det blev flera paket fisk, ännu fler köttpaket och stora härliga paket med grönsaker. Allt detta placerade han på en bricka för att bära det ut i trädgården. Med en blick på klockan såg han att den närmade sig fyra. Om en och en halv timme skulle gästerna komma. Bara Mac och Pia-Carin skulle anlända tidigare men även dem ville han överraska med sin finurliga matlagning så nu gällde det att bli helt klar. Pia-Carin skulle ta med lite skumpa och nåt tilltugg, Bengt skulle inte behöva tänka på allt hade hon försäkrat.

Bengt tog den lilla asken som preparerats i köket. Den ingick i hans pardon-tal som han skulle hålla senare på kvällen. Han tog med sig asken ut samtidigt som han bar ut brickan med tallrikar, bestick och glas. På den uttorkade gräsmattan, för torrt var det fortfarande, hade han dukat ett långbord och lagt på nyinköpta dukar och dynor på alla stolarna. Det var en varm och vindstilla eftermiddag så han räknade med att de skulle kunna ha en lång sittning ute. På några av stolarna hade han hängt filtar och i lyktorna fanns elljus laddade. Från träd till träd tvärs över långbordet hängde en slinga med lyktor. De hade laddats av dagens, ja kanske hela sommarens solljus, men än var det för ljust för att de skulle tändas upp. Bengt dukade upp bordet och när det var klart drog han på sig sina kaminhandskar för att försiktigt plocka upp stenarna ur elden. Han fördelade glöden mellan groparna och la ner hälften av stenarna på botten av varje grop. Stenarna fick inte ligga på varandra utan i enbart ett lager. Han la ner dem en och en, tätt tillsammans, samt fördelade några stycken en bit upp på groparnas väggar. Stenarna var rejält uppvärmda och det hade blivit dags att hämta matpaketen.

Det var jobbigt att ha bjudning. Hur mycket som helst att hålla i huvudet, både tågordning och tajming och helt van var han inte. Det enda som var riktigt viktigt var att få allt i ordning innan någon kom. Gästerna skulle minsann få tro att han inte fixat något annat än dukningen och en skål med chips. De skulle få oroa sig över att det var hämtpizza eller liknande skräpmat som stod på menyn. Matlagningen var en surpris som han var säker på att ingen av de andra ens hört talas om. Äntligen fick han chansen att stoltsera med en egen grej, alldeles egen. Å vad det här skulle bli bra.

För vilken gång i ordningen han fixade till i groparna visste han inte, men nu var det nära målet. Först grundade han med den blöta mossan och ovanpå den la han försiktigt ner köttpaketen. Sedan mer mossa uppe på folien för att skydda den. Nävern som också legat i blöt hade vid det här laget blivit tillräckligt formbar för att inte skära hål i folien. Ovanpå nävern la han de resterande stenarna. Fortfarande fanns ett utrymme kvar innan marknivå. Det utrymmet var exakt så högt att gräsflaket, som bestod av det översta markskiktet, kunde läggas uppe på och täppa till hela alltet som ett lock. Mycket häftigt. Ingen, absolut ingen, kunde ana att det låg en massa god mat under marken och kokade.

Att göra en kokgrop i marken är ett ypperligt sätt att tillaga både kött och grönsaker. Kokgropen blir som en ugn, det är en säker matlagningsmetod där maten tillagas i ångan av sin egen vätska. Alla smaker kommer till sin rätt och godare mat finns inte. För att skydda maten från den smutsiga jorden runtomkring behövs lagren av folie. Det är enkelt och sluter tätt på ett bra sätt utan att förändra värmeegenskaperna. Mossan och nävern i sin tur skyddar folien från de hårda stenarna.

Fisk och grönsaker kräver inte lika lång koktid som kött, så Bengt kunde göra en copy paste i den andra gropen i lugn och ro innan han placerade resterande foliepaket där. Köttet fick sitt försprång medan han arbetade med grop två lugnt och metodiskt. I sinom tid fick han på locket även över den kokstationen. Det viktigaste i detta skede var att se till att få det så tätt att ingen rök sipprade ut. I så fall behövde han strypa syretillförseln till resterna av elden längst ner i kokgropen genom att täta locket. När han såg att alltsammans verkade tätt applåderade han sig själv och kände sig absolut svinnöjd. Om lite drygt en timme skulle maten vara klar. Gästerna skulle hinna komma, de skulle ta en drink, han skulle hålla sitt tal och sen skulle de få undra var maten var. Den tredje mindre gropen bredvid de andra, fick stå öppen ett tag till.

Bengt tittade bort mot vägen och där såg han att Mac och Pia-Carin. Snacka om tajming. Bengt slängde undan kaminhandskarna i närmaste buske och rättade till kläderna. Han var redo.

"Jag har en fråga till dig som jag vill att du svarar helt ärligt på", sa Pia-Carin till Mac.

"Det var värst. Jag försöker väl alltid var ärlig, varför säger du så?"

"Är det som de säger att Yahoo var med på en rävjakt i höstas?"

"Har jag sagt någonting annat då menar du?"

"Nä, det är just det som är problemet. Du har inte sagt något alls och i min värld är det lika med att vara oärlig. Du har undanhållit något för mig som jag borde veta. Mac blev först helt tyst eftersom han behövde förhandla med sig själv. Hans inre slutplädering innehöll delar som sa att det nog var värt att ge ett svar, och helst ett som kunde klassificeras som sant.

"Nej. Yahoo var inte med på någon rävjakt. Du kan se det som en vanlig promenad i skogen. Hon var inte påverkad av jakt i den bemärkelsen."

"Vilken bemärkelse?" Pia-Carin såg skeptisk ut.

"Alltså jag menar, hon var bara en slags vilseledande manöver för att vi skulle kunna lura Twist om du förstår."

"Nej, inte riktigt. Du är dig inte lik Mac. Jag tycker inte om att du värdesätter lurendrejeri och att du måste dölja saker för mig. Vad säger det om dig egentligen? Vi får prata mer sen, när det passar bättre. Nu är vi ju framme", avslutade Pia-Carin men i samma vända tog hon ett djupt andetag och snudd på vrålade rakt ut:

"Men Mac, vad fint ni har gjort! Det är ju en helt annan tomt. Vilken fantastisk människa du är som har styrt upp det här." Hon tittade Mac djupt in i ögonen och kramade hans arm hårt. Mac förvånades över hustruns grad av skränighet men förstod att det var hennes passiva aggressivitet som pyst ut på aktivt vis. Hans egen känsla skiftade från skam till uppsluppenhet på mindre än tre sekunder.

"Å hej Bengt! Vad fin du har fått det. Grattis!"

"Ja visst blev det fint. Välkomna till min dhamma-dag."

"Behövs det verkligen? Alltså dammas? Det ser välstädat ut som aldrig förr. De andra kommer väl snart, kan jag gå in i köket och lägga upp lite tilltugg som jag gjort iordning till bubblorna?"

Pia-Carin hade gjort laxrullar till välkomstbubblet och alltsammans bar hon in i Bengts kök. Där kikade hon runt i skåpen efter uppläggningsfat och skålar. Så långt ögat nådde fanns inte en matbit vare sig i ugnen eller på spisen. Underligt, tänkte hon. På köksbordet var det också tomt sånär som på tre klädesplagg. Ett par byxor, en t-shirt och ett par kalsonger. Rena, förmodade hon men det lustiga i sammanhanget var att det var små hål i kläderna. Det såg nästan ut som om någon hade klippt i dem. Pia-Carin la upp laxrullarna på ett fat och fyllde upp en skål med chips. Detta balanserade hon ut och såg då att övriga gäster hade kommit.

"Hej! Här kommer jag med lite av varje. Tobbe, kan du öppna flaskorna är du snäll och fylla upp glasen". När alla gäster kommit på plats, beundrat Bengts nya tomt och fått sina glas uppfyllda, tog Bengt till orda.

"Hej och välkomna till min dhamma-dag", inledde han. Spridda tack hördes och Bengt sprack upp i ett leende samtidigt som han fortsatte.

"Dagen, som kallas dhamma med h", han illustrerade tafatt ett citattecken i luften genom att låta pek- och långfingrar krafsa lite på ingenting, innan han fortsatte:

"Dagen firas enligt buddhistisk tro i juli och det man firar är Buddhas första predikan. Och ni kanske undrar vad det har med mig att göra och det ska jag nu berätta. Men först en välkomstskål", sa han och höjde sitt glas medan han tittade ut över sina vänner. Det slog honom att de såg lite väl dystra ut för att tillställningen skulle ha en chans att kallas festlig. Hans tanke var att de nog bara var koncentrerade på fortsättningen.

"Jag vet, och ni vet, att jag på olika sätt har klantat till det sedan vi lärt känna varandra på nytt här i Laduvik", fortsatte han.

"Jag har ingen lust att räkna upp allt som jag har ställt till med, utan ni kan nog dra er till minnes en del haverier längs min väg... kanske är det så att vi tänker på samma?" Nu noterade han att några ändå såg lite mer upplivade ut, framför allt ungdomarna.

"I och för sig kanske de här små fadäserna kan anses vara försvinnande små i ett långt liv, men sett ur perspektivet av universums historia är det verkligen inte stort. Låt mig visa."

"Oh My God, the mansplainer är igång", hördes det från Tor som fick en uttråkad blick från Sigge och ett tillrättavisat hyschande av Pernilla. Bengt noterade inget av det utan fångade upp ett rep under långbordet och la ut det på marken framför dem. Den ena änden hamnade bakom alla gästerna medan slutet på repet sträckte sig ända bort mot Bengts älskade Bodhiträd.

"Se här! Det här repet är 27 meter och 6 centimeter och representerar universums ålder, det vill säga nära nog 14 miljarder år. Varje millimeter är femhundratusen år, hänger ni med?" Utan att invänta svar stegade han framåt med stora kliv utmed repet och stannade efter 18 meter.

"Här bildades vår sol", sa han och stegade fram ytterligare ett par meter och pausade helt kort.

"Och här, för tre och en halv miljarder år sedan uppstod liv och nu ska ni får se." Han tystnade och trampade vidare utefter repet tills bara en meter återstod. Vännerna följde med på promenaden. Bengt började prata igen samtidigt som han gick ner på huk och måttade med handen.

"Växter, insekter, reptiler, dinosaurier, däggdjur... nästan alla arter, närmare bestämt 99,9 procent av dem som någonsin levt på jorden är utdöda idag. Och först här, när det bara återstår en halv millimeter av repet hittar vi människosläktets historia. Alla, från första grottmänniskan till... till... ja, till självaste Zlatan finns på den här ynka halvmillimetern."

"Men hallå morfar. Människan har ju funnits i trehundra tusen år, nu har du nog räknat fel va?", ropade Fia därifrån hon stod.

"Exakt inte. Medan dinosaurierna fick 36 centimeter av det här repet, alltså deras summerade tid här på jorden, har människan hittills bara fått en halv millimeter. Det är sant!" "Intressant Bengt, men poängen, vad är poängen", undrade Tobbe medan han sökte sig runt med blicken och kände en press orsakad av den snabbt stigande graden av hunger.

"Jo, sett ur det perspektivet, blir varje handling som en fjärt i rymden, men jag har valt att ta ansvar för mina fjärtar." Några menande miner skymtade bland vännerna och ett svagt sus av tillbakahållet skratt hördes. Några applåderade.

"Jag har förberett en liten grej som jag gärna vill att ni är med på", fortsatte han.

"Ni vet att jag har haft kontakt med"... Bengt harklade sig innan han fortsatte; "kontakt med andra livsformer än de traditionella och enligt andevärlden ska man, om man vill slänga ut sitt gamla liv, samla några personliga saker eller åtminstone bitar av dessa och gräva ner dem." Ett lågmält fnitter hördes från Pia-Carin men Bengt var så inne i sitt tal att han knappt noterade det.

"Som i alla matprogram värda namnet, har jag förberett allt i förväg. Jag tänkte att ni skulle få slippa vara med på alla uttröttande steg. Se här på denna lilla ask. Låt asken och mina nystädade ägor, mitt tal och denna dhamma-dag vara beviset för att alla klantigheter äntligen nått vägs ände."

"Vad har du i asken då?", undrade Maja. Bengt slängde ett öga på klockan och konstaterade att tajmingen inte kunde bli bättre. Om tjugo minuter skulle maten vara klar. Han harklade sig.

"Jo, i asken här finns en hårslinga, några skäggstrån, ett par nagelbitar och en bit tandtråd. Behöver jag säga vems?", undrade Bengt och tittade ut över församlingen innan han fortsatte.

"Inte nog med det. Det finns också tre små tyglappar från mina kläder, ett papper besudlat med mitt blod och lite spott. Alltsammans är förseglat och ska nu ner i jorden. Jag har förberett en liten grop där borta vid trädet och ni får allesammans bli mina vittnen". Medan Bengt pratade noterade han att hans gäster ändrade ansiktsuttryck igen. Från deltaget intresserade till mindre närvarande och mer bekymrade.

"Äh, jag ska sluta pladdra nu och se till att få det här överstökat. Tack för att ni bevittnar min ceremoni och tack för att ni deltar på min dhamma-dag. Skål igen då!"

Vännerna applåderade Bengts tal men samtidigt spred sig en orolig stämning och ett mummel. Pernilla skakade på huvudet och Maja småskrattade lite åt galenskaperna. Sigge antydde att han tyckte det var udda och Twist uttryckte att Bengt var modig.

"Naglar och skägg?", undrade Rut.

"Ja, och kläderna som han klippt hål i såg jag i köket", viskade Pia-Carin, "jag undrade verkligen vad som pågått men nu förstår jag. Fast ändå inte."

"Hmmm", lät det från Mac som hade hört sin hustru.

"Så där ja", sa Bengt när han var tillbaka efter askbegravningen. Han borstade av sina händer mot varandra och såg mer än tillfredsställd ut.

"Nu är det gamla nedgrävt och nya tider kan börja." Några spridda applåder hördes åter från vännerna.

"Jag tänkte få berätta lite om dagens mat innan vi sätter oss till bords", fortsatte han och gjorde en svepande gest över den fina dukningen. Ett sus gick genom gästhopen.

"Där borta", sa han och pekade mot platsen där hans lilla ask nyligen begravts, "där har vi maten."

"Nu ser jag att ni har slutat att lyssna på mig och i stället tittar på mitt lilla träd som jag har planterat längre bort här bakom mig." Han gjorde en kort paus.

"Är det trädet där borta morfar. Ska vi käka äpplen?", undrade Tor.

"Nej min vän, det där är inget äppelträd. Det är ett Bodhiträd". Därifrån de alla stod kunde det breda och cirkelformade området av vita prydnadsstenar närmast stammen anas. Bengts avslöjade att det blivit hans plats för reflektion och eftertanke, något gästerna hörde men inte riktigt förstod. Han berättade därför om Buddhas förhållande till trädet och förklara varför det var så speciellt.

"Men om vi glömmer trädet för ett ögonblick, så ska jag berätta om matmetoden för dagen. Den har nämligen anor sedan långt tillbaka i tiden. Tiotusen år eller så. I flera tusen år har nordbor lagat mat i marken med hjälp av varma stenar som sakta kokat både små och stora rätter, alltså långt ner i jorden."

När Bengt kommit så långt i sin berättelse, såg han att hans gäster nästan hade tappat hakan. De såg precis så imponerade ut som han föreställt sig att de skulle göra.

"Eldar du i marken?" undrade Rut.

"Ja, exakt! Låt mig fortsätta. Arkeologer har bland annat hittat kokgropar där man tror att hela älgar har tillagats, men allra bäst resultat får man med lite mindre djur eller grönsaker. Även fisk blir fantastisk god i kokgrop och det är precis vad vi har här", sa Bengt och pekade med tummen över sin ena axeln bort mot trädet.

"Nu återstår bara att tömma groparna så att vi kommer åt matpaketen". Han tittade på sina handfallna gäster som för ögonblicket verkade helt hänförda. Det kändes som om de tittade rakt igenom honom och bort mot platsen med kokgroparna. De är nog jättehungriga, tänkte Bengt.

"Pappa. I Sverige brinner ett område stort som 36 000 fotbollsplaner och brandbekämpning pågår för fullt just nu. Det råder eldningsförbud, till och med på egen tomt. Brandmän tillsammans med hundratals soldater och tusentals frivilliga arbetar frenetiskt med att släcka bränder. Folk tvingas lämna hus och hem, fastigheter, ladugårdar och andra verksamheter. Skogsmark för nästan en miljard kronor går just nu upp i rök. Och så eldar du i marken. Vet du vad det här kan innebära?"

Längre kom inte Pernilla i sin predikan denna dhamma-dag för i samma ögonblick började det bolma grå rök på flera ställen ur marken en bit bort. Här och där pressades eldslågor upp och elden spred sig med rekordfart via rötter, torv och död vegetation. Lågorna behövde inte sträcka sig långt för att få tag i något att antända. Elden fick snabbt grepp om såväl grässtrån som mindre buskar. Glödbranden hade gått djupt ner i marken förstod de eftersom marken exploderade av eldslågor på flera håll. Hela tomten hade förvandlats till ett fält fullt av små vulkaner och elden slickade i sig allt i sin väg.

Pernilla tog första initiativet till att göra något. Hon slet tag i flaskorna med skumpa på bordet och hällde ut det över branden. Pia-Carin tog alla filtar som hon kunde hitta och försökte kväva de mindre eldkasarna. Twist sprang efter vattenslangen och skrek åt Mini att sätta på vattentrycket. Tor och Sigge hittade hinkar och kastruller, och Tobbe dirigerade en kedja som kunde ta vatten inifrån huset och skicka ämbaren framåt mot elden. Alla anslöt sig till kedjan och samarbetet var målmedvetet och rationellt. Maja stod längst bak i kedjan och vrålade.

"Eeln jer in bra tjönar men in falli heosbånd."

"Japp mamma, elden är bra men farlig beroende på vem som är husbonde", skrek Rut tillbaka och slängde en snabb blick bort över tomten. Hon såg Bengt som arbetade med stor frenesi med att riva upp stora stycken ur jorden med sina bara händer. Han böjde sig ner och vräkte upp något på marken som han slängde hink efter hink med vatten över. Plötsligt avstannade han i rörelsen och tittade paralyserat framför sig och Rut såg det han såg. Det 2706 centimeter långa repet hade tagit eld någonstans strax innan universums födelse och elden följde repet i samma raketfart som gnistan på en stubintråd. Inom loppet av en minut hade elden nått fram till Bodhiträdet vars stam snart började glöda av hettan.

Bengts skrik när trädet tog eld liknade ett avgrundsvrål. Den enda som lyckades få kontakt med honom i den stunden var Mac. I en sörja av kött och grönsaker hamnade de båda på marken i ett hårt omfamnande. De andra gjorde vad de kunde för att rädda trädet medan Mac vaggade Bengt sakta fram och tillbaka. Han viskade tröstande i Bengts öra;

"Så ja, så ja, den här händelsen är bara en fjärt i rymden. Hur mycket repet än brinner nu, kommer det alltid att förlängas och Bodhiträd finns det fler av. Precis allt kommer att fortsätta fungera, ja även utan alla oss faktiskt. Så ja, så ja, det ordnar sig."

Varje månad sedan hösten 2010 har jag samlat ihop och skrivit ner diverse händelser i vardagen. Det finns så mycket inspiration att hämta genom såväl människor som händelser men också i det som sägs och skrivs.

Det kan också handla om fantasier som bara finns i författarens eget huvud. Där pågår det ofta en pjäs; fullt utrustad med kulisser, scener, dialoger, pratbubblor och rekvisita, som följer parallellt med mitt till synes vanliga liv. Detta dubbelliv har legat till grund för manuset men har också fyllts på av en ständig ström av idéer. Mycket av det som händer runt mig, hamnar i små fack som jag sedan plockar friskt ur.

Händelserna kan ha utspelat sig för länge sedan eller alldeles nyss, men det kan också vara sådant som aldrig någonsin hänt. Varje dag är en källa till inspiration och innehållet i boken är egentligen en enda stor hyllning till vardagen. Utan den, inget liv.

Alla likheter mellan verkligheten och bokens händelser, karaktärer och platser är rena tillfälligheter. Det här är en saga med mer eller mindre drag av verklighet, men som till största delen är en produkt av skribentens stolliga fantasier. P-C Wike är en pseudonym, lika sann och påhittad som innehållet och upplevelserna i boken.

Webadress: https://laduvik.jimdo.com/

Ett stort tack till:

Fantasin, tålamodet och vardagen.
Er som peppat mig att skriva och som ständigt intresserar er
för hur det går.
Mina nära och kära, både familj och vänner.
Manne som hjälpt till att kommentera och förbättra tankar
och ordalydelser även i detta ex innan publiceringen.
Konststian i Österåker som inspirerar till det meditativa,
andliga, spirituella, konstnärliga och soliga.
Thompa med allt sitt tålamod med det tekniska. Sånt som är
så fruktansvärt trassligt.
Er som beställt böckerna, läst dem och kommenterat värdet
av dem. Det har gjort mig oerhört glad såklart.
Den moderna tekniken! Justeringar, flytt av textstycken,
rättningar, strykningar och tillägg har kunnat göras utan
Tippex och raderband. Givetvis otroligt tidsbesparande.
Google, Wikipedia och synonymlexikon, där allt finns att ta
reda på. Möjligheten har där funnits till att slå upp ord och
uttryck, leta fakta bland annat kring personer, detaljer,
syndrom, processer, regler, talesätt och mycket mer.
Människor och händelser knutna till mina arbetsplatser,
utbildningar och mitt umgänge. Som utgjort grunden till
mycket av allt spännande i vardagen.
Svartlå dialektgrupp.
Alla kända och okända skribenter och föreläsare som i
mängder av artiklar, krönikor, insändare, tal, poddar och
notiser beskrivit händelser och fenomen. Med innehåll som
varit så spektakulärt och intressant att det tålt att berättas en
gång till fast på nytt sätt. Exempelvis ur Ruts och Pernillas
perspektiv.
Dagspress och lokaltidningar, som återgivit på lättläst vis
vad olika studier resulterat i. Som också publicerat artiklar
om dråpliga händelser och sådant man inte trodde kunde
hända.

... och annat som ständigt påminner om hur mycket nytt som finns att lära om livet, om ting och om företeelser. Att upptäckta det som inte är uppenbart, exempelvis konsten att lära känna sig själv.

Sist men inte minst: Utan Books on Demand, det vill säga plattformen för oberoende bokutgivning, hade det inte blivit bokformat av manuset.

Det blev en hel del Waller följt av Fiffel, Mingel, Killer, Taffel, Podder och Pussel. Nu även bok åtta, Zipper.